Frank Georg Schlosser

Drei Jahre bis Leipzig

AF235721

fgs

Umschlaggestaltung, Layout, Buchsatz: Jana Schlosser | Das Grafik-Büro
Lektorat: Martin Schlosser
Herstellung und Verlag: BoD - Books on Demand, Norderstedt
ISBN: 978-3-7557-9777-7

Frank Georg Schlosser

Drei Jahre bis Leipzig

Roman

Personen

Dietrich Elmer
Ricarda Elmer – seine Frau
Yannik Elmer – deren Sohn

Gregor (Grischa) Bertram
Odette Bertram – seine Frau
Elmo Bertram – deren Sohn

Hubert Adelmann
Juliane Adelmann, geb. Malden – seine Frau
Dörthe – ihre Schwester
Amalie Adelmann – Huberts Mutter

Aloisius Niederhammer – der Wirt
Therese (Resi) – seine Frau
Veronika – seine Tochter
Bruno – ehemaliger Geschäftsfreund von Aloisius' Vater

Hildegard
Grit – ihre Tochter
Klaus – ein Freund und Genosse Hildegards

Anita – eine Zimmergenossin Ricardas

Peer und Frau – eine Urlaubsbekanntschaft von Hubert
und Juliane

Teil 1
Wiedersehen in Tirol

1. Kapitel,

rechter Bug, linkes Heck und ein Hindernis an der Leitplanke

Im Auto herrschte Stille. Dietrich fuhr hinter einem Lieferwagen her. An die hundertachtzig Sachen hatte der drauf, die hohen nach oben sich verjüngenden Türen waren fensterlos. Dietrich fuhr dicht auf, blinkte. Er spürte den Widerstand, den der vor ihm entgegen setzte. Gerade als er sich wieder zurückfallen lassen wollte, machte der Lieferwagen Platz. Dietrich fuhr noch dichter auf, sein rechter Bug streifte fast das linke Heck des Lieferwagens, mit den Reifen überquerte er den durchgehenden linken Seitenstreifen.

Als Ricarda aus dem Seitenfenster des Fahrers sah, raste das Gestrüpp der Mittelbepflanzung in einer grau gesprenkelten Masse unentwirrbar verknotet dahin und das Fenster schien wie die Leinwand, auf der ein Zeitrafferfilm abgespielt wurde.

Da sah Dietrich, warum der Lieferwagen nur so halb die Spur geräumt hatte. Dicht an der Leitplanke, zur Hälfte auf dem Fahrstreifen, stand ein schwarzer Daimler, Leute saßen darin, die Warnblinkanlage war eingeschaltet.

Dietrich tippte auf die Bremse, lenkte nach rechts, schaute in den Innen-, dann in den rechten Außenspiegel. Zentimeter schossen sie an dem Daimler vorbei, die von beiden Wagen zusammengepresste Luft hob das Auto leicht aus. Dietrich hielt das Lenkrad fest, der Wagen schlingerte, schaukelte sich auf, die Luft blieb ihnen weg. Yannik stemmte die Hände in die Sitze, Ricarda umkrampfte den Haltegriff über der Tür, aber der Wagen beruhigte sich wieder.

Der Kastenwagen fuhr weiter vor ihnen her. Dietrich lauerte in respektvollem Abstand auf seine Chance. Ricarda hielt sich fest, Yannik starrte seinem Vater in den Nacken. Da sagte Dietrich:

„Puh, das war knapp. Es ist ein Ding, wie sich jemand bei so einem Verkehr links hinstellen und einfach die Warnblinkanlage einstellen kann."

„Wir hätten tot sein können", sagte Ricarda.

„Ja", sagte Dietrich und nach einer Weile: „Es war gut, dass ich noch in den Rückspiegel geschaut habe, so konnte ich sicher nach rechts lenken ohne Gefahr, von hinten gerammt zu werden oder jemandem in die Seite zu fahren."

Ricarda schaute von ihm weg als sie sagte: „Stimmt, du hast gut reagiert."

„Du bist viel zu dicht aufgefahren." Das war Yannik. „Halbe Geschwindigkeit, das sind bei hundertachtzig neunzig Meter."

Dietrich sah in den Rückspiegel, aber Yannik hielt sich außer Sichtweite.

„Wenn ich neunzig Meter Abstand halte, macht der nie Platz. Schau dir diese Massen an, vor München sind schon vier Kilometer Stau, je weiter vorne wir uns anstellen, umso besser."

„Am besten ist es, wenn wir uns lebendig anstellen", sagte Yannik, aber er sagte es leise und Ricarda war unsicher, ob Dietrich es nicht gehört oder überhört hatte.

„Wir sollten anrufen und sie warnen", sagte Dietrich. Ricarda nickte und griff nach dem Telefon um es aus der Halterung zu nehmen, aber Dietrich war schneller. Seine Augen flackerten zwischen Fahrbahn und Tastatur und nach Sekunden ertönte das Freizeichen über die Radiolautsprecher. Dann knackte es und eine Frauenstimme flötete:

„Hallo, mein Süßer."

Die Frauenstimme gehörte zu Odette. Die Zusammenstellung im Auto war die gleiche. Sie saß auf dem Beifahrersitz, am Steuer lehnte lässig ihr Mann Gregor, den sie oft Grischa nannte und im Fond hatte der Sohn der beiden, Elmo, Platz genommen. Er saß nicht so stocksteif in der Nische wie Yannik, sondern lag quer über die Rückbank wie ein römischer Kaiser beim Nachtmahl. Gregor lenkte das Auto nur mit dem Zeigefinger, sein stoppeliger Schädel lehnte an der Kopfstütze.

„Hallo, mein Süßer", sagte Odette. Als es klingelte, hatte das Handydisplay „Dietrich mobil" angezeigt. „Darfst du so alleine mit mir telefonieren?" Elmo schloss die Augen und ließ sich zur Gänze in die Polster sinken.

„Ich habe ihn beauftragt." Ricardas Stimme, durchs Telefon ohnehin verzerrt, klirrte im Diskant durchs Auto. Odette sah zu Grischa hin, der lächelte ein bisschen.

„Hallo, Ricarda."

Ricarda sprach weiter:

„Ihr müsst aufpassen, auf der linken Spur steht ein Auto, wir wären fast draufgefahren."

Als Odette wieder auflegte, sagte Gregor:

„Diesmal soll es Dietrich sein?"

Odette zuckte mit den Schultern und Elmo tat als schliefe er. Er war ein großer Junge, fast zwei Meter, schlank, das blasse Gesicht kindlich rund mit vollen Lippen, die hier und da aufgesprungen waren.

Als die Polizei die Autobahn sperrte, standen sie in der ersten Reihe. Gregor wollte noch davonfahren. Der Polizeiwagen fuhr direkt neben ihm, der hätte bestimmt kein Problem damit gehabt, erst hinter ihm alles zu stoppen. Aber Odette legte ihm die Hand auf den Unterarm und er nahm den Fuß vom Gas.

Aus dem schwarzen Daimler, der zwanzig Meter vor ihnen so dicht an der Leitplanke stand, dass man denken musste, er wäre mit viel Aufwand dahin geparkt und vergessen worden, stieg zuerst ein Mann.

Odette taxierte ihn auf sechzig Jahre plus minus fünf. Dann krabbelte auf allen vieren eine Frau aus der Beifahrertür, eine auf dunkel getrimmte Romy Schneider in ihren schönsten reifen Jahren *(kurz vor dem Tod)*. Odette stieg aus, streckte sich, machte ein paar Rumpfbeugen, berührte mit den Handinnenflächen den nassen Asphalt. Der kühle Dreck erfrischte. Sie betrachtete die kleinen Steinchen, die Druckstellen auf der Haut.

Du hast sie wieder draußen spielen lassen, bei dem Wetter!

Heinz, das Kind braucht frische Luft.

So, dann sieh zu wie du den Schmutz von meinem Sessel kriegst. – das Geräusch einer zurecht geschüttelten Zeitung –

Heinz. – kaum geflüsterte Stimme – dann musst du mal kurz aufstehen.

So, muss ich? Hier, sieh dir meine Hose an, auch schmutzig. Habe ich mich draußen schmutzig gemacht?

Nein, Heinz.

Habe ich mich in deinem Haushalt schmutzig gemacht? – Zwischen die Schultern gezogener Kopf –

Ja, Heinz.

Ein Polizist sprach mit dem Mann, der nickte, aber die Frau hob abwehrend die Hände, trat ein Stück zur Seite, schüttelte den Kopf, legte dem Mann die Hand auf den Rücken und bugsierte ihn schließlich unter vielem Reden ins Auto zurück; sehr resolut, die Dame, dachte Odette. Zwei Polizisten und diese Romy Schneider schoben den Wagen quer über die Fahrbahn. Odette stand noch draußen, als ein dritter Polizist die linke Spur wieder frei winkte. Gregor betrachtete seine Frau. Ganz versunken stand sie da. Er überließ es dem Polizisten, sie zum Einsteigen aufzufordern. Der Daimler stand schon auf dem rechten Seitenstreifen, als Gregor lässig die Kupplung kommen ließ. Elmo saß rechts als es weiterging. Er beobachtete diese Frau, wie sie mit verschränkten Armen an der Kühlerhaube lehnte, während der Mann um den Wagen herum lief und kopfschüttelnd, die Hände in die Hüften gestemmt, auf den Polizisten einsprach. Der notierte ein Protokoll ohne aufzusehen. Die Augen der Frau schienen in die Ferne gerichtet, in den grauen Himmel über einem grauen Land. Elmo schob sich mit geschlossenen Augen in die Ecke, seine großen Hände lagen auf dem Reißverschluss seiner Jeans und sein Traum begann damit, dass er der Polizist war und sich erbot, die Frau mitzunehmen und ihr auf der Wachstube einen warmen Tee anzubieten.

Juliane sah die Augen des Jungen vorbei fahren, aber es waren nur ein paar Männeraugen mehr, es bedeutete nichts. Hinter ihr sprang Hubert hin und her, öffnete die Motorhaube. Die Polizisten stiegen wieder in ihre Autos.

Sie nahm ihre Jacke aus dem Wagen. Bis dahin hatte sie die Kälte nicht gespürt. Ein Spruch ihrer Mutter war: Männer können ab fünfzig ihren wahren Charakter nicht mehr verbergen. Juliane ergänzte: ab fünfzig und in Stresssituationen, und für Hubert waren heute beide Faktoren zusammen gekommen.

Das Auto war ausgegangen. Es war ihr ein unbegreifliches Mirakel. Sie war schnell gefahren. Man merkte das Tempo nicht so, bestimmt mehr als zweihundert Stundenkilometer. Sie gab nur wenig Gas und erst spürte sie es gar nicht. Für einen Moment hatte sie geglaubt, selbst den Fuß vom Gas genommen zu haben und sich darüber gefreut, es überkam sie ein entspanntes Gefühl.

Sie wurden schnell langsamer, es hupte hinter ihnen und da erst war ihr aufgefallen, dass etwas nicht stimmte. Das Radio, überlegte sie, aber wahrscheinlich war keine Musik gelaufen. Hubert mochte ihre Musik nicht und umgekehrt, so fuhren sie oft schweigend und auch das war entspannend.

Die Anzeige war erloschen und Hubert drückte geistesgegenwärtig (in dem Augenblick war er es noch) den Knopf für die Warnblinkanlage.

„Du musst rechts rüber", sagte er. Juliane lenkte vorsichtig, sie erntete wildes Hupen und sie sah das prinzipielle Problem. Die Autobahn war voll. Die anderen sahen sie zu spät und konnten oder wollten nicht bremsen, um ihr Platz zu machen. Hubert griff ihr ins Lenkrad, sie entgingen einem Crash nur knapp und sie schlug ihm böse auf die Finger. Sie rollten und holperten immer langsamer. Instinktiv drängte sie sich an den linken Rand, dann hielten sie. Die Tür konnte sie nicht öffnen, weil sie zu dicht an die Leitplanke gefahren war, die Fensterheber funktionierten nicht, und eine Kurbel gab es nicht. Warum gab es keine Notkurbel?

Juliane schloss die Augen. Die dann folgende halbe Stunde würde sie vergessen müssen, wenn sie mit diesem Mann weiterleben wollte.

„Wo habt ihr Idioten bloß das Autofahren gelernt?" Damit ging es los. Sie wusste schon, was er mit „ihr Idioten" meinte. Hatte sie Todesangst verspürt? Juliane konnte sich nicht erinnern. Sicher war sie erschrocken, besonders als dieses rote Auto nur Zentimeter an ihnen vorbeigerauscht war, so dass sie den Eindruck hatte, vom Windzug noch näher an die Leitplanke gepresst zu werden.

Schlimm war die Huperei gewesen, so ein Dauerhuper, der von hinten an einem vorbeifährt. Erst schiebt er die Schallwellen vor sich her, dann zieht er sie nach. Juliane konnte gar nicht sagen, welche Assoziationen das in ihr wach rief, es trieb sie nur in die schiere Verzweiflung. Aber das Allerschlimmste war Hubert gewesen. Der hatte sich unwürdig benommen.

Als Juliane über den Beifahrersitz aus dem Auto gekrochen war, hatte sie vorsichtig geschaut, ob Flecken an Huberts Hose oder auf dem Sitz oder ein stechender Geruch vielleicht Zeugnis von seiner Hysterie ablegen würden. So schlimm schien es nicht gewesen zu sein. Aber wie er jetzt um den Polizisten herumscharwenzelte, um seinen Daimler herumsprang wie Rumpelstilzchen, ekelte sie an. Gott, der Daimler. Er war eben ausgegangen. Das hatte so kommen müssen. Diese überzüchteten, mit Elektronik vollgestopften Autos mussten einfach irgendwann kollabieren. Mit ihrem Wartburg hatte sie solche Schwierigkeiten nie gehabt. Sicher, der war öfter stehengeblieben, aber erstens waren Autobahnen damals keine Monster, auf denen der blanke

Überlebenskampf herrschte, und zweitens hatte sie dann ein bisschen an den Zündkerzen herumgeschrubbt und alles war wieder gut gewesen.

Hubert saß im Auto und telefonierte, er sah nicht hoch. Er würde sie nicht aufhalten, wenn sie einfach losginge. Juliane schlenderte ein paar Schritte. Dann wurde ihr kalt und sie setzte sich zurück ins Auto. Mollig warm war es nicht mehr. Sie starrten durch die Fenster. Mehr als den Dreck, den die Sattelschlepper darauf wirbelten, konnten sie kaum noch erkennen. Als der Abschleppwagen mit Rundumleuchten vor ihnen auf den Standstreifen scherte, hatten sie kein weiteres Wort gesprochen.

2. **Kapitel,**
in welchem Dietrich in offene Arme läuft und ihm seine
Urlaubsankunftszigarre nicht so richtig schmeckt

Dietrich lief in Odettes Arme wie durch eine offene Tür, kein schützender, trennender Händedruck dazwischen, die Mäntel waren offen und er spürte den biegsamen Körper, eine zarte Brust und die fremde Wange. Sekunden schienen ihm eine Ewigkeit und noch als sie auf der Terrasse einen Aperitif bestellten, summte die Berührung auf seiner Haut. Diese Leichtigkeit schien wieder da zu sein. Sie saßen sich gegenüber, Gregor und Odette mit dem Rücken zur Sonne, die Blicke hinter dunklen Gläsern und Dietrich glaubte den ihren zu spüren. Odette sprach nicht. Sie saß schräg in ihrem Stuhl und ein Lächeln umspielte die Lippen, während Gregor erzählte. Sie war schwarz gekleidet, die Haare schwarz. So hatten sie sich kennengelernt. Dietrich erinnerte sich.

Ricarda hatte ihn auf diese Stehparty geschleppt, er war wütend gewesen, wich nicht von der Seite seiner Frau, nur um ihr bei jeder Gelegenheit zu sagen, wie öde und trist er diese Geselligkeiten fände. Ricarda gab ihm meist recht, aber dann fasste sie ihn am Arm und zog ihn zu einem Pärchen, das vollständig schwarz gekleidet an der Wand lehnte und das Treiben beobachtete. Er war groß, schlank, wirkte mächtig, hatte aber einen gutmütigen Blinzelblick. Sie hielt ihre Augen bedeckt und sah so von unten in die Menge. Ricarda stellte sich vor ihn hin und fragte den großen Schlanken, ob er Gregor Bertram sei. Er lächelte erstaunt und es stellte sich heraus, dass sie alte Klassenkameraden von der Penne waren. Oh Gott, hatte Dietrich gedacht, nicht das auch noch.

Es war ein sehr schöner Abend geworden. Gregor trieb eine Decke auf, und sie gingen in den Garten, setzten sich an den Teich. Es quakten Frösche, es zirpten Grillen, es summten die Mücken, und ihre Köpfe summten mit. Wenn sie lachten, berührten sie einander. Dietrich und Ricarda erzählten vom Skifahren und deshalb waren sie jetzt zusammen hier, weil Gregor und Odette auch Skifahren wollten.

Dietrich schrak auf, Ricarda berührte seinen Arm:

„Willst du was trinken?" Er schaute mit zusammengekniffenen Augen zu seiner Frau, ihre Hand lag auf seinem Ellenbogen, er spürte durch den Anorak die Wärme und benutzte die Drehung nach links zum Wirt hin, um sich ihr zu entziehen. Der Wirt drehte genau in dem Moment den Kopf zur Tür, als beobachte er da etwas und Dietrich fragte, was denn die anderen bestellt hätten. Gregor und Odette lächelten jetzt unverhohlen spöttisch, und Gregor sah immer wieder zum Wirt hin, während Odette Dietrich erklärte, dass sie alle ein Glas Sekt bestellt hätten. Sie sprach leise, ihre Lippen gaben die Worte frei wie kleine Blüten, die über den Tisch schwebten und einen Teppich über ihn legten.

Dietrich schüttelte den Kopf als hole er sich aus einer Trance, sagte: „Ja, Sekt", sah noch mal zum Wirt hin, ob der wohl verstanden hätte, aber der war schon am Verschwinden. Das Bestellte wurde etwas später von einer Kellnerin gebracht, die sagte zu jedem „Bitteschön" mit stark slawischem Akzent und

Gregor sagte „Spasibo", als er an der Reihe war, aber sie reagierte nicht darauf.

Dietrich beobachtete den Sonnenuntergang, sah auf die Uhr und wunderte sich, wie schnell und nahezu beobachtbar das passierte. Fünf nach vier waren die Tannenspitzen noch hell überstrahlt, acht nach vier waren sie deutlich zu erkennen und verdeckten ihrerseits die Sonnenscheibe und zwölf nach vier war keine Sonne mehr da.

Als die Sonne die Tannenspitzen noch überstrahlte, schleppten Yannik und Elmo ihre Koffer die Treppe nach oben, vor ihnen ein Mädchen. Die öffnete ihnen die Tür, knickste und sagte: „Bitte sehr, die Herrschaften."

„Wie heißt du?", fragte Elmo und sie sagte:

„Veronika, aber bilde dir bloß nichts ein. Nur weil mein Alter schlechte Laune hat, und mich zwei Halbstarken das Zimmer zeigen schickt, brauchst du nicht zu glauben, dass du mich rumkommandieren kannst."

Dann lief sie kokett einmal ums Bett und ins Bad, sagte Bett und Bad und Schrank und Stuhl und Balkon und Aussicht und wollte eben wieder gehen, da legte Elmo ihr seinen Arm um die Schultern. „Pfoten weg!", sagte sie und schlüpfte aus der Umarmung, blieb gleich wieder stehen. Yannik packte seine Sachen aus, stapelte sie in den Schrank neben seinem Bett, das hatte er noch nie getan im Urlaub.

„Oh Mann!", rief Elmo, „Ich wohne mit einem Ordnungsapostel zusammen."

„Ordnung muss sein", sagte da Veronika und verschränkte ihre Arme. Yannik gestattete sich nur aus den Augenwinkeln einen verdeckten Schlitzblick auf die hervor gerufene Bewegung des Busens.

„Wen ich mal heirate," fuhr sie fort, „der muss ordentlich sein. Wie soll er sonst so ein Hotel führen." Sie hört sich verdammt nach Hermine an, dachte Yannik, und ein weiter Umhang könnte ihr auch nicht schaden.

„Du kannst ihn ja heiraten", rief Elmo und griff erneut nach ihr, legte seinen Arm um ihre Hüfte, was sie mit einer demonstrativen Hinwendung zu Yannik geschehen ließ. Den Kopf hält sie genauso schief und besserwisserisch, dachte Yannik. „Aber vorher", rief Elmo, „haben wir noch ein bisschen Spaß miteinander."

„Nicht in diesem Zimmer", sagte Yannik und ärgerte sich gleich für den blöden Satz.

„Ach komm", bat Elmo, „du schläfst mal eine Nacht bei deinen Alten, die freuen sich, wenn es wie in den Zeiten ist, wo du noch jede Nacht in ihr Bett gekrochen kamst."

Yannik warf die Tasche in den Schrank, schob Elmo beiseite, legte sich aufs Bett und griff zur Fernbedienung. Der Vorspann lief schon.

„Ihr seid bescheuert, alle beide", verkündete Veronika und wandte sich zum Gehen.

„Heh, mit ihm kannst du nichts anfangen, aber mit mir doch." Wieder griff er nach ihr. „Nimm deine Pfoten weg!" Veronika ließ die Tür ins Schloss krachen.

Elmo drehte sich um und rieb seine Hände.

„Hallo, Schnarchkasper", sagte er und sprang auf das freie Bett. „Wollen wir wetten, dass ich sie diese Woche rumkriege?"

„Viel Spaß." Yannik wendete den Blick nicht vom Bildschirm.

„Wir könnten auch zu zweit ein bisschen mit ihr rummachen", schlug Elmo vor, „dann kann sie einer festhalten, wenn sie Schwierigkeiten macht. Hast du ihre Titten gesehen? Mann, in dem Alter sind sie noch fest und schlabbern nicht rum."

„Das ist Vergewaltigung, was du vorhast."

„Erzähl nicht. Wir bringen sie eben dahin, dass sie will. Die probiert bestimmt gern was aus."

Yannik verzog den Mund und schüttelte den Kopf.

„Bist du verklemmt oder schwul oder was?"

„Quatsch mit Soße."

Etwas später und eine Etage höher räumte Yanniks Mutter ihren Wandschrank ein. Dietrich lehnte an der Balkonbrüstung und schaute den wenigen Langläufern nach, die in der Dämmerung durch die Loipe hasteten. Zwischen den Fingern hielt er eine Zigarre, die Urlaubsankunftszigarre. Das hatte er sich vor Jahren, als sie noch in Zeltlagern Ferien machten, angewöhnt. Damals rauchte er auch Zigaretten. Geblieben war nur die Zigarre am ersten Urlaubstag.

Er tat einen tiefen Zug und blies den Rauch langsam ins Licht der Hoflaterne. Aus dem Bad hörte er, wie Ricarda die Zahnbürsten hart in die Gläser knallte, hastige Schritte, sie schlug die Balkontür geräuschvoll zu. Vorhin hatte sie sie aufgerissen, und ihn gefragt, wo ihre Skihandschuhe wären. Keine Minute später noch einmal, dass er fürchtete, sie werde die Tür aus den Angeln heben, wie viel Zeit noch bis zum Abendbrot bliebe. Dietrich hatte sich nicht umgedreht, nur „weiß nicht" und „anderthalb Stunden" gesagt, damit sie keinen Streit vom Zaun brach. Er wollte sich den Moment nicht verderben lassen, aber genau genommen …

Er war vorhin beschwingt und gut gelaunt ins Zimmer gelaufen, hatte die Koffer abgestellt, sich aufs Bett gestreckt und „Urlaub" gesagt.

Ricarda darauf: „Du glaubst, dass es ein schöner Urlaub wird?" Halb Frage, halb Feststellung, musste er nur in ihr Gesicht sehen. Sie glaubte das ganz und gar nicht.

„Was für eine Laus ist dir über die Leber gelaufen?"

„Frag nicht so blöd", sagte sie, jedes einzelne Wort betonend, als wolle sie es ihm entgegenschleudern.

„Nein, ich verstehe nicht, was du hast. Wir sind gut durchgekommen, haben entspannt auf der Terrasse was getrunken und jetzt ist Urlaub. Bloß du ziehst ein Gesicht. Was ist los?" Die drei Worte schleuderte er einzeln zurück und Ricarda riss wütend die Koffer auf und warf ihre Klamotten aufs Bett.

Er nahm die Zigarre und ging auf den Balkon.

Außer der Zigarre gab es noch ein anderes Ritual bei der Ankunft im Urlaub mit einer weniger langen Tradition. Dietrich sah das Urlauberdorf mitten im Wald an einem kleinen See in der Auvergne noch vor sich, 93 oder 94. Das Auto, damals noch der Wartburg, hatte hinter dem Haus gestanden, den Kindern hatten sie die Luftmatratzen rausgegeben, die krakeelten unten am See. Neun oder zehn Jahre alt musste Yannik damals gewesen sein. Sie standen in dem großen bis ins Spitzdach offenen Wohnraum und aus einer Bewegung heraus, die sie zueinander führte (Dietrich wollte einen Koffer aus dem Weg schieben und Ricarda eben diesen Koffer da, wo er stand, öffnen) fanden sich ihre Lippen, die Hände suchten nackte Haut, sie glitten aneinander hinab. Später sahen sie die Frau, die ihnen die Schlüssel gegeben hatte, vor dem Nachbarbungalow sitzen und zu ihnen herüber sehen. Da lachten sie und fielen sich in die Arme. Seitdem hatte es immer das Ritual des Urlaubsankunftssex auf noch gepackten Koffern gegeben, allerdings immer vor der Zigarre. Auch fehlte diesmal der unvermeidliche Kick des Kinderloswerdens, dieses kleine heimliche Bündnis, das aus ihrer Ehe mehr gemacht hatte als eine Versorgungsgemeinschaft und einen Kindergarten.

Dietrich drehte den Kopf und schaute über die Schulter in das erleuchtete Zimmer. Ihr Koffer war leer, aber seinen sah er unberührt mitten im Zimmer. Das würde noch zählen, überlegte Dietrich. Die Tür war nur angedrückt. Er stieß sie auf, sie stand vor dem Schrank.

Er trat hinter sie.

„Dietrich, mach die Zigarre aus."

Er nahm einen Zug und der Rauch verwirbelte über ihrer Wäsche.

„Bäh, du Ferkel!", sagte sie und stieß ihn zurück, aber Dietrich umfasste sie fest und hielt ihr die Zigarre vor die Lippen. Mit verkniffenem Gesicht zog Ricarda kurz und hustete den Rauch an die Wand, ein schönes Verbindungsritual, dachte Dietrich. Dann schaute sie ihm in die Augen, sog tief die

Luft ein. Er streichelte sie über die Wange und sie küssten sich. Trotzdem sie selber gezogen hatte, störte sie der Geruch, aber sie wollte nichts sagen. Sie zog ihn zu sich, seine Lippen wanderten an ihren Hals und seine Hände schoben sich unter den Pullover und Ricarda wollte nun auch glauben, dass es ein schöner Urlaub werden könnte.

Raus aus dem Zimmer, hoch in den Himmel. Da liegen die Berge im Dunkel mit weiß schimmernden Spitzen, nur das Tal glitzert wie eine lichtbesprengselte Schlange, unnatürlich lang und dünn mit Ausbuchtungen und Unterbrechungen.

Am Kopf dieser Schlange, wo die Straße endete, sich in riesige Parkplätze ergoss, vor den Liftanlagen gab es eine Lichtinsel, ein Fünfsternehotel. Nahe dem Tresen, wo Juliane und Hubert gerade ein Zweiertisch zugewiesen worden war, eingerahmt von zwei spanischen Wänden, verziert mit Schnitzereien, die Szenen aus dem Leben der Almbauern darstellten; in der Einflugschneise der Kellner, die durch die Schwingtür der Küche an ihnen vorbei in den großen Speisesaal hasteten und aller Gäste, die zum Essen kamen, auf ihre Zimmer gingen oder zu den Toiletten strebten, stierte Hubert auf den Tisch. Ein Kellner stellte ihnen die Suppen hin, sagte mit dem Blick schon bei der nächsten Aufgabe „Wohl bekomm's" und verschwand.

Juliane glättete die Serviette, legte sie auf ihren Schoß und registrierte den Blick eines älteren Herren, der gerade vom Klo kam, als sie sich nach vorn beugte, um den ersten Löffel kühl zu pusten.

Sie lachte und verschluckte sich.

„Das liegt auch an der Erdstrahlung. Die hat dein Fünf-Sterne-Hotel in eine Bahnhofsgaststätte verwandelt. Es fehlen nur die Lautsprecherdurchsagen." Sie plärrte: „Die Herren von Tisch achtzehn bitte jetzt das Pissoir benutzen."

„Du glaubst mir nicht, du vertraust mir nicht, für dich bin ich ein alter Spinner." Hubert rührte seine Suppe nicht an.

Juliane schob einen weiteren Löffel nach. Sie schauten aneinander vorbei, als entdeckten sie eben, wie kunstvoll die Schnitzarbeiten hinter dem Rücken des Gegenüber ihren Traum vom Urlaub wiedergaben, Ruhe, Gelassenheit, Stille und Romantik spiegelten.

„Es gibt Dinge zwischen Himmel und Erde …"

„… von denen unsere Schulweisheit nicht zu träumen wagt", vollendete Juliane das Sprichwort.

„Es wird nicht weniger wahr, wenn du den Satz ins Lächerliche ziehst."

„Das tue ich nicht. Nur halten deine Erdstrahlen für jedes elektrische Gerät her, wenn es den Geist aufgibt. Warum sind nicht alle Autos um uns herum ausgegangen, wenn gerade eine besonders hektische Strahlenaktivität vorherrschte? Weil es damit nichts zu tun hat. Du hast ein Montagsauto gekauft. Warum soll es das bei Daimlers nicht geben?"

Hubert lehnte sich zurück und schaute seine Frau an. Wie sehr er dieses Misstrauen kannte, diese Anfeindungen. Kenn ich nicht, gibts also nicht. Wie die Bauern, die nur fressen, was Muttern früher gekocht hat.

„Ich will dir was sagen", Hubert beugte sich nach vorne. Er sprach leise.

„Kurz bevor die Elektronik kollabierte, habe ich leichte Kopfschmerzen bekommen und eine Hitzeaufwallung gehabt."

Juliane schaffte es knapp, sich die Serviette vor den Mund zu halten, bevor sie losprustete.

„Da gibt es nichts zu lachen. Das ist typisch."

„Für die Wechseljahre." Juliane bebte, sie biss sich auf den Zeigefingerknöchel.

„Sehr witzig! Ein fader Scherz, der jedem Blödmann auf der Zunge liegen würde."

Ihr Lachen verstummte.

„Ich will dir auch was sagen: euch Wessis geht es zu gut. Deswegen fangt ihr an, euch wegen jedem Wehwehchen beschissene

Theorien auszuklambüsern. Mal sind es die Handystrahlen, wegen denen ihr Kopfschmerzen habt, dann sind es die Amalgamfüllungen, wegen denen ihr nicht mehr scheißen könnt, und irgendwann sind die Erdstrahlen daran schuld, wenn einem nagelneuen Mercedes bei Zweihundert der Motor ausgeht."

Hubert verzog das Gesicht. Er spielte mit seiner Gabel, drückte den Zeigefinger kräftig auf die Zinken.

„Bloß weil Marx nichts über Handystrahlen, Quecksilber als Gift oder Erdstrahlen geschrieben hat, heißt das nicht, dass es sie nicht gibt. Vielleicht habe ich ja unrecht, meine Liebe, aber Zweifler und Nörgler wie du haben noch nie was gekonnt außer Zweifeln, Nörgeln und Rechthaben."

Er warf die Gabel auf den Tisch und stand auf.

„Du kannst meinen Hauptgang auch haben. Ich werde etwas lesen."

Sieh das Tal und die Berge, schalt den Zeitraffer ein und schau zu, wie die Schlange ausgeknipst wird, wie die Berge, nur vom Mondlicht beschienen daliegen, als hätte sie nie eines Menschen Fuß betreten.

3. Kapitel,
Buckelpisten

Sie fuhren nach dem Frühstück zusammen zum Gletscher, wurden vom Parkplatzwächter nebeneinander eingewiesen und standen gemeinsam an den Liftkassen an, diskutierten den günstigsten Tarif, ob die Kinder ihre Ausweise mithätten und ob man fünf in sieben oder volle sechs Tage kaufen sollte.

Was ist, wenn man sich verletzte, würde einem auf ärztliches Attest der Skipass rückerstattet? Sollte man den Superskipass nehmen, mit dem man in benachbarten Skigebieten fahren könnte oder reichte der Gletscherpass, der teuer genug war.

Sie ließen alle Vorsicht fahren, kauften die vollen sechs Tage und cremten sich im Kabinenlift zur Basisstation Gesicht, Hals, Ohren und Hände mit Lichtschutzfaktor 25 ein. Die Sonne schien, und aus der Kabine sahen sie die ersten Skifahrer, die über eine Buckelpiste zur Talstation wedelten. Bei jeder Wendung warfen sie den Schnee hinter sich zu einer Wolke, die in der Sonne glitzerte und eine kurze Strecke davongetragen wurde. Von oben sah das leicht und flüssig aus.

Dietrich konnte sich nicht sattsehen. Ihm schräg gegenüber saß Grischa und studierte die Pistenkarte. Er drehte sie mit seinen großen, knochigen Händen in alle Richtungen und versuchte, die Karte mit der Realität abzugleichen. Er murmelte vor sich hin.

Dietrich hätte ihm sagen können, dass von hier unten nur der kleinste Teil des Gebietes zu sehen war, aber Gregor fragte nichts. Er wirkte wie ein Generalstäbler auf der Suche nach seinen verlorenen Truppen.

Varus, Varus, gib mir meine Legionen wieder. Wer sollte das gesagt haben? Cäsar? Dietrich bedauerte seine Halbbildung, und dass er solche Sätze immer nur als Sprichwörter kannte.

Am Abend vorher schon hatten sie vereinbart, die Frauen zur Skischule zu schicken. Ricarda wollte zur Schule, weil sie sich in der Gruppe sicherer fühlte, Odette musste zur Schule. Sie hatte noch nie auf Skiern gestanden.

Auf Gregor und Elmo traf das zwar ebenfalls zu, aber nachdem Gregor erklärt hatte, Schule komme für ihn nicht in Frage, das sei rausgeworfenes Geld, und das werde er diesen Abzockern nicht nachwerfen, sagte Elmo, er brauche das auch nicht. Sein Vater verbreitete sich noch darüber, was man im Leben durch gutes Beobachten lernen könne, wenn man sich nur darauf einlasse und welch gute Schule es sei, sich selbst auf diese Art etwas beizubringen. Odette hatte geschwiegen.

Die Gondel rumpelte in die Station.

Als Dietrich, Elmo und Yannik ins Sonnenlicht traten, stand Gregor schon auf den Skiern, vergewisserte sich auf der Karte kurz über die einzuschlagende Richtung, fragte: „Kommt ihr?" und stieß sich ab.

Er hielt die Beine weit gespreizt, den Oberkörper leicht nach vorn gebeugt, die Stöcke schleiften nach. Es sah nicht elegant aus, aber er schien sich Gedanken über die für einen Anfänger sicherste Haltung gemacht zu haben. Er wankte nicht und war ihren Blicken schnell entschwunden.

„Dann wollen wir ihm nachfahren." Dietrich warf seine Ski in den Schnee.

„Ich fahre dem Verrückten nicht hinterher", Elmo zeigte einen Vogel, „hast du die Piste gesehen? Es gibt nur die eine nach unten und die ist dunkelrot."

Dietrich hob die Hände. Das ließ sich ja prächtig an.

„Komm, wir gehen zu dem Schlepper", Yannik wies mit dem Stock nach rechts, „die Piste ist gut zum Lernen."

„Dein Vater ist auch Anfänger. Den können wir nicht allein lassen", flehte Dietrich.

Elmo warf den Kopf kurz nach oben. Es war eine Geste wie Schulterzucken oder Abwinken.

„Du kannst ihm ja nachfahren."

Die Jungen wandten sich ab und stapften in ihren steifen Skistiefeln den kurzen Hang nach oben, wo eine Masse Leute geduldig wartete, um sich einen Plastikteller zwischen die Beine zu klemmen und einen seichten Hügel hinaufziehen zu lassen.

Dietrich überlegte kurz, ob er ihnen folgen sollte, schüttelte verständnislos den Kopf.

Er dachte darüber nach, welche Entscheidung am besten vor seiner Frau zu vertreten sein mochte (ohne sich über dieses Kriterium Rechenschaft abzulegen) und wandte sich schließlich nach links, wo Grischa vor zwei Minuten hinter einer Schneeaufschüttung verschwunden war.

Dahinter wartete eine Buckelpiste und keine hundert Meter weiter würde er Gregor finden, wie er sich verzweifelt von Buckel zu Buckel kämpfte. Im schlimmsten Fall mussten sie das

Stück, das er schon gefahren war, wieder nach oben laufen. Elegant nahm er die Biegung, ließ seine Skispitzen auf den ersten Huckel rutschen, als er überzukippen drohte, verlagerte er das Gewicht auf den linken Ski und mit kurzen Schwüngen schaukelte Dietrich sich in gemächlichem Tempo über die Miniberge. Allerdings verlor er den Rhythmus, als er aufblickte, um nach Gregor Ausschau zu halten. Er musste zwei Buckel auslassen, wurde viel zu schnell und hatte Mühe, auf einem kurzen geraden Stück ohne Sturz zum Stehen zu kommen.

Er blickte nach oben, nach unten. Gregor war nicht zu sehen. Ob er hinter dem Waldstück stand? Hatte er ihn verpasst?

Dietrich entschied, dass das nicht sein könne, rappelte sich auf und fuhr weiter. Immer wieder blieb er stehen, sah sich um. Eine unerklärliche Angst bemächtigte sich seiner, ein flaues Gefühl im Magen. Hatte er Sorge, dass Gregor etwas zugestoßen sein könnte? Bei diesen Menschenmengen verschwand keiner, oder doch? Nur wozu? Dietrich fühlte sich versetzt in einen Gruselfilm, eine kleine Verschiebung in der erwarteten Realität, und die Angst steigt aus den Tiefen, um dir die Haut zu kitzeln.

Er fuhr weiter, teilte die Piste in Beobachtungsquadrate ein, die er gewissenhaft absuchte. Aber Gregor fand er nicht, und irgendwann rechnete er auch nicht mehr damit.

Gregor war tatsächlich erschrocken, als er die Buckelpiste vor sich sah. Von der Gondel aus hatte das einfacher gewirkt. Aber was half es. Sicher würde sich am Tag eine andere Möglichkeit bieten. Aber die hier war nicht schlecht. Wahrscheinlich musste Dietrich die maulenden Kindern beruhigen. Zwei Minuten hatte er. Was ihm an Geschicklichkeit und Übung fehlte, war mit Athletik auszugleichen. Mit Ärger dachte er daran zurück, wie ihm ausgerechnet die Ausbildung im Skifahren wegen einer lächerlichen Bronchitis durch die Lappen gegangen war. Er verbot sich diesen destruktiven Ansatz. Grundregel: Verschwende nie einen Gedanken an Dinge, die dir zur Lösung eines Problems fehlen.

Am Rande fand er ein kurzes Stück ohne Unebenheiten. Er rutschte dorthin und probierte eine Rechts- und eine Linkskurve. Er drückte mit beiden Beinen das Ende der Ski nach außen. Es würde gehen. Er beschloss, jeweils zwei Buckel zu umfahren und dann mit einer jähen Wendung zu stoppen. Nach dem vierten Halt bemerkte Gregor, wie ihm die Oberschenkel schmerzten. Bewundernd beobachtete er einen hageren älteren Herren, der mit kurzen Schwüngen an ihm vorbeiglitt.

Dietrich war noch nicht zu sehen. Gregor stellte die Ski wieder talwärts, und drehte nach dem zweiten Buckel. Irre, welches Tempo er auf dieser kurzen Strecke erreichte und wie kraftaufwändig das Bremsen war. Irgendwas machte er technisch falsch. Besser war, nur nach jedem dritten Buckel zu halten. Aber das gab er nach dem ersten Versuch auf.

Gregor dachte über Dietrich nach. Der Trick funktionierte. Das Skifahren wurde einfacher. Er achtete nicht mehr auf den Schmerz.

Den Übergang von der Buckelpiste zu einem mehrere Kilometer langen Hohlweg, den die meisten Schuss fuhren, um am Ende ein Stück bergauf nicht schieben oder laufen zu müssen, nahm er kaum zur Kenntnis.

Aber über Dietrich nachzudenken, war nicht sehr ergiebig. Gregor sah einen entspannten Menschen, der es sich in seinem Leben gemütlich gemacht hat, und den Odettes Anzüglichkeiten ein wenig aus seiner Lethargie rissen, und wahrscheinlich würden diese Affäre und die sich daraus ergebenden Komplikationen die letzte große Aufregung in seinem Leben sein.

Aber warum war der Wirt gestern auf der Terrasse geradezu panisch bemüht gewesen, nicht in Dietrichs Blickfeld zu geraten, und warum hatte er ihn gleichzeitig so verhohlen beobachtet, dass es einem ins Auge sprang?

Gregor fiel keine plausible Erklärung ein.

Als er intuitiv in die Hocke ging, die Stöcke unter die Arme klemmte und ungebremst gleich allen Anderen zu Tale raste, dachte er, dass er wenig über Dietrichs Vergangenheit wusste. Auf dieser Gartenparty, auf der Odette mit Dietrich geflirtet hatte, als gelte es, die letzte Liebschaft des Lebens einzugehen, waren sie das erste und einzige mal vertraut miteinander gewesen. Selbst Gregor hatte sich von dieser erotischen Stimmung an dem künstlich angelegten Teich mitreißen lassen. Danach gab es nur noch Versuche, die einzigartige Atmosphäre dieses Abends wieder entstehen zu lassen. Man unterhielt sich über belanglose Sachen. Ab dem zweiten Treffen ging es um Versicherungen, Probleme mit den blöden Vorgesetzten aus dem Westen, Autos, Wunderheiler aller Art von Ayurveda bis Zen-Meistern, und die Begegnungen wurden so belanglos.

Er wusste nur: Dietrich war Beamter im Bundeswirtschaftsministerium. Ob das damit zusammenhing? Wirtschaftskriminalität? War das Hotel eine Scheinexistenz, die der Wirt sich zur Tarnung aufgebaut hatte? Gregor schüttelte den Kopf. Er überholte einen Skifahrer nach dem anderen und sein Schwung reichte mühelos, das kleine Plateau zu erklimmen, wo man sich anstellen musste, um wieder nach oben zu fahren.

Blödsinniger Gedanke. Schickten sie dann einen alten Bekannten wie so eine Kordel im Kästchen als Aufforderung zum Selbstmord.

Und dann Dietrich! Zu dem passte sowas einfach nicht.

Gregor behielt die Piste im Auge. Wenn Dietrich jetzt auftauchte, könnte er ihm nicht mehr ausweichen. Die Skifahrer verschwanden in großer Entfernung in einem toten Winkel, der von der Warteschlange aus nicht einsehbar war und tauchten urplötzlich mit ihren Mützen und Gesichtern in dreißig Metern Entfernung wieder auf, als würden sie einen Paternoster benutzen.

Er drängelte sich nach vorne, murmelte „Entschuldigung, mein Sohn ist mir ausgebüxt." und war bald in der Gondel.

Irgendetwas stimmte nicht. Er würde es herausfinden. Der

Urlaub erschien Grischa in einem völlig neuen Licht. Lächelnd lehnte er den Kopf gegen die Scheibe. Alles würde sich als Popanz herausstellen, als witziges Missverständnis, aber alles würde auch wieder ein bisschen sein wie früher. Er freute sich auf das Spiel, und es machte ihn glücklich, dass nur er wusste, dass es gespielt wurde – außer dem Wirt wahrscheinlich.

Ricarda war konzentriert und versuchte sich zu erinnern, was sie von der letzten Saison noch im Kopf hatte. Der Schnee war weich, die Piste frisch präpariert. Ihr gelangen drei Parallelschwünge. Die waren nicht perfekt, weil sie den Belastungswechsel nicht ordentlich hinbekam, und sie ließ die Stöcke im Schnee nachschleifen. Aber sie wurde zu den Fortgeschrittenen geschickt.

Nach ihr fuhr Odette. Sie trug keine Mütze und ihre halblangen Haare nahmen ihr, da sie sich stark nach vorne beugte, die Sicht. Sie kippte auf der kurzen Strecke zweimal zur Seite und rutschte mehr oder weniger hockend nach unten.

Der Skilehrer mit einer Mütze, an der fünf verschiedenfarbige Bommeln hingen, stützte sich ratlos auf seine Stöcke und sah Odette an, die sich mühsam vor seinen Füßen berappelte, dabei immer wieder weg glitt, sobald sich Hintern und eine Hand vom Boden lösen wollten.

„Du hättest wohl unten an den Babylift gehen sollen. Hier oben ist es etwas schwierig für dich."

Er sprach mit angenehmem schweizerischen Akzent.

Odette, die es geschafft hatte, auf die Beine zu kommen, versuchte, sich ebenso lässig abzustützen. Es wirkte wie die ersten Stehversuche eines gerade geborenen Fohlens.

„Ich bin am Anfang immer etwas unsicher. Aber ich möchte zu ihr in die Gruppe." Mit dem Kopf deutete sie in Ricardas Richtung. Die konnte nicht verstehen, was gesprochen wurde, aber die Kopfbewegung ließ sie ungläubig staunend die Augen aufreißen.

„Das wird schwierig. Wie oft bist du schon Ski gefahren?"

„Vier oder fünf Mal. Das letzte mal war ich in einer Fortgeschrittenengruppe", log Odette.

„Na, ich weiß nicht", sagte der Skilehrer und gab mit dem Stock dem Nächsten ein Zeichen, er möge losfahren.

„Stell dich erst mal dahin. Wir entscheiden nachher, wenn du noch mal ein Stück gefahren bist."

Odette schob sich in die entgegengesetzte Richtung ab, weil sie vor seinen Augen nicht riskieren wollte, beim Umdrehen hinzufallen. Als sie ein Stück abwärts gerutscht war, schnallte sie die Ski ab, öffnete ihre Stiefel und stapfte durch den Schnee zu Ricarda hin.

„Musst du wieder runter?", fragte die mitfühlend und hoffnungsfroh.

„Nein, ich fahre hier mit."

„Bitte?! Das geht nicht." Einen kurzen Augenblick schauten sie einander in die Augen und Ricarda begriff, auf diesen Kampf durfte sie sich nicht einlassen. Sie wandte sich einem schleimigen Einzelgänger zu, der in dieselbe Gruppe eingeteilt war und von oben auf sie zugerutscht kam mit der Frage:

„Kennen die Damen das Skigebiet schon?" Es klang ganz nach Küssdiehandgnädigefrau und der Wienerische Akzent hörte sich angelernt an, aber Ricarda schenkte ihm das gewinnendste Lächeln, dessen sie fähig war und sagte:

„Wir werden es gemeinsam kennenlernen."

Sie hielt das Gespräch am Kochen, bis der Skilehrer kam, nur um nicht mit Odette reden zu müssen.

„Hallo, ich bin der Peter." Er trug keine Mütze, nur ein Stirnband in den Farben rot weiß und der Aufschrift „Schischule", denn die Österreicher schreiben Ski wie man es spricht. Er ließ jeden den Namen sagen und wo er herkam. Das gab Anlass für einige Witzeleien. Ricarda war froh, Berlin sagen zu können, das ließ vieles offen. Vorher habe sie in Bonn gearbeitet und sei durch den Regierungsumzug nach Berlin gekommen. Da hätte das Wort ,wieder' dazugehört, aber sie ließ es weg.

„Rheinländer habe ich gerne in der Gruppe", sagte der Peter, „die sind nicht so trocken."

„Ja", sagte die gebürtige Sächsin Ricarda und bemühte das Kölsch, das sie sich in acht Jahren erworben hatte, „wir sind ein lustiges Völkchen." Und seltsamerweise wurde ihr leicht ums Herz. Jeder blöde Witz würde ihr nun als Kölscher Humor ausgelegt und goutiert werden, und das konnte sie gut gebrauchen. In diesen Skischulgruppen waren immer ein paar Vergnügungssüchtige dabei.

Der Peter fühlte sich auch gleich berufen und sagte zu Odette, die immer noch neben ihren Skiern stand:

„Und du bist heuer die, welche mir meine Ersatzski nachträgt? Das ist nett. Wo kommst du denn her?"

Odettes Stimmung war seit dem Moment, da Ricarda sich dem Wiener Verschnitt zugewendet hatte, stufenweise auf den Nullpunkt gesunken. Bemüht die Contenance zu wahren, sagte sie:

„Aus Hoyerswerda."

Das stimmte nicht. Odette stammte aus einem kleinen Dorf in der Nähe von Hoyerswerda, wohnte aber schon seit ihrem siebzehnten Lebensjahr nicht mehr dort. Von den zwölf Leuten schauten nur drei betreten, der Rest wusste nichts von den Flammen von Hoyerswerda. Ricarda sagte:

„Gut dass wir keine Vietnamesen in der Gruppe haben."

Ihr Gesicht verhärtete sich ein wenig. Die drei, die eben noch betroffen dreingeschaut hatten, lachten. Die Anderen entschieden, sich nicht anmerken zu lassen, dass die Pointe aus einer für sie fremden Welt stammte und verzogen wenigstens die Mundwinkel.

Eins zu null, befand Ricarda.

„Das finde ich auch gut", sagte der Peter ernster als er es wahrscheinlich gewollt hatte und:

„Wo wir so eine dufte Truppe sind und außerdem fortgeschritten: Was haltet ihr davon, wenn wir gleich auf den

Gletscher fahren? Das Wetter ist gut, die Aussicht da oben herrlich, und wer weiß, wie es morgen sein wird."

„Auf geht's", rief Ricarda, die sich irgendwie selber nicht mehr kannte und in der Rolle der jecken Rheinländerin pudelwohl fühlte.

„Mir nach!", rief der Peter. Zu Odette:

„Mach dir meine Ersatzski ruhig an die Füße, noch brauch ich sie nicht." Er wendete, Ricarda reihte sich als erste ein, ohne Seitenblick auf Odette. Sie war wild entschlossen, diesen Tag zu genießen.

Der schmierige Wiener erbarmte sich, schloss Odette die Schnallen an den Schuhen und half ihr in die Ski. Bis zum Lift schaffte Odette es ohne aufzufallen. Es war ein Sessellift, der am Einstieg verlangsamt fuhr, trotzdem musste der Mann vom Aufsichtspersonal den Lift stoppen, weil Odette, als die Absperrung sich öffnete, mit den Schlaufen ihrer Stöcke hängenblieb, zurückgerissen wurde und stürzte. Aber das konnte schließlich jedem mal passieren. Oben schaffte sie es mit verkrampfter Willensanstrengung und im Schneepflug die wenigen Meter bis zur Gruppe zu rutschen. Wegen der vielen Leute ordnete Peter an, dass sie zunächst ein wenig abwärts fahren würden, um an einer ruhigeren Stelle mit dem Unterricht zu beginnen. Erst von da ab offenbarte sich der ganze Umfang des Dramas, und nur Ricardas Einwürfe hielten die Truppe bei Laune.

Mit Bemerkungen wie „In Hoyerswerda gehört das zu den Fortgeschrittenen!", gewann sie die Herzen der Zuschauer.

„Sie sollte einen zweiten Versuch bekommen", rief sie, als Odette unfreiwillig über einen Hügel gesprungen und unsanft und schmerzhaft gelandet war, und alle pflichteten ihr bei.

Nur die Kopie eines Wiener Charmeurs mahnte zur Besonnenheit und half Odette auf die Beine. Ricarda in ihrer Großzügigkeit gönnte es ihr, dass der, der sie vorhin gerettet hatte, nun Odette rettete. Allein das Gefühl, klare Fronten zu erkennen, machte sie übermütig. Sie schwebte und die ganze Gruppe schaute voller Faszination auf zwei überdrehte Frauen, die eines klaren Gedankens nicht mehr fähig schienen.

Yannik bemerkte, wie Elmos Vater Grischa aus der Seilbahnstation trat und sich auf einen Liegestuhl setzte. Er stand mit Elmo und zwei Mädchen schon seitdem sie zum Schlepplift getapst waren herum. Ski und Stöcke lagen im Schnee.

Yannik wäre gern mit Elmo Ski gefahren. Yannik hatte schon mehrere Male eine Skischule besucht. Der Hang war einfach. Er hätte ihm den Schneepflug gezeigt, das Ausstemmen. Aber Elmo hatte beim Anstehen die zwei Mädchen angequatscht, Gänse, wie Yannik fand.

Sie kicherten über jede Bemerkung, und er hatte noch nicht herausfinden können, warum sie überhaupt hier standen, ob sie auf ihre Eltern warteten.

Eben sagte die eine, eine Mollige mit süßem Stupsnasengesicht:

„Man kann nicht ins Wasser gehen."

Yannik wusste nicht, wie sie zu diesem Satz kam. Elmos Vater hatte ihn abgelenkt.

„Doch!", behauptete ihre Freundin, die schlanker und größer als sie war. „Es gibt Menschen, deren Willen ist so stark, die laufen gerade ins Wasser, bis es über ihrem Kopf zusammenfällt und eine halbe Minute später sind sie tot."

„Was haben die von ihrem starken Willen?", fragte Yannik.

„Die sind der Meinung", dozierte die Schlanke, „das Leben ist nur Lug und Trug und erst im Tod erfüllt sich ihr Daseinszweck. Ist doch so. Schaut euch um! Hier stehen wir an, lassen uns den Berg hochziehen und rutschen auf Brettern wieder runter. Das ist doch kein Lebenszweck! Diese ganzen Leute hier fahren stundenlang in Blechkisten ins Gebirge, wo Millionen verbraten wurden, um ihnen das Rutschen auf Brettern zu erleichtern."

„Was machst du dann hier?", fragte Yannik.

„Na meine Eltern haben mich gezwungen", sagte sie und schaute Yannik in die Augen. „Findest du, es hätte einen Sinn?"

Yannik rührte der Blick. Ihre großen braunen Augen schienen ihm etwas sagen zu wollen, er wusste nur nicht was und setzte ihre Worte mit dem Ausdruck der Augen gleich.

„Es ist doch nur Urlaub", sagte er, „was sollte man da Sinnvolleres tun?"

„Das ist doch Quatsch." Elmo mischte sich in das Gespräch. Er fühlte die Verständnislosigkeit der Molligen, die ihre Freundin unruhig ansah.

„Natürlich hat Skifahren keinen Sinn, braucht es auch nicht." Die Züge der Molligen entspannten sich. Sie hing an Elmos Lippen. „Wir wollen ein bisschen Spaß haben, ohne ist das Leben Kacke. Schau dir die verkrampften Erwachsenen an. Willst du mit vierzehn Jahren auch schon so sein? Keinen Handschlag tun, der keinen Sinn hat. Blödsinn."

Die Schlanke wollte etwas erwidern, aber eine Frau sagte den beiden Mädchen, sie mögen mit runter zum Kabinenlift kommen, sie würden jetzt auf den Gletscher fahren. Ohne ein Wort des Abschieds setzten sie sich in Bewegung.

„Blöde Weiber." Elmo schlug gegen ein Pistenschild. „Die Kleine hätte ich rumgekriegt."

„Wozu rumgekriegt?", fragte Yannik.

„Na zum Bumsen, Blödmann!", versetzte Elmo. „Aber im Urlaub ist es immer dasselbe. Alle haben sie ihre Alten mit und die passen auf wie die Schießhunde. Hast du gesehen, wie die mich angehimmelt hat? Ihre Freundin ist aber auch eine blöde Ziege. Hat die sich wichtig gehabt. Scheiße, ich weiß nicht mal, wo die wohnen!"

„Fahren wir jetzt?" Yannik griff nach seinen Skiern.

„Was, wo dich unsere Freundin über die Sinnlosigkeit solchen Tuns eben aufgeklärt hat?", äffte Elmo. „Meinetwegen."

Yannik sah, wie Elmos Vater aufstand, die Sonnenbrille auf die Augen schob, seine Ski schulterte und zielstrebig loslief. Ein

Stück weiter vorn entdeckte er seinen eigenen Vater. Der drehte sich um, als suche er wen. Da verbarg sich Grischa hinter einem Kiosk. Yannik schüttelte den Kopf. Spielten die Erwachsenen Verstecken? So was Kindisches!

Sie schoben sich an den Lift. Nach dem dritten Versuch gelang es Elmo, den Teller zwischen die Beine zu klemmen. Noch einige Versuche später schaffte er mehrere hundert Meter nach oben zu fahren. Yannik stieg jedesmal mit ab, wenn Elmo stürzte. Er dachte an die schlanke Strenge und an die Blicke, die Elmo mit der kleinen Molligen getauscht hatte. Er dachte an Veronika, die Wirtstochter, die Elmo in dieser Woche rumkriegen wollte, vielleicht sogar mit ihm, Yannik. Er sah Elmo an. Der hatte volle Lippen und hellblaue, fast blasse Augen. Er trug eine abgetragene Jacke, sein Pullover hing unten heraus und wenn er fiel, waren sein Rücken und sein Bauch nackt. Es schien ihn nicht zu stören. Yannik trug einen Overall. Er trank am Tag wenig, damit er nicht auf die Toilette musste.

Dietrich stapfte über die Außentreppe in den Keller, stellte Ski und Stöcke ab, schlüpfte in seine Hausschuhe. Nun sind die Füße frei, nun begib du dich wieder in dein Joch, dachte er, aber er dachte es in gemütlicher Stimmung. Dietrich freute sich auf Ricarda, die er bei ihren üblichen Entspannungsübungen, frisch geduscht, auf dem Bett vorzufinden hoffte.

Er ging an der Rezeption vorbei. Der Schlüssel hing am Brett. Ricarda war also nicht im Zimmer, vielleicht in der Sauna oder beim Après Ski. Schade. Die Zeit zwischen Duschen und Abendbrot war die schönste, wenn sich die Dunkelheit langsam in die Zimmer senkte, wenn man nach der Liebe den entspannendsten Schlaf der Welt fand.

Als Dietrich sich von der Schlüsselwand wegdrehte, stand der Wirt hinter ihm. Er lächelte liebenswürdig. Dietrich erschrak, zog einen Mundwinkel nach oben.

„Guten Tag. Sind die Herrschaften mit allem zufrieden?"

„Bis jetzt schon", sagte Dietrich. Er trat auf den Wirt zu. Der rührte sich keinen Millimeter und Dietrich blieb stehen.

„Was ich sie rein interessehalber fragen wollte: Wie sind sie auf dieses Hotel gestoßen?"

„Übers Internet. Das ist gut organisiert. Sogar Zimmerbeschreibungen habe ich gefunden. Ich war beeindruckt."

„Internet! Ja, das ist gut."

„Was bezahlen sie da für die Präsentation?", fragte Dietrich.

„Das ist nicht der Rede wert."

Am anderen Ende des Foyers wuchs aus dem Boden ein Mann im weißen Bademantel.

Da Dietrich in die Richtung blickte, wandte sich auch der Wirt um.

„Sie müssten halt mal schauen kommen. Mit der Sauna stimmt etwas nicht. Wir haben gerade sechzig Grad", rief der Mann.

„Komme sofort", sagte der Wirt. Dietrich konnte seinen Haarkranz bewundern. „Fünf Minuten."

„Es ischt halt so, wir sitzen schon zu fünft drinnen."

„Gut, zwei Minuten." Der Schwabe zog von dannen.

„Wo waren wir stehengeblieben?"

„Ach, nichts Wichtiges. Kümmern sie sich mal um die Sauna. Ich werde auf mein Zimmer gehen."

Der Wirt rührte sich nicht von der Stelle.

„Wir sollten unser Gespräch später fortsetzen", befand er schließlich. „Sie essen gegen sieben?" Dietrich nickte. „Ich lade sie auf halb sieben in mein Büro auf einen Cognac ein, was halten sie davon?"

„Gibt es einen Grund?"

„Ich möchte sie etwas fragen."

Dietrich riss die Augen auf, um anzudeuten, dass er nicht verstehe.

„Sie waren noch nie in diesem Hotel? Entschuldigen sie die Frage. Ich glaube sie zu kennen, habe ihren Namen in meinem

Computer aber nicht gefunden und frage mich nun, ob es vor der Computerzeit gewesen sein könnte."

Dabei schaute er Dietrich immerfort ins Gesicht.

„Ich glaube nicht."

„Seltsam", sagte der Wirt. „Ich bin mir sicher, sie schon mal gesehen zu haben. Tun sie mir den Gefallen, besuchen sie mich auf halb sieben. Ich vergesse kein Gesicht und würde es gerne herausfinden."

„Gut, wenn sie möchten." Dietrich zuckte die Schultern.

Der Wirt schien zufrieden, nickte, zog den Bauch ein und ließ Dietrich vortreten, was in dem engen Durchgang unpraktisch war.

„Tut mir leid, dass ich sie von ihrer Ruhe abgehalten habe."

„Schon gut." Dietrich stieg die Treppe nach oben und vernahm, wie der Wirt ihm nachrief:

„Halb sieben, vergessen sie es nicht."

Odette lag schon, als Ricarda die Sauna betrat.

Ricarda wäre auf der Stelle umgekehrt, aber Odette lag mit den Füßen und gespreizten Beinen zur Tür und schaute Ricarda mit großen Augen an. An Rückzug war nicht zu denken.

„Würdest du bitte jemanden holen, der die Temperatur reguliert. Es ist zu kalt hier drin."

„Ach, ist warm genug", Ricarda zog die Tür heran.

„Dann bring mir bitte mein Handtuch, liegt gleich um die Ecke, das rote Frotteetuch."

Ihre Blicke trafen sich.

„Klar", sagte Ricarda, ließ die Tür offen, als sie nach dem Tuch ging.

„Klasse, jetzt sind weitere zehn Grad nach draußen gewandert", murmelte Odette, Ricarda warf ihr das Handtuch auf den Bauch.

„Danke, Meisterskifahrerin."

„Was hat dich geritten, heute in diese Fortgeschrittenengruppe zu wollen?", fragte Ricarda. Sie zupfte ihr Badetuch zurecht. Odette schaute auf ihren Hintern. Ganz schön fett, dachte sie.

„Und was hat dich geritten, die frohgemute Karnevalsprinzessin zu mimen?"

„Ich habe mich gut amüsiert."

„Auf meine Kosten!"

„Heh, Odette." Ricarda wurde laut. „Wieso hast du den Skilehrer beschwatzt, bei mir mitfahren zu dürfen? Du kannst nicht Ski fahren."

„Ich hoffte, du würdest mir helfen, wir könnten zusammen einen schönen Tag haben. Ich wollte nicht allein da unten an den Anfängerhügel, wo die Männer rumstehen und den doofen Blonden beim Fallen zuschauen."

Ricarda drehte ihr Gesicht zur Wand. Blöde Kuh.

„Morgen gehst du an den Babylift", sagte sie. „Heute haben sich alle prächtig amüsiert. Ohne meine Witze wärst du mittags schon aus der Gruppe geflogen. Die bezahlen nicht dafür, dass sie den ganzen Tag warten, bis du wieder auf die Beine kommst, nur um zwei Meter weiter hinzufallen. Außerdem lernst du so nicht Ski fahren."

Odette starrte auf das Thermometer.

„Es wird nicht wärmer. Sechzig Grad. Wie soll ich da ins Schwitzen kommen."

„Ich bin völlig durch." Ricarda streckte sich und stöhnte, als der Schwabe die Tür aufriss.

4. **Kapitel,**
in dem Ricarda etwas in den Rücken fällt und sie eine Auszeit nimmt

Odette, die ihre schwarzen Haare zum Abendessen straff nach hinten zu einem Knoten gezurrt hatte, zog Dietrich an der Hand aus der hinteren Bank. Das war nicht einfach, weil Gregor dafür aufstehen musste. Er lächelte, Dietrich kam es vor, als sage dieses Lächeln etwas, aber was sollte das sein? Am Tisch war es still geworden. Dietrich schaute zu seiner Frau hin, Ricarda wischte einen Fussel von Yanniks Pullover. Yannik sah seine Mutter mit starren Augen an.

Was pusselte sie hier im Restaurant vor allen Leuten an einem Siebzehnjährigen herum, der einen Kopf größer war als sie. Was ging im Kopf einer Frau dabei vor?

Odette wollte ihm Fotos zeigen. Die Anderen hatten sie schon gesehen. Dietrich war zu spät zum Abendessen gekommen.

„Fotos? Von heute?"

„Er hat sie auf seinem Computer. Ich zeige sie dir."

„Das hat Zeit bis nach dem Essen. Der Nachtisch!", rief Ricarda und wollte sich auf die Lippe beißen für diesen Einwurf.

„Kein Vertrauen zu deinem Mann? Darf ich bitten?" Und Odette hatte Dietrich die Hand hingehalten.

Sie wolle sie nicht herunterholen, nein, sie wären nur auf dem Bildschirm zu besichtigen, und sie traue sich nicht, den Laptop, das Heiligtum ihres Gregor, durchs Hotel zu tragen. Er solle mit nach oben kommen, warum den Tisch damit noch Mal langweilen. Dabei hatte sie vorhin den Laptop nach oben gebracht, als alle anderen die Fotos gesehen hatten, damit niemand Suppe darauf kleckere, sagte sie. Er würde Augen machen, versprach sie ihm.

„Wir sind gleich wieder da", hatte er gesagt.

„Wenn wir das Ding hochkriegen, ... den Computer, meine ich. Verspeist nicht unseren Nachtisch!" Odette zog ihn durch den Raum, er stolperte hinterher. Als er um die Ecke bog, geriet der Tisch noch mal in sein Blickfeld. Ricarda lächelte Yannik an, der sie keines Blickes würdigte.

Dietrich schüttelte den Kopf, aber das bemerkte keiner.

Gregor saß mit dem Rücken zu ihm, das Kinn auf den Händen aufgestützt, leicht gekrümmt, er hielt sich immer sehr gerade.

Ein Raumteiler schob sich zwischen sein Sichtfeld und den Tisch. Als Letzter verschwand Elmo, der ewig süffisant grinsende Lulatsch, seine untere Gesichtshälfte hinter der Hand verborgen.

Ricarda hielt den Blick gesenkt: „Entschuldigt mich, ich geh mal um die Ecke."

Der Fahrstuhl war offen und Dietrich sah das Bild: Die Fahrstuhltür schließt sich und noch im Schließen fallen sie wild übereinander her. Oben zerren sie einander schon halb zerrissen über den kurzen, nur spärlich beleuchteten Flur in ihr Zimmer, reißen sich die Kleider herunter, fahren mit den Zungen einander über die Leiber.

Die Fahrstuhltür schloss sich und sie gingen zur Treppe.

Er betrachtete ihren Hintern. Sie trug diese Skihosen, wie er sie noch aus seiner Kinderzeit kannte, bei denen die Bügelfalte schon am Bund beginnt und straff gespannt wie eine Zeltplane bis zur Ferse läuft.

„Beobachtest du mein Hinterteil?", fragte sie und schwenkte es hin und her.

„Wo sollte ich sonst hinsehen. Es ist meine einzige Orientierung in dieser dunklen Nacht." Wilder Mut.

„Vielleicht solltest du deine Orientierung anfassen, damit du sie nicht verlierst."

Dietrich griff ihr von hinten in den Hosenbund, fühlte ihre Haut, ein Finger lag da wo der Rücken sich teilt und wurde abwechselnd eingeklemmt und wieder freigegeben.

„Sehr sicherheitsbewusst", spöttelte Odette, „gleich so, dass ich nicht mehr weglaufen kann, wie unerotisch."

Übermütig begann sie zu hüpfen, er ließ wieder los, versuchte sie zu zwicken, bekam aber nur Stoff zu fassen.

„Kann er nicht, er kann es nicht...", trällerte Odette. Sie blieb stehen.

„Zur zweiten Etage du voran, ... Spannemann." Sie lachte, schob ihn vor sich her, boxte ihn. Dietrich fühlte sich über seiner dumpfen Erregung in Kindertage zurückversetzt, als der Umgang mit den Mädchen noch darauf hinauslief, dass man sie schubste und froh war, wenn sie zurück schubsten.

Als sie auf halber Höhe zum zweiten Obergeschoss waren, trat Ricarda in der ersten Etage aus dem Fahrstuhl. Sie hatte die Restauranttoilette nicht benutzen wollen. Sie hörte das Gelächter, sah nach oben, Odettes Hände kniffen ihrem Mann in die Oberschenkel.

Im Flur flackerte eine schwache Beleuchtung auf.

„Alles geht heute automatisch", maulte Odette. Während sie die Tür öffnete, lehnte Dietrich an der Zarge und dachte: Gleich muss ich sie anfassen. Für den Moment wünschte er sich zurück in den Speisesaal.

Die Tür schwenkte nach innen. Odette verbeugte sich wie ein Butler:

„Bitte sehr, der Herr."

Ricarda griff (zum wie vielten Male?) nach dem Wecker. Es war vor elf. Sie sollte müde sein, der Tag hatte sie angestrengt.

Bestimmt saßen sie zu dritt und klönten. (Gregor war mit zu den Jungs aufs Zimmer gegangen.) WARUM? Zweimal schon hatte sie an der Tür gestanden, noch öfter war sie aus dem Sessel und dem Bett gekrochen, hatte sich wieder hingelegt. Aber gegangen war sie nicht. Dabei glaubte Ricarda sich ohne Angst vor dem, was sie *sehen* oder hören würde. Nur das danach, wie ihm in die Augen sehen oder ihr. Sie konnte nicht fragen: *War es schön, Schatz?* und weitermachen.

War Odette die Strafe?

Diese Frage stellte sich Ricarda seit dem Abend im Sommer. Immer wieder dachte sie darüber nach. Da war dieser Moment gewesen. Sie saßen im Gras. Sie lachten. Odette warf den Kopf zurück und lehnte ihn an Dietrichs Schulter. Flash: Gregor schaute zu und verzog keine Miene. Er sah aus wie ein gelangweilter Zoologe, der zum hundertsten Male zusieht, wie sein Affe durch die Gitterstäbe einer alten Frau die Handtasche entreißt. Flash: Odettes Augen beobachteten Dietrichs Gesicht, fast unmöglich aus dem Winkel, taxierend, lauernd, wie eine Raubkatze. Flash: Dietrich saß, lachte, schwadronierte, seine Augen irrten und landeten doch immer wieder bei Odette.

Sie übernachteten da, und noch im Bett schwärmte er von dem schönen Abend, der lauen Sommerluft, von der entspannten Atmosphäre. Von da an prägten sich die Bilder in ihr Gedächtnis. Er erzählte vom Skifahren. Odette lauschte hingebungsvoll Dietrichs Worten. Er war verunsichert, verhaspelte sich, aber Odettes Begeisterung tat das keinen Abbruch. Sie stieß Gregor mit dem Fuß in die Seite, ohne den Körperkontakt zu Dietrich abzubrechen. Himmlisch müsse das Skifahren sein und ob sie es nicht auch versuchen wollten.

Ricarda hätte nein sagen können, aber sie schaffte es nicht, auch als sie wieder zu Hause waren. Sie wälzte die Worte in ihrem Kopf, ganze Nächte drehte sich das Rad der Argumente und der Varianten. Dietrich bemerkte die Augenringe, fragte sie, aber sie tat es ab, die Arbeit wäre anstrengend.

Als Gregor sie anrief und Vorschläge machte und das Hotel aussuchte, wollte sie wieder mit Dietrich sprechen. Es ging nicht. Er war begeistert, sie bekam den Mund nicht auf und bald waren alle Messen gesungen, die Unterkunft angezahlt, und Angst und Eifersucht waren wohl noch kein Grund für die Inanspruchnahme der Reiserücktrittskostenversicherung, jedenfalls nicht, wenn Angst und Eifersucht bei Buchung der Reise schon vorhanden waren. Solche Gedanken machte sich Ricarda.

Sie stand oft vor dem Spiegel. Heute war sie nicht mehr das hässliche Entlein. Aber damals, als sie ihn kennenlernte. Und hatte den schönen, klugen, redegewandten, immer fröhlichen, sportlichen, geselligen, optimistischen Dietrich aufs Standesamt geschleppt. Die Angst war kleiner geworden über die Jahre, hatte sie geglaubt. Nun stand sie wieder vor ihr, wie eine Wand, mauerte die Zimmertür zu.

Sie hörte, wie die Tür vom Treppenhaus zum Flur aufging und sich wieder schloss. Schritte. Wie sie war, in Hosen, Strümpfen und Pullover sprang sie ins Bett und zog die Decke bis zum Kinn.

„Und, wie war es?", fragte sie ihn, als er im Zimmer stand, unschlüssig was er nun tun sollte. „Irre", sagte er. Sie hörte ein Rascheln, Dietrich zog sich sein Hemd über den Kopf. Ob sie es riechen konnte?

Wenn er später als sie ins Schlafzimmer kam und sie noch wach lag (Sie lag immer wach, nur manchmal tat sie als ob sie schliefe.), schaltete sie für gewöhnlich die Nachttischlampe ein.

Ricarda konnte nicht. Noch mehr als vor einem Geruch fürchtete sie sich davor, es ihm anzusehen.

„Das finde ich auch", sagte sie und lauschte seiner Stimme nach, aber in dem einen Wort fiel ihr nichts auf. Es klang dem Anlass angemessen. Ricarda hörte ihn aus der Hose steigen. Sie sagte:

„Ich verstehe nicht, warum er sie so herumzeigt. Mir und dir. Wir müssen ihn doch für verrückt halten."

„Hm." Dietrich zog im Stehen die Strümpfe aus. Dann griff er nach seinem Schlafanzug, den das Zimmermädchen ordentlich zusammengelegt auf dem Kopfkissen drapiert hatte.

„Gehst du nicht duschen?", fragte Ricarda.

„Ich habe ... es vergessen", sagte Dietrich und nahm den Schlafanzug mit ins Bad. Ricarda schaltete blitzschnell ihre Lampe an, aber sie sah nur seinen Rücken, Kopf, Hintern und Beine verschwinden. Sie löschte das Licht wieder, fiel wie ein Brett zurück.

Die Schlampe hatte ihr Zeichen hinterlassen. Zwei oder drei Striemen, nicht blutend, aber wie von spitzen Fingernägeln über den Rücken gezogen, unterhalb des Schulterblattes. Ihr wurde kalt unter der Decke trotz ihrer vollen Montur, aber sie rührte sich keinen Zentimeter.

Ich habe ... schon geduscht, hatte er wohl sagen wollen.

Hatten sie zusammen geduscht, ihre Körper noch mal aneinander gerieben, sich gegenseitig den fremden Duft abgespült, es noch mal getan. Ricarda atmete heftig. Sie hörte das Prasseln des Wassers. Dachte er jetzt an sie? Strich er sich wohlig über sein Gemächte, trieb ihm das Kribbeln auf der Haut, von ihrer Berührung verursacht, das Blut erneut zwischen die Beine?

Würde sie je wieder dahin greifen ohne einen Gedanken daran?

Dietrich duschte lange. Das heiße Wasser rötete ihm den Nacken, er spürte, wie es die Wirbelsäule, die Arme, die Beine entlang lief. An die hundert oder mehr Bilder waren auf Gregors Laptop gespeichert. Langweilige Bilder, schneebedeckte Pisten, Menschen in Overalls und mit Sonnenbrillen, nicht immer gut zu erkennen, trotzdem klopfte ihm das Herz am Halse, wenn er darüber nachdachte.

Sie hatten zusammen skifahren wollen, Gregor und er, und dann war Gregor losgefahren, verschwunden und den ganzen Tag nicht wieder aufgetaucht bis zum Abendbrot.

Nun stellte sich heraus, dass sie doch zusammen gefahren waren, denn Gregor hatte ihn, Dietrich, fotografiert, ca. fünfundzwanzig bis dreißig Mal die Stunde, alle zwei Minuten ein Foto und er, Dietrich, hatte nichts bemerkt.

Wahrscheinlich liebe er ihn, hatte Odette erst gesagt. Meinetwegen, lass ihn schwul sein, verfolgt er dich dann den lieben langen Tag mit dem Fotoapparat, peinlich darauf bedacht, nicht gesehen zu werden? Er übt ein wenig, sagte Odette dann noch.

Was sollte das denn heißen? Fährt er in Urlaub um zu arbeiten? Gregor betrieb oder war angestellt bei einer Privatdetektei. Ganz genau wusste Dietrich das nicht, Gregor drückte sich diesbezüglich immer möglichst ungenau aus.

Grischa, der Streit um den Sergeanten Grischa, mussten sie früher in der Schule lesen. Dietrich konnte sich aber nicht mehr daran erinnern, nur der Titel haftete ihm im Gedächtnis und der Autor: Arnold Zweig, nicht zu verwechseln mit Stefan Zweig, letzterer natürlich der bedeutendere Autor; Gregors Lieblingsthema, die Literatur, stundenlange Vorträge, Hannah Arendt seine neueste Flamme, da ging es wohl eher um Philosophie, aber wie brillant, ihre Totalitarismustheorien ihm aus der Seele geschrieben, ein Feingeist also und verfolgt dich effektive fünf Stunden, um jeden deiner blöden Schritte zu dokumentieren. Was wollte er ihm beweisen?

Ob Hannah über das Skifahren geschrieben hat? Und über die Wirkung, die es tut, wenn man das Ergebnis einer fünfstündigen Observation dem Observierten präsentiert? Wir wissen alles über dich, kannst es ruhig zugeben, gibt mildernde Umstände. Dietrich seifte sich ein.

Überhaupt, was sich Leute neuerdings für ihn interessierten.

Warum nämlich war er heute zu spät beim Abendbrot erschienen, konnte daher nicht mit allen gemeinsam die Fotos anschauen und musste Odette aufs Zimmer folgen? Weil der Herr Niederhammer, der ihm halb sieben in seinem Büro einen Cognac angeboten und ihn ausgefragt, nicht wieder losgelassen hatte. Herr Niederhammer war ziemlich beleibt, das Gesicht von zu viel Alkohol aufgedunsen, mit schütterem Haarkranz.

Jede Woche befrage er einen Gast ausführlicher, das solle dem Geschäft zugute kommen. Ob er nicht ein Stündchen opfern wolle. Am zweiten Tag! Nachdem er einmal Abendbrot und einmal Frühstück gegessen und die Sauna noch nicht benutzt hatte. Die Stunde verplapperten sie und eine halbe dazu, weil sie über der Feststellung, dass alpine Abfahrt im Osten damals kaum möglich war, bei alten Zeiten gelandet waren, und der Herr Niederhammer, Aloisius, per du waren sie jetzt, davon nicht genug hören konnte. Wie ein zwitscherndes Vöglein war er sich vorgekommen und der Aloisius hätte sich ein Fernglas umhängen können als Ornithologe. Ähnliches war regelmäßig nur neunundachtzig, neunzig vorgekommen, als der gemeine Ostdeutsche noch ein gewisses völkerkundliches Interesse geweckt hatte. Österreich sei doch ein neutrales Land gewesen, hätten sie wirklich nicht dort Urlaub machen können? Aus welchem Mustopf kam der denn?

Dietrich erinnerte sich belustigt an den Moment, als er Anfang neunzig nach Jugoslawien gefahren war. Damals gab es das noch in kompletter Form. Sie fuhren über die Tschechoslowakei (die gab es damals auch noch) und Ungarn. Er wähnte sich knapp vor der sowjetischen Grenze (gab es die damals noch?), da stellte er fest, dass Wien nur ein Katzensprung von Bratislava entfernt ist. Wien, die UNO, Kurt Waldheim, so weit im Osten! Unfassbar. Und Aloisius auch, der wohnte damals in Wien, hatte er jedenfalls erzählt.

Dunkelheit und Stille, als er ins Bett schlich, von Ricarda war kein Mucks zu hören.

Dann Sonne, durchs Fenster der Blick aufs Nachbarhotel. Verharschter Schnee blendete, er schloss die Augen. Durch die Lider spürte er Licht. Leicht blinzelnd beobachtete er gleißende Reflexe. Hin und her zuckten Sterne und Prismen wie Blitze.

Etwas fehlte, schoss ihm in die Magengrube: Ricarda. Das Bett zerwühlt, seit Minuten kein Laut aus dem Bad. Nach acht war es. Halb stützte er sich auf. Skischule begann erst um zehn. Er putzte sich hektisch die Zähne, dann saß er nackt auf dem Bett bis ihn fröstelte. Am Buffet traf er keinen, nicht Gregor, nicht Odette, nicht die Jungs, nicht Ricarda. Er stürzte einen Orangensaft im Stehen, goss einen zweiten ins Glas, ließ Eier und Kaffee kommen, verdrückte sechs fettige Nürnberger Würstchen, drei Scheiben kross gebackenen Schinkenspeck und ein Nutella-Brötchen. Er glaubte sich entspannt, aber die Leute schüttelten den Kopf, wenn sie zu ihm rüber sahen. Fraß wie eine siebenköpfige Raupe, als säße er am Kompanietisch und in zehn Sekunden pfiff der Spieß: Frühstück beenden!

Keiner pfiff. Als er fertig war, sah er auf die Uhr: neun, viel zu früh. Trotzdem fuhr er los, was sollte er im Hotel, jeden Moment mussten Odette und Gregor kommen, Yannik und Elmo.

Denen wollte er jetzt nicht begegnen. Sie würden fragen, wo Mama geblieben sei, und was sollte er sagen.

Er zuckelte hinter einem Skibus her, den er sonst innerhalb einer Minute überholt hätte, wartete sogar geduldig an den Haltestellen. Er war kurz vor zehn oben.

Sie schien auf ihn gewartet zu haben. Als er etwas abseits stand, klopfte Ricarda ihm von hinten auf die Schulter. Eigenartig so zu stehen und die eigene Ehefrau wie einen Menschen zu sehen, den man nicht kennt. Würde er sich nach ihr umdrehen, wenn sie als völlig Unbekannte an ihm vorbei lief? Er schüttelte den Kopf, war selbst nicht sicher, ob über die Frage oder als Antwort.

Die Ski standen zusammen geklettet neben ihr, die Stöcke über die Spitzen gehängt. Das hatte sie von ihm gelernt. So trugen sie sich wenig kraftaufwändig. Ihr schulterlanges Haar wurde von einem Stirnband aus dem Gesicht gehalten, das ihr gleichzeitig die Ohren wärmte. Spuren von Sonnencreme zogen sich über die Wangen. Ricarda cremte sich immer sehr dick ein. Viel hilft viel. Ganz am Anfang hatte sie sich in den Rhodopen mal böse das Gesicht verbrannt, musste sogar zum Hautarzt, glaubte Dietrich sich zu erinnern. Mehr als zwanzig Jahre war das jetzt her. Eine Sekunde schauten sie einander an und Dietrich war sicher, dass er nur eine Sekunde mehr gebraucht hätte, dann wäre alles wieder gut gewesen. Woran sie wohl in dieser Sekunde gedacht haben mag?

„Ricarda." Die Stimme drang durch das Gewirr. Jemand aus ihrer Skigruppe rief sie.

„Ich muss los", sagte sie. Sie war nun doch wieder bei dem, was sie sich vorgenommen hatte. Dietrich traute sich zu, ihr jedes Vorhaben auszureden, aber nicht, wenn irgendwas sie stresste, dann war Ricarda von einer Sturheit… Sie musste los, nun blieb nur noch Zeit für die vorgefertigte Mitteilung.

„Zieh aus."

„Was?"

„Aus unserem Zimmer."

„Wieso?"

„Dietrich, ich brauche eine Pause. Ich muss nachdenken."

„Worüber?" Er schüttelte erbost den Kopf.

„Du spinnst."

„Gegen vier bin ich wieder im Hotel, dann will ich dich da nicht mehr sehen."

„Ricarda."

„Es ist mein Ernst. Eine Woche, dann sehen wir weiter." Sie ging an ihm vorbei. Er sagte nichts. Der Auftritt kam ihm vor wie aus einem B-Movie, aber ihm fiel kein filmreifer Satz ein, nicht mal ein schlechter. Hätte er rufen sollen: Ricarda, es ist nicht so wie du denkst. Was dachte sie denn? Dass er mit Odette geschlafen hatte? Und was hülfe dann bestreiten. Machte es die Sache in ihren Augen nicht noch schlimmer. Außerdem keimte in Dietrich die Vermutung, dass es egal war, ob oder ob nicht. Was sagte Odette, wenn man sie fragte. Der Gedanke beschäftigte ihn, er spürte nicht, dass Ricarda zu ihm hinsah. Sie war stehengeblieben.

Warum dreht er sich nicht um, warum sagt er nichts? Kein Mensch lässt sich so mir nichts dir nichts aus der Wohnung werfen, auch wenn die nur ein Hotelzimmer ist. Eine Windbö fegte heran, Ricardas Augen wurden zu schmalen Schlitzen, in denen die Feuchtigkeit schimmerte. Hier oben herrschte eine verdammte Kälte. Sie ging zu denen, die sie gerufen hatten. Ungeduldig waren sie. Der Peter ermahnte die Gruppe zur Zeitdisziplin. Zustimmendes Gemurmel, kritische Blicke, vier Stunden pro Tag hatten sie bezahlt, die Preise mit denen verglichen, die vor nicht allzu langer Zeit in Schilling zu zahlen waren, sich aber nicht auf den Umrechnungskurs einigen können, nicht genau jedenfalls, Schilling zur Mark sieben zu eins und Mark zum Euro zwei zu eins, machte das jetzt vierzehn zu eins? Der Peter wusste es auch nicht, der war Schweizer.

5. Kapitel,

in welchem Yannik das Kollektiv, Odette die Männer erklärt und Dietrich talwärts fährt

Auf dem Tisch lagen Skibrillen, Handschuhe, einer runterge-fallen, Schals, Schuhe und Socken auf der Heizung, Yanniks Overall vor dem Bett, gebrauchte Unterwäsche darunter und daneben, CD's ohne Hüllen, die Player mit den Ohrstöpseln ohne die Achtung, die noch die Generation vor ihnen jedem elektronischen Gerät und jedem Kabel hatte angedeihen las-sen, achtlos hingeworfen. Elmo war aus seinem Anorak und der Skihose gestiegen und auf das Lager gesunken. Auf seinem Nachttisch stand eine halb volle Colaflasche und eine leere Gummibärchentüte. Yannik lag schräg, das Kissen stützte den Kopf nach oben. Er fischte Pringels (scharf) aus der Verpackung und wischte sich die Krümel vom Sweatshirt. Er trank aus ei-nem Liter-Tetrapack H-Milch.

„Diese Seven of Nine ist ein heißer Feger, die würde ich nicht von der Bettkante schubsen." Elmo griff sich in den Schritt. Yannik verzog das Gesicht und schüttelte den Kopf.

„Die ist eine halbe Borg, die würde *dich* von der Bettkante fegen. Außerdem interessiert sie sich nicht für Sex."

„Aber du findest sie doch auch geil, oder?"

„Definiere geil." Yannik sprach mit blecherner, abgehackter Stimme.

„Blödmann." Elmo kratzte sich den Kopf, seine langen dün-nen Finger würden abbrechen, fürchtete Yannik und schaute weg. „Wieso interessieren sich Borg nicht für Sex?"

„Borg kennen kein individuelles Leben, sie gehören zum Kollektiv." „Na und, wie pflanzen die sich fort?"

„Keine Ahnung, jedenfalls ohne Sex."

„Ist ja langweilig. Aber schau sie dir doch an. Warum laufen die Weiber auf der Piste nicht in so einem Anzug rum. Diese Titten!"

„Das sind keine Titten, das sind Brüste."

„He…". Elmo stieß Yannik in die Seite, der stieß ihn unwirsch weg. „Brüste klingt geiler, du hast voll recht. Brüste, schlabber, schlabber."

„Du würdest dich wundern." Yannik dozierte. „Alle Nanosonden haben sie ihr nicht entfernen können, und wenn du der so kommst, mit deiner hängenden Zunge, dann fragt sie dich: Der Herr wünscht zu kopulieren?"

„Der Herr wünscht was?"

„Müsstest du eigentlich wissen. Kopulieren. Kommt aus dem Lateinischen."

„Du hast Latein?"

„Ja."

„Und kopulieren ist lateinisch und heißt auf deutsch ficken?"

„So ähnlich. Eher befruchten."

„Die fragt dich, ob du sie befruchten willst? Kein Mensch will befruchten, ich will nur meinen Spaß mit ihr haben."

„Spaß kennt sie nicht. Alles was man tut, hat einen Sinn, kommt dem Kollektiv zugute."

„Scheiße." Elmo streckte die Arme, gähnte. „Ich will sieben mal die Neun ficken." Er schrie es.

Yannik rührte sich nicht, verzog keine Miene. Sieben mal die Neun. War Veronika die Neun?

Vor dem Fenster stand er nackt. Sie starrte auf sein Gehänge, jedes Haar war vor dem hellen Hintergrund überdeutlich, der flache Bauch, die muskulöse Brust, der vorstehende Adamsapfel, der markante Kopf mit den Stoppeln obendrauf und am Kinn. Odette schloss die Augen wieder. Gregor drehte sich ins Zimmer:

„Ricarda steht an der Haltestelle", sagte er.

„Allein?"

„Allein."

„Hat er das süße Geheimnis nicht für sich behalten können?"

„Gibt es denn eins?" Er schaute in ihr Gesicht. Sie lag mit geschlossenen Augen im halbsüßen Schlummer. Die Meisterin.

Aber auf der Festplatte fand er von gestern keinen Film. Es war keine Datei zu finden. Selbst wenn sie die Kamera ausgeschaltet haben sollte, müsste wenigstens der Anfang da sein. Nichts, die Datei war gelöscht. Er hatte mal gelesen, dass man gelöschte Dateien rekonstruieren könne, aber er zweifelte, dass dies mit kompletten Filmsequenzen funktionierte und außerdem war ihm schleierhaft, wie das gehen sollte. Er war nicht schlecht am Computer, aber er war kein Hacker.

Hat sie seiner Gaben vollgemessen, hat er nur das Wort vergessen, ach das Wort, worauf am Ende er das wird was er gewesen. Dass *es* wird wie *es* gewesen.

Sie hielt ihre Augen geschlossen. Odette. Von einer germanischen Gottheit. Odin. Zwei Raben schickt sie aus, die Welt für sie zu erkunden, reitet auf einer achtbeinigen Stute hinterdrein, ein alter Mann als junge Frau verkleidet.

„Wie war es mit ihm?"

„Wie soll es gewesen sein, wie mit allen Männern, dich natürlich ausgenommen."

„Wieso nimmst du mich aus? Weil wir nicht mehr miteinander schlafen?"

„Möchtest du, komm her."

„Was wenn ich wollte?"

„Komm."

„Wie sind alle Männer?"

„Ach Grischa, wie sind sie. Phantasielos, vom vielen Porno gucken verdorben, glauben, eine Frau bekomme allein vom Schwanz massieren einen Orgasmus."

„Und so war Dietrich auch?"

„Ja."

Die Lider klappten nach unten. Klappe zu und dahinter ein totes Äffchen. Wotan, der Beschützer aller Liebenden. Odin, Odinet, Odette. Liebte sie ihn, Gregor Grischa. Oder liebte sie

Dietrich und löschte den Beweis, dass mehr gewesen war als Schwanz massieren und slam, bam, thank you Mam. *Sind sie sicher, dass sie den Eintrag löschen möchten? Löschen – nicht löschen – abbrechen.*

„Bist du zufrieden?"

„Ja."

„Am zweiten Abend geschafft."

„Nicht schlecht, oder?"

„Du warst schon besser."

„Ach komm, Gregor, nicht wieder diese Tour." Sie warf sich auf die Seite, drehte ihm den Rücken zu.

„Bist du auf Rekordjagd oder willst du bumsen?"

„Beides", kam es gedämpft aus dem Kissen.

„Bumsen kannst du auch mich. Ich bin nicht schlechter als deine Eroberungen."

„Dann komm."

Gregor kam.

„Besser aber auch nicht", sagte sie.

„Wovon sprichst du?"

„Von nichts besonderem."

Schläfrige Pause.

„Was hast du rausgefunden?", fragte sie.

„Nichts."

„Wird wohl nichts sein."

Er lag auf dem Rücken, die Arme unter dem Kopf verschränkt. Da war was. Die Leute könnten viel mehr übereinander wissen, wenn sie ihren Ahnungen trauten, weiß Gott wozu, aber er lebte davon.

„Du hast es doch auch gesehen", sagte er.

„Ja, aber es kann alle möglichen Gründe haben."

„Sag mir einen."

„Er ist schwul und hat sich in Dieterich verguckt."

„Wenn du nicht immer nur an das eine denken und davon reden würdest, kämen dann andere Deutungen in Frage?"

„Hast du wieder die Konjunktivitis?"

„Meinen Augen geht es gut, danke."

„Sehr witzig."

„Er kennt ihn von früher, und er hat Angst."

„Wer, Dietrich?"

„Nein, der Wirt."

„Du leidest an Paranoia. Ist das bei euch Detektiven eine Berufskrankheit?" Odette sprach immer noch verschlafen in das Kissen wie durch einen Dämpfer, hatte sich nicht bewegt, nur ab und zu gestöhnt.

„Männer kennen noch andere Gefühlsregungen als den Sexualtrieb und Angst ist davon nicht jene, die an letzter Stelle steht. Der Wirt ist dir zu fett, deshalb achtest du nicht auf ihn. Er hatte Angst und war erschrocken."

„Er hat ihn länger angesehen als dich, das ist alles." Sie sprachen langsam und träge. Gregor stieß sie in den Rücken, gutmütig. Ihre Wirbel krümmten sich zum Kopf hin, Narben, perlmuttfarbene Streifen zogen von den Seiten über ihren Bauch. Jetzt sah er nur die Ansätze. Deretwegen hatte sie ihm vor Jahren von einem Ende gesprochen. Der Wirt ist ihr zu fett. Aber mir nicht, aber mir nicht, nicht zu fett, aber vielleicht ein fetter Brocken, eine fette Beute.

Gregor versuchte, die Szene aus dem Gedächtnis zu kramen und merkte, wie sie beim Anfassen zerbröselte. Wenn da nichts war, war es wenigstens ein Urlaubsspaß. Nur den Herzstillstand, den hatte er gesehen. Des Wirtes Herz hatte einen Schlag ausgelassen, als sein Blick auf Dietrich fiel gestern auf der Terrasse, als er ihre Bestellungen entgegennahm. Und dann hatte er sich schräg hinter ihn gestellt und von Dietrichs Gesicht den Blick nicht lassen können. Er hatte so gestanden als schaue er woanders hin, als beobachte er wie Dietrich den Bergkamm, über dem sich die Sonne senkte. Er hatte die Lider zusammengekniffen, und egal, was er schrieb und ob er überhaupt schrieb, seine Pupillen, der Fokus seines Blickes wanderte immer wieder nach rechts unten. Der Kopf drehte dabei leicht mit. Ein Schmerz, als wolle der Sehnerv abreißen, die Stricke und Bänder, die das Auge in seiner Höhle festzurrten. Dietrich beteiligte sich nicht an der Bestellung. Mit Daumen und Zeigefinger hielt Dietrich seine Uhr und die Berge im Blick. Ein fühlbares Erschrecken, schnell verborgen, Pupillen im Winkel zwischen nur geschlitzten Lidern, nicht gerade was man eine lückenlose Beweiskette nennt. Gefühle trügen, führen in die Irre, werden falsch interpretiert. Aber beim Schlüsse ziehen sind wir noch nicht. Erst mal sammeln wir Material. Und wenn es den Urlaub ein bisschen aufpeppt, hat es sein Gutes.

„Wenn du noch ein bisschen lieb zu mir bist, verrate ich dir ein kleines Geheimnis." Odette räkelte sich zu ihm herum, strampelte die Decke zur Seite. Da sie die Augen geschlossen hielt, konnte er sie ansehen. Sie ließ sich gehen, war vom Abend nicht abgeschminkt, im Sonnenlicht lagen die Tränensäckchen und waren von tausend Fältchen durchzogen. Von da begannen sie ihre Wanderung als Wurzelspitzen über die Wangen, die Stirn, Nase und Mund. Er sah es ablaufen wie einen Zeitrafferfilm, in dem eine Blüte in einer Sekunde aufgeht und die Blätter wieder verliert.

„Ein Geheimnis?"

„Erst musst du lieb zu mir sein."

Gregor beugte sich nach vorne, sog ihre Brustwarzen in seinen Mund und spielte mit der Zungenspitze daran. Sie bog den Rücken durch, atmete tief, und er wusste nicht, ob es ihr wirklich gefiel oder ob es das alte Spiel war: ich tue, als wäre ich heiß auf dich, und du tust so, als erregte dich das.

„Was für ein Geheimnis?", fragte er durch fast geschlossene Zähne. Odette zuckte zurück, er hatte sie beim Fragen ein bisschen gebissen.

Sie drängte sich unten seiner Hand zu, er hielt dagegen und dann sagte sie:

„Er hat mit dem Wirt in dessen Büro gesessen, Schnaps getrunken und über alte Zeiten geredet."

„Deshalb war er so spät beim Essen?"

„Deshalb."

„Und worüber haben sie geredet?"

„Der Wirt hat ihn wohl ausgefragt, was er früher gearbeitet hat und so."

Gregor schob Odette sanft aus dem Bett. „Los, zieh dich an, in einer halben Stunde gibt's kein Frühstück mehr."

Das Zimmer, er fühlte sich gejagt, nun, da er entschlossen war, wollte er sie auch nicht mehr sehen. Systematisch graste er das Bad, den Nachttisch, den Schrank nach allem ab, was er für eine Woche brauchen würde. Ausweis, Geld und Kreditkarten hatte er immer am Mann. Sein Buch. Er musste unbedingt ein Zimmer mit Satellitenantenne finden, oder er würde irgendwohin gehen sich amüsieren.

Und Yannik?

Er hatte ihn gestern zuletzt am Abendbrottisch und heute noch gar nicht gesehen. Ach, ihr Problem. Sollte sie es ihm erklären. Er schlich die Treppe runter, spähte wie ein Indianer, krümmte sogar den Rücken, lief gebückt. Über den Parkplatz normal gehen, wie sollte das sonst von oben aussehen, den Koffer mit Schwung hinten rein, nicht zu viel Gas, locker vom Hof rollen, links, rechts? Rechts, talabwärts, instinktiv lenkte er dahin, da würde er ihr kaum begegnen.

Nur der Wirt war ihm aufgefallen, der schippte Schnee, konnte also Ricarda Bescheid geben, falls sie fragte, ungläubig staunend, dass er ihrer Anweisung nachkam.

Fragend hatte der geguckt, Dietrich nur die Schultern hoch gezogen: So kann es gehen. Hart ist das Leben und die Frauen sowieso. Er wusste selber nicht, warum er fuhr, logisch war es nicht, eine Überreaktion. Eine Erklärung war sie ihm schuldig, er könnte alles bestreiten, selbst wenn Odette anderes streute, verrückt war die schließlich. Warum sollte sie nicht etwas behaupten, schon aus Ärger, dass es so nicht gewesen ist. Alles lässt sich verkaufen und behaupten, es sei denn, es käme ein Kind, nicht wahr, dann schaute alles anders aus, aber das stand schließlich nicht zu erwarten.

Der Tag hatte ihm gefallen, herrliches Wetter, wunderbar weicher, griffiger Schnee, kein Tempo, dem er sich anpassen, keine Gespräche, die er verklemmt und aufgedrängt führen musste, alles friedlich, alles cool, was sollte er sich den Abend mit dussligen Diskussionen verderben. Jeden Kummer heilt die Zeit, wie oft reichten drei Tage Trennung und alles war wieder in Butter.

Im Rückspiegel sah er aus der Hoteleinfahrt ein weiteres Auto kommen, das hinter ihm her fuhr. Na so was. Er war allein auf dem Parkplatz gewesen. Hatte da jemand schon im Auto gesessen. Er erkannte ein hiesiges Nummernschild. Der Wirt wird es wohl nicht sein, der schmeißt ja nicht seinen Schneeschieber hin, stürzt ins Auto und fährt ihm nach. Obwohl, vielleicht ist er neugierig. Dietrich kicherte in sich hinein. Hat er Angst, dass wir nur ein verlängertes Wochenende wollten und nun die Rechnung prellen. *Fahrt mal mit dem Skibus zwei Stationen weiter, ich sammle euch dann auf.*

Dietrich vergaß den Wagen auf der kurvigen Strecke, nur selten war er in Sichtweite. Der Gedanke mit den zwei Stationen hakte, zwei Dörfer talabwärts hielt er Ausschau, nicht zu teuer, aber auch keine billige Absteige sollte es sein.

6. Kapitel,

in welchem Yannik seiner Mutter kein Halt ist und Dietrich auf der Piste an die Autobahn erinnert wird

Sie trank, nahm große Schlucke, verzog das Gesicht. Sie hangelte nach der Flasche neben der Wanne und goss das Zahnputzbecherglas erneut voll. Wieder setzte sie an und spuckte in das Badewasser. Einer Wolke gleich verteilte sich der Rotwein.

Sie hielt das Glas schräg, bis der Wein überlief und ins Wasser tropfte. Blutige Explosionen schossen in die Tiefe. Sie trank aus der Flasche, zog die Flasche vom Mund. Der Wein lief ihr übers Kinn und den Hals, alles stank nach Alkohol, jetzt noch die Flasche mit aller Wucht an die Wand pfeffern, dass sie splitterte und der Spiegel über dem Waschbecken gleich mit.

Ricarda beugte sich nach vorne und zog den Stöpsel. Es ekelte sie vor der roten Brühe. Sie duschte lange im Sitzen, entfernte alle Spuren vom Wannenrand, benutzte noch ein Duschbad, was sie sonst nach dem Baden nie tat, bis sie keine Spur von Alkoholdunst mehr wahrnahm.

Dann stand sie vor dem Spiegel, der eben um ein Haar in Scherben gesplittert wäre. Um ein Haar eben. Und für einen Moment glaubte sie, in diesem Haar die Crux ihres Lebens finden zu können. Aber nichts wäre anders, hätte sie die Flasche geworfen außer Splittern und Ärger mit dem Hotelier.

Der Spiegel bedeckte die ganze Wand hinter dem Waschtisch, und sie sah sich bis zu den Knien. Stolz betrachtete sie ihren flachen, striemenlosen Bauch, die vollen Brüste, das Becken war etwas breit, aber mochte er es nicht gerade so?

Was wollte er mit diesem Hungerhaken? Tränensäcke, tiefe Falten um die Mundwinkel, graue Haare, schwarz gefärbt, damit man ihr die Tragik ihres Lebens auch ansah.

Ricarda schüttelte ihr dunkelblondes Haar, in dem sie die wenigen Einzelgrauen noch stehen ließ. Sie nahm ihre Brüste in die Hand, kreiste mit den Fingerspitzen um die Warzen, hart und vorstehend wurden sie dabei.

Verzeihen, nie wieder darüber reden, vergessen.

Was verzeihen? Und wieder begann sich ihr Gedankenkarussel zu drehen.

Er hat mit ihr geschlafen!

Warst du dabei? Hast du es gesehen?

Das brauche ich nicht. Er hat sich verplappert, er hat rote Kratzspuren auf dem Rücken.

Er habe es vergessen, sagte er, sich zu duschen und Kratzspuren? Du sahst es kaum, als du hektisch die Lampe anknipstest.

Drei Striemen, klar erkennbar!

Blutend?

Und warum geht er einfach, zieht aus ohne eine Nachricht? Das tut keiner, der nicht Schuld empfindet, Gewissensbisse. Sieh her, kein Stück ist mehr da, kein Pyjama, keine Zahnbürste, selbst sein Rasierzeug ist weg.

Benahmst du dich nicht wie eine eifersüchtige Ziege? Hast du ihm gesagt, warum du ihn raus wirfst.

Er scheint es ja zu wissen.

Du belügst dich selbst.

Ach nein?

Denk an die Autobahn.

Woran?

Und denk an euren ersten Abend hier in diesem Zimmer.

Ja und, was passiert, wenn ich daran denke? Was soll sich ändern?

Denk einfach nach.

Die Autobahn. Ricarda saß im Bademantel auf dem Wannenrand. Es war Zeit zum Ankleiden. Das Abendessen wartete. Ricarda stieg in ihre Hose, zog sie über den Hintern, erst links dann rechts. Sie stellte sich wieder vor den Spiegel und zog die Lippen nach. Alles hing mit allem zusammen.

Dietrich hatte ihnen das Leben gerettet. Obwohl: ohne ihn wären sie nie in die lebensbedrohliche Situation gekommen. Wäre es richtiger gewesen, ihn wegen seiner Heldentat zu bewundern? War es falsch, ihn spüren zu lassen, dass es soweit gar nicht hätte kommen müssen. War es denn unmöglich, einem Mann die Meinung zu geigen? Nutzte er dann die erste beste Möglichkeit, sich anderswo auszuheulen?

Hatte sie ihm die Meinung gegeigt?

Das Leben gerettet! Früher war es noch schlimmer gewesen. Er drängelte die Leute nicht mehr mit Lichthupe, blöden

Grimassen und strafbaren Gesten von der Überholspur, aber er fuhr immer noch viel zu dicht auf.

Weniger Rouge. Es muss natürlich wirken.

Ricarda erinnerte sich sehr genau an das Schweigen, beredt. Dietrich brach dieses Schweigen.

Ricarda durchfühlte ihr pochendes Erschrecken, als Yannik gesagt hatte: „Du bist viel zu dicht aufgefahren."

Ricarda verspürte keinen Hunger, aber sie ahnte, das sei nur eine Schutzreaktion. Geh nicht zum Abendessen, dann musst du ihr nicht in die Augen sehen. Würde sie die Chuzpe haben und nachfragen? Wo ist er denn, unser Dietrich. Yannik wird es wissen wollen. Yannik, den sonst wenig interessierte außer seinen spinnerten Ideen von Weltraumeroberung, Paralleluniversen und Mythologie-Scheiß. Aber wenn eine Kleinigkeit außer der Ordnung war, fragte er nach. Meist wanderten seine Gedanken schon über der Antwort wieder in seine Parallelwelt. Aber nur, wenn die Antwort das hiesige Universum als Voraussetzung jeglicher Jenseitigkeit nicht störte.

Sie erwischte sich bei einem Lächeln. Vati geht es nicht gut, er will ungestört sein. In zwei Tagen ist er wieder da. Oder besser: *er hat einen alten Freund getroffen, der in der Nähe Urlaub macht. Da bleibt er vielleicht ein, zwei Nächte.*

Und du?

Ach, was soll ich bei einer Männerrunde. Außerdem brauche ich Schlaf, viel Schlaf.

Dietrich saß und redete sich den Tag schön. Und da war Angenehmes. Schnee gleißte in der Sonne, das Bier wurde warm, zweieinhalbtausend Meter über NN. Sein Buch war gut, Gott, es war nicht die pure Unterhaltung, das nicht. Seit einer Stunde saß er hier, vielleicht wurde es einfach Zeit, dass er wieder in die Stiefel stieg, sich in die Ski klickte und ein paar Abfahrten schoss oder wedelte, ganz nach Gusto, unschlüssig, missmutig, sollte das wirklich an Ricarda liegen. Herrgott, er würde doch einen freien Tag genießen können, verflucht und zugenäht. Oder noch ein Hefeweizen und eine Williamsbirne, vielleicht mit einem Kaiserschmarrn.

„Peer." Och, am Nachbartisch wurde es laut.

Vielleicht lieber einen Kaffee. Der würde auf der Piste nicht wirklich gut sein. Schön mit Crema, ob die hier oben sowas hinkriegten. Er schaute sich um, aber nirgends schleppte einer Kaffee aus der Hütte. Es war überhaupt leer geworden auf der aus Schnee zusammen geschobenen Terrasse. Alles frei und er saß ausgerechnet Rücken an Rücken mit diesem Disputierklub. Dietrich faltete den Mund abschätzig, verächtlich, das tat gut.

„… nicht gibt, bloß weil du es noch nicht erlebt …, ja entschuldige mal. … Natürlich, dazu steh ich: Einstein wird maßlos überschätzt."

Dietrich rutschte etwas zur Seite, vorsichtig unauffällig, das Zurücklehnen wegen eines Gesichtssonnenbades vortäuschend. „Der hat nichts gekonnt außer die Menschheit mit seiner Lichtgeschwindigkeit verrückt zu machen." Huch, der Mann echauffierte sich. Der hatte eine Meinung. Ein Streit! Gierig lauschte Dietrich. Er schloss die Augen, man hörte so besser, und legte sich hin. Peer war wohl der Zweifler, klar, es ging gegen Einstein, harter Tobak. Stephen Hawking, eine kurze Geschichte der Zeit, hatte Dietrich gelesen, nun, drin geblättert, aber Zweifel an Einstein waren da nicht vorgekommen. Ich bin für Peer, aber unparteiisch, mal sehen, wer den nächsten Nobelpreis für Physik abfasst. Dietrichs Schwermut war wie weggeblasen. Sie schwiegen ein bisschen, den schweren Angriff auf den Schöpfer unseres heutigen Weltbildes verdauend. Dann sagte Peer, und es klang abschließend und desinteressiert:

„Gott, ich verstehe ja nichts davon. Du bist der Fachmann."

„Bin ich", sagte der andere. Und versöhnlichen Tones: „Ok, natürlich kann ich nicht mit letzter Sicherheit sagen, dass die Erdstrahlung Schuld daran trug. Es haben sich da gegensätzliche Pole und gleiche Resonanz aufsummiert und die Elektronik lahm gelegt, aber dass einfach ein Kabelchen abgerissen ist und deswegen der Motor ausging, das will mir auch nicht in den Kopf, nicht bei einer nagelneuen E-Klasse."

Dietrich blinzelte vorsichtig, das Licht trieb ihm trotz der Sonnenbrille sofort die Tränen in die Augen. Peer konnte er nicht sehen, aber des Einsteingegners Profil zeichnete sich wie ein Scherenschnitt gegen den Himmel, fast schwarz. Peer wurde von einer Frau verdeckt. Sie saß abgerückt vom Zweifler an der Lichtgeschwindigkeit mit gebeugtem Rücken, wahrscheinlich den Kopf auf die Hände gestützt und war genervt, weil ihr Vater sich wichtig machte. Dietrich kicherte in sich hinein. Ist ja auch abartig! Selbst Yannik fuhr nur mit ihnen mit, weil Skiurlaub alleine finanziell nicht drin war. Der war siebzehn und diese Frau, von hinten schwer zu schätzen, aber die dreißig hatte sie hinter sich.

Da sah er Peer, einen graumelierten älteren Herrn mit kantigen Gesichtszügen, akkurat rasiert, gebräunt, der sich vorbeugte, im Sonnenlicht, demselben, das den neuen Einstein zum schwarzen Schattenriss machte und schaute die Dame an.

„War sicher eine furchtbare Situation." Väterliche Güte. Sie mit einem Seitenblick auf den verhinderten Nobelpreisträger: „Schön war es nicht, aber wir haben es ohne Schaden überlebt."

„Nun ja, wir sind dem Tode nur knapp entronnen."

„Hubert!"

„Doch, man kann das so sagen und", er hob den Zeigefinger vor ihr Gesicht, ohne sie dabei anzusehen, „das Problem ist vielschichtig." Sie drehte den Kopf langsam nach der anderen Seite, Dietrich sah vor seinem inneren Auge einen seufzenden Blick zum blauen Firmament. Aber Hubert war gewillt, das vielschichtige Problem aufzudröseln. Hier konnte sie ihm nur mit grober Unhöflichkeit gegen ihre Urlaubsbekanntschaft Peer entwischen, und er hatte lange darüber nachgedacht.

„Der Motor ist ausgegangen. Ein Fakt. Ist eine Variante denkbar, mit der der Fahrer beschuldigt werden könnte, dies verursacht zu haben? Nein. Nicht bei Tempo hundertachtzig und wenn genügend Benzin im Tank ist. Abwürgen ist undenkbar, versehentliches Ausschalten der Zündung? Möglich." Peer unterbrach ihn:

„Wird das jetzt dein zweiter Versuch eines Beweises, dass es diese Skalwellen…" „Skalarwellen." „Ja." „Nein. Ich will damit nur ausdrücken, den Fahrer trifft daran keine Schuld. Unsere Autobahnen sind an dieser Stelle nicht sicher genug konzipiert. Es gibt kaum einen ausreichenden linken Seitenstreifen."

„Es gibt rechts einen", sagte Peer.

„Aber es war keine Chance den zu erreichen. Als wir bemerkt haben, wo das Problem liegt, waren wir bei hundertvierzig. Da fuhren sie auf dem Mittelstreifen schon deutlich schneller als wir."

„Soweit hätte es nicht kommen müssen." Jaja. Er hatte ihr Leben gerettet und was fiel Ricarda dazu ein?
„Ich habe perfekt reagiert." Und dann Yannik:
„Mutti hat recht. Du bist viel zu dicht aufgefahren."
Natürlich.

„Und das Blinklicht funktionierte nicht. Also Warnblinkanlage, ok, die wird wohl gesondert betrieben, sie blinkte jedenfalls. Aber wir kamen nicht rechts rüber. Juliane hat zwei Versuche gemacht."

Hubert tätschelte ihr den Rücken. Sie rührte sich nicht. Dietrich meinte zu spüren, wie sie unter der vertraulich bestimmenden Berührung litt.

„Jedesmal schoss einer hupend vorbei und dann war es zu spät. Jeder ist an dir vorbei, bevor er darüber nachdenken kann. Und so stehst du dann plötzlich auf dem linken Seitenstreifen, auf der Raserspur."

„Na gut", unterbrach Peer, „wenn nicht im ersten Moment der Crash passiert, entsteht bei derart dichtem Verkehr ein Stau, nicht schön, aber an der Spitze bist du sicher."

„Ich sage ja, das Problem ist vielschichtig." Hubert legte seine Hand auf den Arm der Frau neben ihm, die offensichtlich Juliane hieß. Er hielt sie fest. Sie hatte Anstalten gemacht zu gehen.

„Ich mache dir doch keinen Vorwurf, Schatz. Wir standen schlussendlich nicht auf der linken Spur, sondern halb daneben, so eng an der Leitplanke, dass wir weder links noch rechts aussteigen konnten. Links gingen die Türen nicht auf wegen der Leitplanke, und rechts schossen oft nur in wenigen Zentimeter Abstand nach einer Weile wieder mit hundertachtzig, zweihundert die Autos vorbei. Es wäre besser gewesen, mitten auf der linken Spur zu halten."

Julianes Schultern bebten.

Dietrich setzte sich auf:

„Entschuldigen sie", mischte er sich ein, „Elmer mein Name, Dietrich Elmer." Dietrich schaute zwischen Huberts und Julianes Rücken auf Peer, und der hatte neben sich auch noch eine Frau sitzen. Sie lächelte verbindlich und sagte nichts. Es war als wolle sie ihn ermutigen. Verwirrt wanderte Dietrichs Blick zurück zu Peer. Hubert maß ihn schräg zur Seite gelehnt, dass es aussah wie von oben, wahrscheinlich erforschte er seine Gehirnströme.

„Ist nicht wichtig." Dietrich fühlte sich unter den Blicken der Drei wie in einem Spinnennetz. Wäre er bloß liegen geblieben.

„Es ist nur, ich habe sie da auf der Autobahn stehen sehen und mich gewundert, nur ein dummer Zufall, dass ich den Teil ihres Gespräches hören konnte. Es war doch auf der A 9?"

Was quatschte er hier dazwischen. Es war ein kurzes Schweigen, Dietrich wäre gerne versunken, dann sagte Hubert: „Sicher, auf der A 9, Allersberg oder -bach, Schatz, wo war es?"

Juliane verbarg das Gesicht hinter den Händen. Es schien sie sehr mitzunehmen, oder sie war immer noch sauer auf Hubert, der bestimmt fürchterlich getobt hatte. „Kurz nach Allersberg."

Sie sagte es mit zitternder Stimme durch die Hände, es war kaum zu verstehen. Dietrich sah nicht hin. Herrgott, er hatte es doch vorhin schon gespürt. Da kochte was. Es ging ihn nichts an. War das schon der Einsamkeitskoller, dass er Leute beim Essen anquatschte.

Na gut, es war ein lustiger Zufall, dass ausgerechnet er, der mit Sicherheit am dichtesten an ihnen vorbei gerauscht war, diese Leute hier traf. Fast hätten sie im Jenseits über den fehlenden linken Seitenstreifen auf deutschen Autobahnen Beschwerde führen können. Und so? Er traute sich nicht zuzugeben, dass er beinahe ihr Sargnagel gewesen wäre. Er hatte wohl doch ein wenig Angst. Dieser Hubert war nicht ohne, der spann ein bisschen, bestimmt war er cholerisch, der nervliche Zustand seiner Frau (die seine Tochter wohl sein könnte) sprach dafür. Außerdem: war der Zufall so gigantisch? Wohin fuhren denn Samstag früh, Winterferienbeginn in Berlin, Brandenburg, auf der A 9 die Autos? Wenn sie da nur eine halbe Stunde gestanden haben, sind sie von Tausenden bemerkt und bedauert worden, davon haben bestimmt zehn heute auf dieser Terrasse gegessen.

Man verabschiedete sich, potztausend, was es für Zufälle gibt, nichts für ungut, schönen Urlaub noch, wir haben es ja gottlob überstanden. Hubert schüttelte ihm sogar die Hand. Vielleicht sähe man sich ja noch mal auf der Piste oder beim Après Ski, dabei lachte er.

Peer und seine Frau waren schon vorgegangen, nachdem sie „Hat uns gefreut" gesagt hatten. Juliane wollte wohl ihr verweintes Gesicht nicht zeigen, sie dampfte ohne Kommentar ab, stand bei den Skiern und schnäuzte sich, Dietrich sah sie nur von hinten. Er winkte, schüttelte über sich selbst den Kopf, was für ein Blödsinn. Jemand räumte ab, er fragte, ob er noch ein Bier haben könne, er sei jetzt zu faul zum Aufstehen, ja, kein Problem. Die rannte hier draußen wirklich im Dirndl herum. Als er noch mal hoch schaute, waren Peer und sein Frau schon verschwunden. Hubert stand in deutliche Ungeduld verratender

Pose neben Juliane, die wohl Probleme mit dem Einchecken hatte. Sie rutschte ab, wahrscheinlich zu viel Schnee an den Stiefeln. Hubert schlug mit dem Stock gegen ihre Stiefel, da machte sie eine wütende Bewegung, stand wie ein Ringer lauernd. Er zuckte die Schultern und stieß sich ab. Dietrich senkte die Augen und klappte das Buch auf. Und sieh an, es machte wieder Spaß zu lesen. Das sinnlose Gespräch eben hatte ihn zumindest geweckt. Er freute sich auf das Bier, dann würde er noch entspannt zwei, drei Abfahrten wagen.

Schritte, er zwang sich, den Blick unten zu halten, er fühlte sich genug blamiert. Wahrscheinlich hatte sie ihren Schal, ihre Brille oder ihre Handschuhe vergessen, Mütze war auch noch denkbar. Er überlegte, welches davon er sicher an ihr bemerkt hatte, als sie versuchte in ihre Skier zu steigen, aber es fiel ihm nicht ein. Nur ihre Körperhaltung, als sie Hubert verjagte …

„Hallo, Dietrich." Ihm stockte das Herz. Er sah sie an, aber das hätte es nicht gebraucht.

„Ihr Bier." „Ja, danke." „Das macht vier Euro." Dietrich kramte in seinen Taschen. „Stimmt so", sagte Juliane und gab einen Fünfer hin. „Eigentlich solltest du mir einen ausgeben, findest du nicht?"

„Hallo Juliane", sagte Dietrich. Verlegen hielt er ihr das Bier hin.

„Ich habe nicht viel Zeit. Hubert wartet."

„Dein Mann?"

„Merkt man das?" Sie lächelte eine Sekunde.

„Und du, immer noch …?"

„Ja", sagte er.

„Und, wo ist sie?"

„Nicht da?" Juliane nickte. War das eine Frage, ein Angebot. „Ich muss. Hubert …"

„Ja, sicher. Ich bring dich noch." Sie stapften schweigend durch den Schnee, klack, klack, stand sie in den Skiern.

„Na, dann."

Dietrich sagte:

„Wir könnten uns nachher treffen."

„Ich weiß nicht. Was soll das bringen."

„Reden. Eine Stunde. Wozu bist du sonst zurückgekommen, ... eben."

„Eben, ... ja." Sie sah ihn nicht an, starrte auf die Spitzen der Skier, versuchte, mit dem Stock Schnee abzukratzen.

„In einer Stunde an dem Skianzugladen bei der Talstation. Sag Hubert, du brauchst mal ein bisschen Ruhe."

„Vielleicht." Sie nahm die Stöcke aus dem Boden, glitt immer schneller davon und verschwand ohne sich umzudrehen hinter einer Biegung des Hohlweges, der auf die Hauptpiste führte.

Woran, Ricarda, hast du gemerkt, dass er erschrocken ist? Ja, woran? Sie hatte keine Ahnung. Es war dunkel gewesen, kein Wort war mehr gesprochen worden. Dietrich war irgendwann eingeschlafen, und sie hatte wach gelegen.

Aber wenn er sie oder sie ihn nicht gevögelt hatte, warum fragte er dann nicht nach?

Ricarda wälzte sich und schwitzte unter der Wolldecke.

Odette war heute nicht bei ihm. Oder doch? Hatte er einfach ein anderes Zimmer in diesem Hotel genommen? Irgendwas lief ja zwischen Dietrich und diesem Hotelbesitzer.

Aber Gregor hatte ihn wegfahren sehen. Konnte sie glauben, was Odette sagte? Peinlicher Auftritt, unbehagliches Schweigen, Yannik und Elmo waren am Dessert schon nicht mehr interessiert und verschwunden, als Odette fragte. Bloß nicht daran denken, morgen werde ich außerhalb essen oder nach Hause fahren?

Kein Auto, Skischule, bezahlte Pistenkarten.

Das Auto! War es weg gewesen? Ricarda schlug die Decke zurück. Die kalte Luft fasste nach ihren nassen Gliedern. Sie bekam Bauchschmerzen. Mit an die Scheiben gepressten Händen versuchte sie, aus den Silhouetten zu erkennen, ob das Auto irgendwo zu sehen war, aber es gab keine Bewegung auf dem Parkplatz und die Lampen blieben aus. Ricarda kroch unter die Decke. Ihr war übel. Es war kalt und nass. Aufstehen, duschen, anziehen, in die Nacht gehen, nach ihm suchen. Bei Odette und Grischa nachfragen. Nein, das ging nicht. Grischa. Ob sie mit ihm reden könnte? Spielten sie ein Spiel? Das konnte ihm nicht gleichgültig sein.

Sie musste Dietrich beschützen, vor sich selbst, wie sie es schon einmal getan hatte, damals.

Dietrich konnte an Odette nichts finden. Er liebte dürre Frauen nicht, und sie hatte Odette in der Sauna angeschaut, keine begehrenswerte Frau, verlebt, flache Brüste hingen wie Lappen an ihr, Tränensäcke machten aus dem Gesicht eine verheulte Maske.

Sie erschauerte und kreuzte die Arme vor der Brust.

Vorsichtig trocknete Ricarda sich ab, zog sich an. Auf dem Parkplatz war kein Auto. Dietrich war weg. Sie verspürte das Bedürfnis zu laufen, weite Strecken, immer geradeaus. Sie ging auf die Straße zu. Sie kehrte wieder um. Da waren keine Wege. Da war nur Dunkelheit und Kälte. Ob Yannik etwas wusste?

Yannik, ihr stilles Kind. Sie würde sich mit Yannik etwas unterhalten oder mit ihm fernsehen, ihretwegen auch mit Elmo, obwohl der ihr unsympathisch war, aber Ricarda glaubte sofort, dass sie ihm Unrecht tue. Sippenhaft. Du überträgst die Abneigung gegen die Mutter auf ihn.

Ihr Gemüt erheiterte sich. Sie lief die Treppen nach oben. Auf dem Flur verharrte sie, vor der Tür zögerte sie. Musik klang aus dem Zimmer, Stimmen waren zu hören. Sie würde sich eine Abfuhr holen. Egal. Besser, als allein in dem kalten Zimmer, schweißnass unter dieser Wolldecke.

Ricarda klopfte, lauschte, Musik, keine Reaktion. Vorsichtig und leise (als wolle sie nachsehen, ob ihr Kind schon schlafe, ohne es zu wecken) drückte sie die Klinke. Die Tür war offen.

Die Musik dröhnte in ihren Ohren, viel zu laut für ihren Geschmack. Ricarda unterdrückte den Wunsch zu verlangen, sie sollten die Musik leiser drehen. Sie wollte sich jetzt keinen bösen Blick einfangen, sie wollte nicht rausgeworfen werden. Sie wollte nett sein, freundlich und alles hinnehmen, was in diesem Zimmer geschah. Sie wollte nur für eine Stunde irgendwo dazugehören.

Sie machte noch einen Schritt nach vorne, kehrte auf dem Absatz um, schloss geräuschlos die Tür und drückte sich mit dem Rücken gegen die Wand.

Sie spürte nicht, wie sie die rechte Hand auf ihre Brust legte und um Atem rang. Langsam rollte sie über die Schulter von der Wand weg in den dunklen Flur hinein. Wie Abstandhalter benutzte sie ihre Arme, um nicht zu straucheln. Sie sank auf ihr Bett, ein Geräusch löste sich von ihr, schwebte durch den Raum und für den Moment glaubte sie, in ihm einen Gefährten gefunden zu haben. Aber es löste sich in Nichts auf, verklang ohne Nachhall. Irgendwann, als es sie fröstelte, zog sie sich eine Decke über den Bauch. Irgendwann streifte sie die Schuhe von den Füßen. Irgendwann kam die Zeit, da sie diese Nacht überstanden hatte. Es schien ihr, als warte auf sie der erste Tag ihres Lebens, von dem sie nicht wusste, was er bringen würde.

7. Kapitel,

in welchem Juliane die Zeit vergisst, Yannik seine Mutter überhört und Hildegard ihrer Tochter wegen aufbricht.

„Schön, dass du kommst." Ihrer beider Hände steckten in den Jackentaschen.

„Das verdankst du Hubert. Er wollte die Problematik noch mal erörtern, ganz sachlich natürlich."

„Danke Hubert!", rief Dietrich nach oben, da lachte sie.

„Was soll das werden, ein Rendezvous?"

Ihre hohen Wangenknochen, die kühn geschwungenen, weil gemalten Brauen, die dunklen Augen und fast schwarz geschminkten Lippen, die glatt nach hinten gekämmten und in einem Nest zusammen gesteckten Haare, ihre makellose Haut, fremd und streng und schön und er wusste nicht, ob das noch seine Juliane war.

„Gehen wir spazieren?"

„Du kannst mich zu einer Pina Colada einladen."

Er drehte sich zu ihr, mit einer koketten Kopfneigung hängte sie ihre Hand in seine Armbeuge und sie stolzierten davon, weg von den Liften, ins Zentrum, wo die Bars und Diskotheken waren, wo aus Zelten und Pavillons die Beats dröhnten und die ersten Besoffenen Sirtaki tanzten.

Dietrich sah Juliane nach, wie sie ins Bad ging. Auf dem Nachtisch verbreitete eine Lampe spärliches Licht. Sie war schlank und hatte diesen federnden Gang, als schritte sie über einen Laufsteg. Ob sie als Model gearbeitet hat? Das Zeug dazu hätte sie, heute noch, Mode für die reife Dame. Er lächelte. Dietrich verschränkte die Arme unter dem Kopf, starrte an die Decke.

Dann stand er auf und ging ebenfalls zum Badezimmer. Die Tür war offen, Juliane saß auf dem Klo. Das hatte ihn schon damals fasziniert, wie sie ins Bad kam, wenn er sich gerade rasierte oder wusch, sich aufs Toilettenbecken setzte und es plätschern ließ. Es konnte höchstens ein- oder zweimal passiert sein, wenn das Haus ihrer Eltern für ein Wochenende oder einen Abend sturmfrei war. Er hatte sich nicht anmerken lassen, wie ihn das verstörte, aber als er im Spiegel sah, wie sie sich abtupfte, war es um seine Fassung geschehen. Auch diesmal brachte ihn der Anblick um den Verstand. Sie grinste, als sein Gemächte sich wieder aufrichtete.

„Verstell' die Tür nicht. Ich brauche einen Ausweg, sonst ist es Nötigung", sagte sie, drängte sich gegen ihn, da hob er sie hoch, leichter als Ricarda, schwerer als Odette. Die Arme um seinen Hals, das Gesicht an seiner Schulter, schloss sie die Augen.

Zweimal hatte sie Anlauf genommen, in ihr Hotel zu gehen, zweimal war aus Abschied gierige, hastige Liebe geworden. Nun war es zehn Uhr, die Bewegungen bedächtiger, die Ruhephasen länger und ihr Erklärungsnotstand gegenüber Hubert so, dass es keinen Unterschied machen würde, wenn sie noch eine Stunde, selbst die ganze Nacht bliebe.

Sie hatten einander bewiesen, dass sie sich erinnerten. Er presste ihren Rücken gegen den Türpfosten, vorhin hatte sie sich rückwärts auf ihn gesetzt, sein Glied nach vorne biegend bis es ihn schmerzte und sie den Druck spürte, der sie irre machte.

Mit Hubert hatte sie das auch mal versucht, aber der hielt ihr einen Vortrag über die Gefährdungen des männlichen Penis bei übermäßiger Druckbeanspruchung im erigierten Zustand, von Bruch- und Verblutungsgefahr war die Rede gewesen. Später hatte sie irgendwo gelesen, dass er recht hatte.

Juliane spürte die Kälte der Türzarge im Rücken. Es würde das letzte Mal für heute sein. Dann konnten sie reden. Sie würden einander erzählen, was sie heute arbeiteten, wo sie wohnten, wie es ihnen ergangen war, wie sie über die Wende gekommen waren, die Brüche erklären, und irgendwann würde sie ihn fragen, warum er damals von einem Tag auf den anderen weggeblieben war und die andere geheiratet hatte. Es war im August gewesen. Zwanzig Jahre stand da die Mauer.

In ihrer Familie war das ein Trauertag, dem sie sich Dietrichs wegen zum ersten Mal entzog. Aber irgendwann um diesen Tag herum stand plötzlich zwischen ihnen eine Mauer.

„Wo bist du eigentlich gerade?"

Dietrich setzte sie ab und griff ihr unters Kinn. Sie drehte den Kopf weg. Es war eine unmögliche Angewohnheit der Männer, dieser Griff nach dem Kinn, der besagen sollte: Jetzt weichst du mir nicht aus. Wenn man ihnen dann nicht auswich und erzählte, was einem auf der Seele lag, mochte man immerzu *ihnen* das Kinn festhalten. Plötzlich hatten sie Durst, kochten Kaffee, schalteten die Nachrichten ein oder mussten ganz dringend aufs Klo.

Verzeih, dass ich mich nicht auf deine irre Leistung als Liebhaber konzentriert habe, wie in diesem alten Film: ich sehe ein, dass ich Strafe verdient habe und bitte um eine gehörige solche.

Juliane nahm ihn an der Hand, zog ihn ins Zimmer und ins Bett.

„Mir sind die alten Zeiten wieder eingefallen."

Dietrich verzog das Gesicht. Sie konnte es nicht sehen. Was er an ihr liebte, war das dunkle Timbre ihrer Stimme. Es passte so gut zu ihrem strengen und doch weiblichen Gesicht, und es machte aus der schlimmsten Anklage einen gemütlichen Plausch. Stimmlich hätte sie gut Armanda Lear vertreten können.

Er lachte, weil er sah, wie sie damals vor dem Fernseher gestanden hatte und das Lied noch eine Terz tiefer schraubte. Mit solchen Scherzen über jeden Auftritt übertönten sie ihre Differenzen zum abendlichen Fernsehprogramm. Für Juliane war es eine völlig neue Erfahrung gewesen, Ostfernsehen zu gucken.

„Was lachst du?"

„Ach nichts. Schaffst du es immer noch, tiefer als Armanda Lear zu singen?"

Jetzt verzog sie das Gesicht.

„Armanda Lear war damals schon älter als ich jetzt bin. Die singt nicht mehr. Ich weiß gar nicht, ob die noch lebt."

„Sie war eine Zeit die Geliebte von Dali, habe ich neulich in einem Buch gelesen."

„Das ist schön für sie, hoffe ich. Ich weiß nur, dass ich eine Zeitlang die Geliebte eines gewissen Dietrich Elmer war, den ich heiraten wollte, und der, wenn ich verschiedene Gespräche und Anträge nicht falsch gedeutet habe, mich auch heiraten wollte, der mir aber über Nacht mit einer Anderen durchgebrannt ist."

Dietrich seufzte.

„Durchgebrannt ist sicher nicht das richtige Wort." Schweigen.

„Okay." Sie streichelte ihm den Rücken. „Es ist eine alte Geschichte, doch ist sie immer neu, und wem sie just passieret, dem bricht das Herz entzwei." Sie hielt den ungezwungenen Ton fest. Buch der Lieder, dachte Dietrich, das hatte sie gemocht, ihm immer wieder daraus vorgelesen.

„Man merkt es nicht gleich. Es war zu viel los in der Zeit und eigentlich wollte ich, dass *du dich* meldest und *mir* das erklärst. Ich wollte nicht fragen oder betteln kommen. Wenn ich es wenigstens vorher gespürt hätte."

Sie hätte zwei Sätze vorher aufhören sollen. Dietrich hatte es kommen hören und jetzt weinte sie. Er legte sich neben sie, umarmte sie, küsste ihr den Rücken. Da drehte sie sich wieder zu ihm, barg ihr Gesicht unter seinem. Er spürte die Feuchtigkeit an seiner Schulter, küsste ihre Augen. Auch ihm rollten Tränen aus dem Augenwinkel und er fragte sich, ob er sie wegwischen sollte, weil Laufenlassen so theatralisch wirkte. Er war wohl der Arsch in der Geschichte gewesen und sagte nichts und wischte die Träne nur vom unteren Auge fort. Sein Kopf wurde ihr zu schwer und sie rückten ein wenig ab. Die Arme lagen übereinander und so wachten sie am nächsten Morgen auf, als die Wirtin um neun Uhr klopfte und durch die Zimmertür fragte. Sie mache nur bis zehn Uhr Frühstück, ob sie Kaffee oder Tee wünschten. (Woher wusste sie, dass er nicht allein war?) Die Sonne schien zwar nicht ins Zimmer, aber auf die durchs Fenster sichtbaren Bergkämme. So ein durchgehend schönes Wetter habe er noch in keinem Skiurlaub gehabt, sagte Dietrich.

Juliane goss ihnen den Kaffee ein. Dietrich sagte:

„Ich habe damals wochenlang keinen klaren Gedanken fassen können, und ich hatte Angst, dir in die Augen zu sehen. Als ich endlich den Mut fand, warst du verschwunden. Man sagte mir, du seist nach Thüringen gezogen und habest dein Studium abgebrochen."

„Abgebrochen?" Dietrich erschrak über den schrillen Ton. Juliane schmierte sich Margarine aufs Brötchen, die Klinge des Messers brach ab. Sie warf den Griff zwischen die Eierbecher.

„Hast du je versucht, mich ausfindig zu machen?"

Dietrich nickte. „Ja."

„Über wen? Über deine *Genossen*? Haben sie dir gesagt, ich hätte mein Studium *abgebrochen*?"

Dietrich brachte nicht die Kraft auf, sie anzusehen. Sein Blick schaffte es bis zu ihrer Schulter.

Es war eine ihrer wöchentlichen Besprechungen gewesen, nichts Offizielles. Hildegard war nicht so eine sture Hundertfünfzigprozentige. Mit der konnte man über alles reden, die nahm nicht krumm, wenn er ins Unreine sprach und half ihm bei seinen ersten Vorlagen für die Hochschulparteileitung, damit er mit den Altgedienten keinen Ärger bekam. Hildegard war damals so alt wie Juliane heute. Ihr schüttete er sein Herz aus und natürlich war das nicht genug, aber sie hatte ihm so warmherzig angeboten, Erkundigungen einzuholen, sie kenne da ein paar Leute, gute Genossen. Das sagte Hildegard immer, wenn sie ihre Beziehungen ins Spiel brachte. Lauter gute Genossen. Die hätte sich bestimmt auch in der Autowerkstatt nach einem Klempner erkundigt, der ein guter Genosse war. Wahrscheinlich fuhr sie deshalb mit der Bahn. Dietrich bezwang sich. Es war kein guter Moment für ein Lächeln.

Juliane griff nach seinem Messer, tat Konfitüre auf ihr Brötchen.

„Okay, lass uns friedlich drüber reden. Es ist zwanzig Jahre her und sollte nicht mehr so viel bedeuten. Ich habe mein Studium nicht abgebrochen, sondern wurde exmatrikuliert." Sie beugte sich vor, sah Dietrich an und lächelte breit. Er hatte das kommen sehen. Er atmete tief.

„Die Begründung war meine Schwester."

„Dörthe?"

„Dörthe. Ich habe immer aufgepasst, dass ihr nicht zu oft

71

zusammenkommt. Das war ein Fehler. Dir hätte es nicht geschadet, mal mit richtigen überzeugten DDR-Hassern als deinen zukünftigen Schwiegereltern konfrontiert zu werden und denen hätte die Erkenntnis nicht geschadet, dass es auch nette Menschen gibt, die sich für Kommunisten halten."

„Was heißt halten?"

„Deine Worte: Steck mich in den Knast und lass mich drei Tage hungern, halt mir dann ein Stück Schinken vor die Nase, und es hat sich was mit Kommunist sein."

„Du weißt, das habe ich nicht so ernst gemeint."

„Gemeint, nicht gemeint. Dietrich. Die Zeit ist drüber hingegangen. Die DDR war der Knast, was weiß ich, das Stück Schinken die D-Mark und es hatte sich was mit Kommunist sein. Nun jammern alle rum, wählen PDS und halten das für Widerstand. Alle haben sie ihre geliebte DDR fallen lassen wie eine heiße Kartoffel. Du auch. Bist jetzt Beamter auf Lebenszeit. Im Wirtschaftsministerium. Bestimmt Untergrundkämpfer." Sie nickte anerkennend und biss in ihr Marmeladebrötchen.

Dietrich gluckste. Er mochte es, wenn sie sarkastisch wurde.

„Was war nun mit Dörthe?"

Juliane warf den Kopf nach links und bestrich die zweite Brötchenhälfte, während sie weitersprach:

„Wenn ich es genau bedenke war sie wohl nur der Aufhänger. Die ganzen Jahre habe ich mir eingeredet, sie wäre der wahre Grund."

„Aber sie war es nicht?", fragte Dietrich.

„Sie war sozusagen in Vollopposition. Gegen den Staat und gegen ihre Eltern. Es war seinerzeit schwer, da was Adäquates zu finden. Sie hat es geschafft. Sie ist zu den Punks gegangen. Komischerweise wurde mir das jedoch nicht vorgehalten, sondern ihre regelmäßige Teilnahme an illegalen Dichterlesungen. Dietrich, lass dir das auf deiner flinken Zunge zergehen: illegale Dichterlesungen. Sie hat da nichts vorgetragen oder so, nur zugehört."

Dietrich war mit Gleichmut gewappnet. Leute, die ihn lange nicht gesehen hatten und seine Vergangenheit kannten, meinten oft, ihn mit Enthüllungen verschiedener Natur schockieren zu müssen. Illegale Dichterlesungen. Wird es wohl gegeben haben.

„Wieso sollte das nur ein Aufhänger gewesen sein?"

„Ja, ich habe mir das auch eingeredet. Fast war ich erleichtert, dass es Sippenhaft war und nicht etwas Schlimmeres." Sie schüttelte sich und warf eine Bemerkung, die ihr auf der Zunge lag, gleichsam ab.

„Aber das ist natürlich Mumpitz, weil sie schon seit mehr als einem Jahr zu diesen Lesungen gerannt war und noch länger einen Irokesenschnitt hatte und so."

„Was war es dann?" Er fragte, obwohl er die Antwort ahnte und auch ahnte, dass sie stimmte. Nie hatten Ricarda und er darüber geredet. Es war ein Tabu ihrer Ehe. Er dachte an Iswall, der Trullesand und Rose nach China verheiratet hatte. China war in dem Falle Thüringen gewesen und es wurde niemand verheiratet, um denjenigen loszuwerden, sondern es wurde ein Kind gezeugt und geheiratet, um jemand anderen loszuwerden.

Hildegard hatte ihm wenige Tage später wie nebenher gesagt: „Deine Jule ist nach Thüringen gegangen. Wohin genau, war nicht rauszukriegen."

Zu ihren Eltern hatte er kaum Kontakt, ein bisschen beleidigt war er, und Angst hatte er auch vor ihrer Ironie und dem Sarkasmus, der in Julianes Familie immer zum guten Ton gehört hatte.

„Es ist so lange her, Dietrich. Ich habe dir erzählt, was bei mir passiert ist und ich möchte nicht hören, was bei dir passiert ist. Es würde mich nur deprimieren. Wie war eure Hochzeit? Vergiss es."

„Schön. Es gab einen großen Polterabend. Massenhaft Leute."

„Stimmt, du magst große Feiern mit der Verwandtschaft. Habt ihr Kinder?"

„Hm, zwei. Einer ist mit, Yannik, auch schon siebzehn."

„Siebzehn. Der erste müsste neunzehn oder zwanzig sein, stimmt's?"

„Ja. Er wird einundzwanzig, nächsten Monat. Macht im Sommer das Abitur. Es ist eine Schande mit diesen dreizehn Klassen. Die Kinder werden überhaupt nicht mehr fertig mit der Schule und zur Armee muss er auch noch."

„Dietrich, sei nicht sauer, aber ich muss los." Sie erhob sich und trug das Geschirr zu der kleinen Küchenzeile.

„Sehen wir uns heute Abend wieder?"

„Wozu? Um uns einen Schlag aus den alten Zeiten zu erzählen. Ich mag nicht der Ricarda-Ersatz sein, weil ihr euch frisch verkracht habt."

„Ich fand es sehr schön."

„Sei nicht kindisch. Es war nett, aber für uns ist der Zug abgefahren. Sag mal, kennst du den Typ, der da um das Haus herumschleicht?"

Dietrich stand auf.

„Jetzt ist er verschwunden. Der fällt mir schon auf, seitdem wir am Frühstückstisch sitzen, und ich schwöre dir, der ist verduftet, weil ich am Fenster stand und zu ihm rüber starrte."

Dietrich setzte sich wieder.

„Ich bin heute Abend hier und warte auf dich. Es war etwas kurz zum Reden."

„Was willst du noch reden? Du hast schon von deinen Familiengeschichten angefangen, von deinen Kindern, Dietrich."

Sie fuhr in ihre Stiefel, knöpfte den Anorak zu.

„Warum sollte der Zug so endgültig abgefahren sein?", sagte er leise.

„Ach Dietrich. Werd erwachsen. Ich wohne in Würzburg, du in Berlin, selbst für eine Geliebte ist das ein bisschen weit. Außerdem bin ich mir als Nebenfrau zu schade."

Yannik hatte seine Mutter nicht gehört. Die Musik war laut

und er viel zu konzentriert bei der Sache. Er bemühte sich etwas zu empfinden, aber es war ihm auf eine dumpfe Weise klar, dass dies nicht der Moment der großen Liebe war. Er wollte jetzt nur nicht versagen, vor Elmo nicht und vor Veronika auch nicht. Wo er sich schon vorgedrängelt hatte, aber es war ihm die Vorstellung nur schwer erträglich, nach Elmo dran zu kommen, und jetzt überlegte er ständig, ob Elmo tatsächlich nach ihm auch noch Veronika (und Yannik schämte sich, das Wort zu denken) ficken würde.

Elmo, in dessen Armen Veronika lag, hob ihre schweren Brüste, Yannik bemühte sich, eine zu küssen, kam aus dem Rhythmus, Veronika stöhnte und er begann wieder, weil er annahm, dass sie wegen der Unterbrechung gestöhnt hatte. Dabei konnte er sich nicht vorstellen, dass es ihr überhaupt Spaß machte oder gefiel. Sie stöhnte wieder, griff nach Elmo, der dafür gleichfalls mit Stöhnen anfing und ihre Brüste knetete. Und Yannik hatte das Gefühl, dass sie alle sich nach einem Drehbuch mühten, als hätten sie den gleichen Porno gesehen. Seinen ersten Film hatte er von seinem Bruder „ausgeliehen", als er mal allein zu Hause war. Es war ihm schon komisch, dass die da im Zimmer in dem ganzen Gemöhle einfach so herum lagen. Als er den ersten in den Recorder schob, spürte er eine dumpfe Erregung. Das Band war mitten drin angehalten und nicht zurückgespult worden, und es traf ihn wie eine Explosion im Innern, als da eine an dem leckte, was er selber kaum anzuschauen wagte. Er hatte sofort ausgeschaltet und das Band so wieder hingelegt, wie er glaubte es gefunden zu haben. Erst Tage später ergab sich die Gelegenheit und er fühlte sich für einen zweiten Versuch gewappnet. Er steckte den Schlüssel von innen in die Wohnungstür, zog die Vorhänge zu, spulte hinterher genau bis zu der Stelle zurück, an der es begonnen hatte und konnte doch das Gefühl nicht abschütteln, dass alle Welt es ihm noch tagelang ansehen müsse.

Das Schweigen störte ihn. Vorhin hatte Elmo noch wie aufgezogen geredet, Regieanweisungen gegeben und überlegt, ob er von seinem Vater den Fotoapparat holen sollte und Yannik gefragt, ob sie eine Videokamera dabei hätten. Aber Veronika sagte, er ticke wohl nicht ganz richtig. Elmo sagte, er fände ihre großen straffen Brüste wunderschön, da lächelte Veronika. Yannik sah, wie sie sich stolz reckte, als Elmo sie betastete und da gab er sich einen Ruck und griff nach der anderen Brust. Durch den Pullover spürte er nur nicht viel, darum riss er ihr in einer brutalen Anwandlung den Pullover nach oben und nahm die nackte Brust in die Hand. „Sachte, sachte", sagte Veronika und bevor Yannik die Kontrolle verlor, übernahm Elmo die Regie. Er fragte Veronika, ob sie was dagegen habe, wenn sie ein bisschen rum machten. Sie sagte nicht ja und nicht nein. So zogen sie ihr den Pullover über den Kopf. Elmo griff ihr unter die eine Brust, nahm die Warze in den Mund und Yannik tat es ihm nach. Er spürte die Wärme in der Hose, ließ sein Hemd drüber fallen. Veronika musste etwas gespürt haben. Sie sagte nachher: „Geht bestimmt nochmal."

Yannik wäre dann am liebsten gegangen, aber Veronika hielt ihn fest, zog ihn auf sich. Er hätte sich gern angesehen, was da unten war, ob es genau so wie in den Filmen aussah. In dem Moment, als Yannik überlegte, ob er einfach aufhören sollte, überhörte er seine Mutter. Elmo, der am Kopfende des Bettes saß, halb aufgerichtet, Veronika an sich gelehnt, betrachtete Yanniks Auf und Nieder. Er kämpfte gegen die Anwandlung, Yanniks Kopf zu sich runter zu ziehen oder ihn mit seiner Hand zu berühren. Er streichelte zwar Veronika, hatte aber nur Augen für Yannik, wie er gleichmäßig ein- und ausfuhr, für seine Brust und für seinen wippenden Hintern. Er nahm im Korridor eine Bewegung wahr (es war Ricardas Unterarm, der in sein Blickfeld geriet, als sie sich umdrehte und wieder hinausging), beugte sich etwas nach vorne, viel ging nicht, aber da war Ricarda schon aus der Tür. So glaubte er an eine optische Täuschung.

Yannik und Veronika küssten sich jetzt. Sie streichelte seinen Rücken, er lag still auf ihr und fiel dann nach der Seite.

„War es schön für's erste Mal?", fragte sie ihn. Yannik nickte leicht.

„Ich geh' kurz ins Bad." Sie verschwand. Yannik sah ihr nach. Ganz schön dicke Schenkel, dachte er und wandte sein Gesicht zum Fenster, hinter dem schwarz die Nacht stand.

Die gleiche Nacht glänzte knapp tausend Kilometer nördlich vor einem anderen Fenster. Die Lichter der Stadt waren fette Punkte in der Dunkelheit, erhellten kaum die unmittelbare Umgebung. Der nassglänzende schwarze Asphalt verschluckte selbst die Ampelfarben. Es regnete. Man sah es an den vom Zimmerlicht beleuchteten Scheiben, Wasserrinnsale huschten wie kleine Eidechsen nach unten, vertrieben von den Nachdrängenden. Die Frau hielt den Blick auf das Schauspiel gerichtet, versuchte den Weg eines solchen Tierchens zu verfolgen, bis es an der Fensterkante ihren Blicken entschwand.

Brandenburg aktuell war in fünf Minuten vorbei, dann kam die Tagesschau. Heute sah sie nur den Widerschein des Bildschirmes, der Ton war abgestellt. Sie hatte keine Nerven für diesen Schwachsinn. Seitdem es die Sowjetunion nicht mehr gab, machten die Amerikaner was sie wollten und niemand gebot ihnen Einhalt, am allerwenigsten dieser Kanzler *(Kaaanzlerr, haben wierr … gelacht?)*, der zwar das Richtige tat, aber aus einer falschen Motivation heraus. Er wirkte auf sie wie ein Trotzkopf, der, wenn er schon Mist erzählt, wenigstens dabei bleibt, auch eine Form von Charakterstärke. Und was hatte das alles mit Brandenburg zu tun? Mochte sein, sie hatten früher die Nachrichten geschönt, aber wenigstens war es um die Dinge gegangen, die wichtig waren. Die einzigen Wirtschaftsmeldungen heute waren Horrormeldungen, Schließungen, Entlassungen. Erst rannten sie alle an die Börse. Täglich gab es den aktuellen Stand des Börsenbarometers, als ob das etwas anderes aussagte als die Laune der Finanzhaie, dann brach die in sich zusammen, nun interessierte es keinen mehr. Sie würde auch den Untergang dieses Systems noch erleben. Aber nicht deshalb war der Fernseher stumm geschaltet.

Kurz nach halb acht hatte das Telefon geklingelt. Er habe da etwas läuten hören, sagte der Anrufer. Ob sie sich an einen Dietrich Elmer erinnern könne und vielleicht auch an einen Gregor Bertram, genannt Grischa. Die schienen da ein privates Süppchen kochen zu wollen, oder ob sie von einem Auftrag wisse. Sie müsse darüber nachdenken, antwortete Hildegard dem Anrufer.

Seitdem starrte sie aus dem Fenster, obwohl da nichts zu sehen war als kalte, nasse, schwarze Dunkelheit, von wasserverzerrten Lichtern zersprengselt. An einen Gregor Bertram erinnerte sie sich nicht.

Das ungute Gefühl war ihr noch gegenwärtig, als Dietrich zurückkam und sagte, er habe das Paket dem Sohn geben müssen, der habe eine Vollmacht des alten Niederhammer vorgewiesen. Der Vater wäre außer Landes, habe es geheißen, und Hildegard erreichte ihn nicht. Dann wurde ihr eigenes Leben so durcheinander gewirbelt, dass sie die Sache aus den Augen verlor. Bis heute war sie nicht dahintergekommen, ob die Beiden ein abgekartetes Spiel mit ihr getrieben hatten.

Unter normalen Umständen wäre der Sohn nicht weit gekommen.

Es gehörte zu ihren bittersten Erfahrungen, wie viele Freunde und Genossen damals von ihr abrückten, böse darunter: endlich könnten sie ihr sagen, was sie dächten, mit so einer roten Schlampe müssten sie nun Gott sei Dank nicht mehr verkehren; ängstliche: sie solle das verstehen und nur ja nicht glauben, man stünde nicht mehr zur Sache, aber immerhin bewege man sich auf schwierigem Terrain, und sicher sei es im Moment das beste, die Füße stillzuhalten.

Dietrich Elmer. Wie war der auf die Idee gekommen, Aloisius nachzuspionieren? Aloisius, Hotelbesitzer. Ob er da auch arbeitete? Den kannte sie noch als Kind, war schon immer eine verwöhnte Göre, und Papa ließ ihm alles durchgehen. Dass er mit dem Geld durchbrannte, traute sie ihm zu, die Summe lohnte ein gewisses Risiko, und die Zeiten waren danach. Der Tiger war zahnlos und lag in den letzten Zügen, kein Kunststück, von der Beute was abzustauben. Aber wenn Dietrich mit diesem Gregor da auftauchte und eine kleine Show abzog … Mutig war Aloisius nicht.

Hildegard dachte oft darüber nach, warum gerade die Kinder von verdienten Genossen, die oft ein schwieriges, entbehrungsreiches Leben hinter sich hatten, so aus der Art schlugen. Geradezu eine Gesetzmäßigkeit konnte man daraus zimmern. Bei Aloisius war es so, bei ihrer eigenen Tochter auch. Stücker zehn Beispiele von der Art traute sie sich zu, binnen fünf Minuten auf Papier zu bringen.

Mit fünfzehn war ihre Tochter von zu Hause ausgebüxt. Ein paar Wochen glaubte Hildegard, sie werde zurückkommen. Aber dann rief Klaus an. Er käme mal rum, müsse mit ihr etwas besprechen. Er bestand auf einem Spaziergang. Das gab ihr einen Stich, sie erinnerte sich sehr genau daran.

Ob sie wisse, wo ihre Tochter sei.

„Ist ihr etwas zugestoßen?"

„Das nicht, aber sie treibt sich bei den Punks herum."

Er hatte sogar ein Foto dabei. Kleiner Dienstweg, wie gut, wenn man überall Freunde sitzen hat. Auf dem Foto waren – Hildegard lächelte, als sie an ihre Gedanken von damals dachte – Jugendliche zu sehen mit Frisuren, die als solche nicht zu bezeichnen waren, mit zerrissenen Klamotten, bemalten Lederjacken in komischen Posen, die Hildegard an ihre Vorstellung von indianischen Beschwörungstänzen erinnerten. Das Foto war schwarz weiß und gab von der Farbenpracht keine Idee. Sie erkannte ihre Tochter nicht, Klaus deutete mit dem kleinen Finger (wieso erinnert man sich an solche Details oft so klar) auf eine Person am Rande, die den Tänzern eher zusah, schwarz gerändert die Augen, von steifen Haarfransen das Gesicht halb verdeckt.

„Wo wohnt sie?"

„Mal hier, mal da."

Hildegard hörte noch das Klappen der Türen des Autos, mit dem Klaus sie zum Treffpunkt der Clique hatte fahren lassen. Der Chauffeur stieg mit aus und rauchte eine, lässig auf der Kühlerhaube lehnend. Sie hatte das Angebot dankend angenommen, es war immer wenig Zeit, damals.

„Ick hab ja jewusst, dat sie dir schicken würden."

Und sie konnte nicht sagen: Keiner hat mich geschickt.

Hildegard stand auf. Im ORB lief jetzt die Tagesschau. Hans Blix sprach. Sie brauchte keinen Ton um zu wissen, worum es ging. Wieder würde er mehr Zeit fordern, wieder würden ihm die Amerikaner diese verweigern. Alle zehn Jahre, hatte sie irgendwo gelesen, mussten neue Waffensysteme im Ernstfall getestet werden. Die Zeit war reif, es würde Krieg geben, eine kranke Welt.

Sie trat auf den Flur und in das Zimmer am anderen Ende des Flures links, das Kinderzimmer. Es war nicht groß, zwölf, dreizehn Quadratmeter. Trotzdem hatte Grit wieder in dieses Zimmer gewollt, als sie vor zwei Jahren zurückgekommen war.

Im Zimmer war es dunkel. Nur das Licht vom Wohnzimmer warf einen Streifen knapp am Bett vorbei.

„Ist die Tagesschau schon zu Ende?"

„Fast. Wie geht es dir mein Kind?"

„Nicht anders als vor einer halben Stunde. Ich habe heute gar keine Fernsehgeräusche gehört."

„Entschuldige, ich habe den Ton leise gestellt, weil ich telefoniert habe."

„Du hast höchstens zwei Minuten telefoniert, dann war das Gespräch zu Ende."

„Dann dachte ich nach."

„Worüber?"

„Wie wir zu Geld kommen, zu viel Geld."

Das Mädchen lachte leise, das Lachen ging in Husten über,

Hildegard nahm sie in den Arm und wartete, bis der Husten nachließ.

„Es gibt eine Möglichkeit.", sagte sie dann. „Dafür muss ich aber auf zwei, drei Tage wegfahren."

„Ist das wieder eine von deinen Stasischweinereien?" Grit spürte, wie ihre Mutter sich versteifte.

Hildegard sagte:

„Ich fahre morgen früh. Der Nachbarin sage ich Bescheid. Ich bin rund um die Uhr über das Handy zu erreichen. Und bete zu Gott, dass meine Stasischweinereien was abwerfen. Viel Zeit haben wir nicht mehr."

„Mutti. … Gute Nacht."

Hildegard drehte sich in der Tür um.

„Gute Nacht, mein Kind."

Hildegard setzte sich wieder vor das Fenster, den Widerschein des Bildschirmes auf der von Wasserrinnsalen überhuschten Scheibe. Die Tür zum Wohnzimmer hatte sie geschlossen. Ihr Mund verzog sich, nur kurz zuckten die Schultern.

Es war gut, dass sie mal rauskam.

8. Kapitel,
Blue Label

Am Vormittag nach dem Frühstück gehörte das Hotel nicht mehr den Gästen, nicht an Tagen wie diesem. Von einem blauen Himmel wärmte die Sonne jeden Flecken, der nicht von Schatten überdeckt war. Auf den Balkonbrüstungen taute der Schnee, am Abend würde der dünne Wasserfilm gefrieren und eine Eisglasschicht über das Holz und die Schneereste ziehen. Gregor nahm eine Hand voll, schon nach zwei mal Pressen war es ein fester Ball. An der weißen Hauswand gegenüber hing ein Geweih, der Schädelknochen zackte zur Schnauze hin aus. Gregor kniff die Augen und warf. Na bitte, ging doch. Da war

Schatten, die Krümel würden auch nachmittags in den Augenhöhlen des Hirsches liegenbleiben.

„Entschuldigen sie. Kann ich schnell sauber machen?"

Natürlich.

„Eine Viertelstunde", sie sprach das e bei der vier mit, klang wie k.u.k., er ging an ihr vorbei, entschuldigte sich, prostite poschaluista, sie zeigte keine Reaktion. Quatsch auch, die Russen waren hier auf der Piste, nicht bei den Putzkolonnen. Ihre sicheren Bewegungen wirkten anmutig, aber sie hob den Kopf nicht und Gregor ging auf den Flur, die Treppen ins Foyer hinunter, hier war keine Menschenseele. Von oben brummte ein Staubsauger. In dem dunkeldüsteren Raum öffneten sich langsam seine Pupillen. Leise drückte er die Tür zum Restaurant auf. Er schlich unwillkürlich, diese Mittagsstille, jedes Geräusch zu hören, Zeit, die still zu stehen schien, spürbare Zeit, ereignislos. Er lief am Tresen lang, strich mit der Hand über das dunkle Holz. Das Licht strahlte in Schneisen auf jedes träge treibende Staubpartikelchen, der zum Abend gemütlich beleuchtete Raum lag nutzlos und verlassen.

Die Schwingtür zur Küche stand offen, von einem Holzkeil festgeklemmt.

Der Wirt öffnete die Kühlschranktür, hielt mit der einen Hand das Klemmbrett vor den Bauch, *erledigt, vorbei, gegessen.* Er schob, sortierte, zählte, notierte mit der anderen die Einkaufsliste. *Hier handelte es sich um einen Zufall, weiter nichts.*

Alte Fotos vom Anfang der Neunziger hatte er sich angeschaut und er war anders geworden, fülliger, bestimmt vierzig Pfund waren dazugekommen, das Haar lichter, noch keine Tonsur, aber auf dem Weg dahin, das Gesicht fleischiger.

Dieser Herr Elmer erkannte ihn nicht. Er würde ihm unter der Woche nicht mehr allzu oft vor die Augen kommen und aus die Maus. Und dann war das außerdem der Beweis: es interessierte sich keiner mehr dafür. Punkt, aus, Ende. Jede andere

Interpretation war ausgeschlossen, der Mensch war mit sich beschäftigt.

Gestern kam er mit Koffer über den Parkplatz geschossen, fuhr davon und nahm sich ein anderes Zimmer. Die Ehe kriselte, der Urlaubskoller, vielleicht fuhr er selten in den Urlaub.

Ärgerlich war nur der Anruf. Aloisius fühlte sich wie ein bei schlimmer Sünde *(bei einem Fehler!)* ertappter kleiner Junge, wenn er daran dachte. Das Herz schlug schneller, geradezu ein Ruhepuls jedoch, wenn er es mit der Frequenz von gestern verglich, als er voller Panik die Tasten drückte. *Kein Anschluss unter dieser Nummer*, erwartete er (erhoffte er?), wie ein Stich war das Freizeichen. Beim ersten Mal legte er sofort auf. Dann ließ er es klingeln.

„Ja, bitte." Eine verschlafene Stimme, eine Stimme, die keinen Anruf erwartete, eine alte Stimme. Aber es war Bruno und als er wieder ungeduldig „ja bitte" sagte, da meldete sich Aloisius: „Servus."

Die Hand mit dem Kugelschreiber sank auf das Klemmbrett, reglos stand er und versuchte, Gesprächsfetzen zu rekonstruieren. An den Abschiedssatz erinnerte er sich: „Ist gut, Alois, ich werde mich umhören." Hatte Bruno überhaupt mehr gesagt und was konnte „umhören" bedeuten? War Bruno noch im Geschäft? Die Stimme klang müde, nicht, als wäre er aus dem Bett geklingelt worden, sondern als habe er ein Kreuzworträtsel unterbrochen, als sei er von seiner Nachmittagssendung losgerissen und tappelte nach dem Telefonat kopfschüttelnd zum Sessel zurück.

Diese Erinnerung an Brunos Stimme beruhigte Aloisius ein wenig. Mit einer solchen Stimme unternahm man nichts mehr, wahrscheinlich hatte er am Ende seines Fernsehnachmittages den Anruf schon vergessen. Bruno war so alt wie sein Vater, also über siebzig mittlerweile. *Aber er hat nur zugehört, war ganz Ohr.* Ein Tattergreis.

Gregor lehnte am Türrahmen. Der Wirt vor dem Kühl-schrank bot eine theaterreife Szene. Aloisius schaute suchend hi-nein, schob Sachen hin und her und schrieb auf eine Liste. Das Licht aus dem Innern des Schrankes machte ein Gespenst aus ihm, als träte er immer wieder aus einem unendlichen Dunkel hervor und dann stand er plötzlich regungslos, versunken in das Bild einer von ihm zusammen geschobenen Installation: *Totes Fleisch, zum alsbaldigen Verzehr bestimmt!* Die Schatten fleckten sein Gesicht, und als er seinen Kopf wandte um zu sehen, wer ihn da beobachtete, war es wie in einem auf gruselig gemachten Stummfilm. Es war eine gezwungene Konzentration. Er hatte wenig Zeit, er musste etwas tun. *Die meisten Menschen stehen unter einem Zwang, sei er noch so versteckt, ihn gilt es zu finden.* So ähnlich lautete eine der Thesen von diesem Dozenten, den sie Oberst Grundregel genannt hatten.

Über die hielt der dann eine anderthalbstündige Vorlesung. Sie hatten ihre Witze gemacht, und auch dieser oder jener Professor ließ sich herab, den prolligen Vorlesungsstil von Oberst Grund-regel (wie hieß der bloß mit richtigem Namen?) zu verspotten. Aber diese Thesen waren im Grunde das Einzige, was von dem ganzen Studium bei jeder Gelegenheit in Gregors Kopf wieder auftauchte. *Plane die Gelegenheit, aber vergiss nicht sie zu nutzen.* Diese Art Lehrer starb irgendwann aus. Die waren Ende der vier-ziger Jahre einfach an die neu gegründete Schule versetzt worden und mussten sich ihren Lehrplan noch selber zusammenstellen.

„Sie wünschen bitte?"

„Ich hörte ein Geräusch, langweile mich etwas, mein Zim-mer wird gerade gemacht."

„Wieso fahren sie nicht Ski bei dem schönen Wetter?" Der Wirt machte den Kühlschrank zu. Er drängte sich an Gregor vorbei in die Gaststube.

„Zerstreuung kann ich ihnen kaum bieten, ich habe zu tun, wie sie sehen, muss einkaufen."

„Steht viel an, wenn es ein paar Tage liegt."

Aloisius neigte fragend den Kopf, während er die Tür zum Foyer aufzog, um Gregor hinauszukomplimentieren.

„Wie meinen sie das?"

Gregor lehnte sich an die Zarge zwischen Küche und Gaststube, die Arme verschränkt und setzte ein süffisantes Grinsen auf.

„Sie sind auf der Piste gewesen die letzten beiden Tage."

„Ja, und?"

„Nichts weiter. Ich habe gewettet, mit mir, dass ich meinen Freund Dietrich, Herrn Elmer, den ganzen Tag verfolgen kann, ihn fotografieren, ohne dass er es bemerkt. Ich habe gewonnen."

„Schön für sie." Die Tür zum Foyer fiel wieder ins Schloss.

„Nun habe ich mir die Fotos angesehen und denke immer, den kennst du doch. Eigenartig: nach dem Bild könnte ich schwören, sie bohrten ihren Blick in Herrn Elmers Nacken, wie sie da so am Lift angestanden haben, alle beide."

„Bitte?"

„Nur die Kopfhaltung, wissen sie, ist ein Digitalfoto und heutzutage könnte ich ihren Kopf ganz einfach so hindrehen, wie ich möchte, es beweist gar nichts, trotzdem interessant." Der Wirt kam zurück.

Er fasste Gregor am Arm, eine vertrauliche Berührung, neigte sich zu ihm.

„Ich liebe das Skifahren. Ich fahre nicht gut, beileibe nicht, aber ich liebe es. Und nun dieses Hotel, die viele Arbeit. Sie werden es meiner Frau nicht verraten, oder?" Gregor sah ihn an, er blinkerte tatsächlich mit den Augen. Alois fuhr fort:

„Sie ist eine Einheimische, müssen sie wissen", seine Stimme klang jetzt gepresst, „ein bisschen frustriert, wie das bei Frauen oft so ist." Gregor zog die Brauen nach oben. Alois lachte, den Kopf schief zwischen die Schultern gezogen.

„Sie sind kein Einheimischer?"

„Nein", sagte Aloisius und ihre Augen trafen sich für den Moment. „Ich komme aus Wien."

„Und was verschlägt einen Wiener hierher?"

„Wissens was, ich spendiere uns einen Cognac."

„Wird das dieses Monitoring, das Herr Elmer schon hinter sich hat?"

„Monitoring, nettes Wort, nein, sie sollen ein kleines Geheimnis hüten, das ist mir einen Cognac wert."

Die Hochprozentigen reihten sich vor dem großen Spiegel hinter dem klobigen Tresen in drei Reihen übereinander. Der Wirt griff in die mittlere Reihe. Seine Hand umfasste den Hals einer mattierten Flasche. Als er sich umdrehte, sah er, wie Gregor das Gesicht verzog.

„Nicht Napoleon", sagte er. Alois erstarrte in der Bewegung, ein Blick über die Lesebrille:

„Sie tragen ihm nicht etwa seine Herrschaft über Deutschland nach?"

„So ähnlich. Ich habe ihn nie getrunken, aber das war der Westkognak, den es im Osten gab, im Intershop, bei den lieben Verwandten und Kollegen."

„Was wollen sie dann?"

Gregor sah nach oben, zog einen Stuhl heran. Vorsichtig hangelte er nach einer viereckigen weißen Flasche.

Aloisius sah sie erst, als Gregor den Stuhl zurück an seinen Platz stellte. Ihm saß ein Lachen in der Kehle. Johnnie Walker war nun weiß Gott nichts besonderes, und er erinnerte sich, wie er früher kartonweise das Zeug nach Budapest geschleppt hatte. Dort kannte er ein paar Araber (bzw. sein Vater kannte sie), die ihm das Zeug aus der Hand rissen (als Geschenk unter Geschäftsfreunden selbstverständlich). Zu Hause durften sie ja nicht. Da wäre der Napoleon die bessere Wahl gewesen.

Honigfarben schimmerte die Flüssigkeit hinter weißem Glas, angepriesen von einem blauen Etikett. Achtlos hielt Gregor die Flasche und winkte dem Wirt, als er sich an den nächsten Tisch setzte. Der griff gerade nach zwei Gläsern, als ihm der Unterschied auffiel.

Er wusste nicht mehr, wo er diese Flasche gekauft hatte, nur den Preis wusste er noch: 1699,- Schilling im Sonderangebot, das war drei oder vier Jahre her. In die Karte hatte er einen kleinen Whisky für 199,- Schilling gesetzt, fünfzehn Euro nach der Umstellung. Er fand das billig, aber dies war ein Familienhotel. Als kleinen Luxus gestattete man den Familienvätern mal einen Black Label, aber einen Blue Label gestattete man ihnen nicht. Überhaupt wurde zum Abschluss nach dem Essen eher Obstler oder Williams Birne bestellt oder was man sonst noch für hiesig hielt. Whisky ging schlecht, und von dem Blue Label hatte er nicht ein Glas verkauft. Der Verschluss war noch eingeschweißt. Wusste der Ossi überhaupt, was für eine Kostbarkeit er da eben hart auf die Tischplatte stellte? Gregor war ein kräftiger Kerl, und sehr selbstverständlich hatte er die Flasche ausgesucht.

„Wissen sie, was das ist?", fragte Alois. Gregor entfernte schon die Versiegelung.

„Blue Label, habe ich noch nie getrunken. Es gibt in Berlin ein Restaurant, das nennt sich so. Die verkaufen den da auch, aber achtzehn Mark für einen kleinen, oder waren das schon Euro?"

„Da durften sie einen Black Label trinken."

„Meine Frau wollte, dass ich einen Red Label trinke. Red Label, das haben während des Studiums die Arabs und die Schwarzen wie Wasser gesoffen!"

Aloisius wollte ihm die Flasche abnehmen.

„Geht schon", sagte Gregor, und mit plötzlicher Konzentration riss er die Haube ab.

„Da haben sie wirklich nach dem Besten gegriffen."

„Zumindest nach dem Teuersten", sagte Gregor ungerührt.

„Das war ihnen bewusst?"

„Immerhin trinken wir darauf, dass ich ein kleines Geheimnis bewahre, und verkaufen werden sie ihn doch nicht."

Gregor war sehr zufrieden. Jetzt musste Aloisius nur noch kommen, ihm eine Brücke bauen. Und wenn ihn seine Nase nicht trog und da ein wirkliches Geheimnis war, dass ihm auf der Seele lag, und das musste es …

Gregor, krieg dich wieder ein. Euphorie ist ein schlechter Ratgeber. *Wer ein Spiel gewonnen glaubt, bevor es zu Ende ist (und allein darin liegt eine große Kunst: wissen, wann ein Spiel zu Ende ist), wird das Spiel fast hundertprozentig verlieren.* Oberst Grundregel, bei dem Thema hatte er sich regelrecht echauffiert. Gregor lächelte, als er daran dachte, und Alois nahm es schon als Antwort auf seine Frage:

„Wie lange kennen sie ihn eigentlich?"

„Herrn Elmer, Dietrich?"

„Muss eine Weile her sein, wo sie mit ihm Versteck spielen und er es mit Humor nimmt."

Da war die Brücke!

„Gott, wie lange?" Gregor setzte eine versonnene Miene auf, wiegte den Kopf.

„Sechzehn Jahre? Ungefähr, ja,… nein, ziemlich genau sogar, knapp sechzehn Jahre." Der würde doch bei Dietrich diese Angabe nicht nachfragen.

„Sechzehn Jahre sind eine lange Zeit. So lange halten nur wenige Freundschaften."

Gregor nickte. Seine Lippen wurden schmal.

„Es kommen jedes Jahr mehr Ostdeutsche zum Skiurlaub."

„Sie müssen es wissen", sagte Gregor.

„So schlecht geht es ihnen nicht, wie man immer hört."

„Nein!" Gregor warf seinen Oberkörper nach hinten. „Uns ging es damals nicht schlecht und heute auch nicht. Man muss nur etwas Vernünftiges gelernt haben."

Aloisius nickte, selbstverständlich so was.

„Sie müssen mir erzählen, wie man im armen Osten zu etwas kommt."

„So spannend wird das nicht sein", brummte Gregor.

Sie stießen an. Aloisius zählte in Gedanken zwei Doppelte auf die Rechnung. Das schadete nicht. Grischa studierte seine Schuhe.

„Wie lange bewirtschaften sie das Hotel schon?"

Aloisius nickte, als habe er die Frage erwartet.

„Bewirtschaften ist der richtige Ausdruck", sagte er nach einer Weile, „seit etwas mehr als zehn Jahren."

„Und was haben sie vorher gemacht?"

„Alles mögliche. Geschäfte. Mein Vater …", setzte Alois an und verstummte.

„Die Väter", sagte Grischa. Er beugte sich über den Tisch, drehte sein Glas mit beiden Händen. „Sie wollten seine Firma nicht weiterführen?"

Ihre Augen trafen sich und Gregor begriff die Metapher von der Lufthoheit über den Stammtischen, zwei Mini MiGs unter der tief hängenden Lampe, gute Filmidee, er senkte die Augen.

Der Wirt nahm einen kräftigen Schluck. Der Alkohol brannte wohlig. Er musterte den Anderen. Dessen Lippen umspielte dieses Schmunzeln, als könne er sich nur mühsam beherrschen, als wisse er schon Bescheid. Bedeutete dieser Gesichtsausdruck etwas, war es eine Masche? Er trank noch einen Schluck. Er durfte die Kontrolle nicht verlieren.

Gregor spürte die Qual des Wirtes, hatte keine Ahnung, woher sie rührte. Das Schweigen wurde ihm peinlich, aber er sagte nichts. *Agiere, wenn du weißt, reagiere, wenn du nicht weißt.* Oberst Grundregel.

„Darf ich fragen, womit sie ihre Brötchen verdienen?", fragte Aloisius schwitzend.

„Ich bin auch selbständig", sagte Grischa.

„Oh, dann sind wir Leidensgefährten", rief Alois. Sie stießen an, Alois kippte den Rest seines Glases, Grischa nippte nur.

„In welcher Branche?"

„Objektschutz."

„Objektschutz!", echote Aloisius und neigte anerkennend den Kopf. „Aber sie sind der Chef und stehen nicht selber nachts irgendwo Wache?"

„Selten, Objektschutz ist eine Art Sammelbezeichnung.

Wir machen alles mögliche, spezielle Aufgaben für spezielle Kunden."

„Speziell." Der Wirt öffnete einen Hemdknopf.

„Das Geschäft geht gut?"

„Ich klage nicht", sagte Grischa. „Ich bin zwar immer im Dienst", er schaute Aloisius in die Augen, „aber dafür ist man selbständig."

„Allerdings." Aloisius deutete auf sein Glas.

„Nun sitzen wir bei dem schönen Wetter hier und kippen uns für dreihundertfünfzig Euro Whisky hinter die Binde."

„Wie viel?"

„Das hätte ich für die Flasche bekommen, wenn ich sie auf nullnullzwei verkaufe."

„Ah", sagte Grischa. „Und im Einkauf?"

„Hundertfünfzig?"

„Das ist teuer. Aber man merkt auf jeden Fall den Unterschied", sagte Gregor.

„Sie trinken nur noch so gutes Zeug, was?"

„Wenn man es sich leisten kann."

„Wieso kommen sie dann hierher in den Skiurlaub, wenn St. Moritz für sie erschwinglich wäre?"

Grischa lachte.

„Hier ist es auch schön. Außerdem muss der Urlaub für die Freunde, mit denen man fährt, erschwinglich sein."

„Sie fahren immer zusammen mit Familie … Elmer?"

„Nein." Grischa schüttelte den Kopf. „Ich habe Dietrich seit der Wende nicht mehr gesehen. Vor einem halben Jahr haben wir uns getroffen, zufällig, öfter telefoniert und dann fragte er, ob wir hierher in den Skiurlaub fahren wollten."

„Speziell hierher?"

„Ich glaube schon."

„War er schon mal hier?"

„Keine Ahnung."

Der Wirt stand auf.

„Ich hole uns eine Wurst. Wir müssen etwas essen, wenn wir trinken."

Er kam mit einem Teller, einem Messer, einer luftgetrockneten Salami zurück. Gregor schaute zu, wie er mit geübten Bewegungen die Pelle abzog. Bei diesen Dingern riss er immer nur Fetzen ab, und am Ende war die Wurst genauso weiß bestäubt wie vorher, er musste sie jedesmal abwaschen. Gregor prägte sich die Bewegungen ein, wenn bei dem Gespräch sonst nichts herauskam... Wozu zehn Jahre Hoteliersdasein so gut sein konnten.

Zehn Jahre. Oder hatte er reichlich zehn Jahre gesagt? Was könnte reichlich bedeuten? Ein paar Monate? Mehrere Jahre? Grischa glaubte, dass Menschen in solchen Dingen zu genauen Angaben neigen und eher eine kleine Ungenauigkeit einbauen, damit es nicht wirkt, als wäre die Sache wichtig für sie; zehneinhalb oder elf Jahre also, ein, zwei Jahre nach der Wende. So was kann Zufall sein.

Zufall ist ein Zusammentreffen verschiedener Ereignisse erst, wenn alle Versuche, einen Zusammenhang zu finden, fehlgeschlagen sind.

Waren sie Geschäftspartner gewesen, vielleicht der Vater? Warum begrüßten sie sich dann nicht schulterklopfend, stießen auf die alten Zeiten an? Geschäft ist Geschäft, selbst wenn daran etwas anrüchig war, musste man diesen Teil ja keinem erzählen.

Wollte Dietrich an seine Vergangenheit nicht erinnert werden?

Gregor, darüber musst du noch Mal in Ruhe nachdenken. Das sind alles keine Erklärungen.

„Wie bitte?"

„Waren sie früher mit Herrn Elmer in einer Firma, ähm, in einem Betrieb, oder haben sie zusammen studiert, oder woher kennen sie sich?"

„In einer Firma ist schon richtig, zwar nicht in derselben Abteilung, aber in einer Firma." Gregor lachte, das Spiel gefiel ihm. Ob Aloisius wusste, wofür das Wort *Firma* gestanden hatte?

„Große Firma, Kombinat, was?", blaffte Alois. Gregor traten die Tränen in die Augen.

„Kombinat ist gut." Er wischte sich übers Gesicht und erschrak, als er wieder sehen konnte. Der Wirt saß vorgebeugt und seine Augen funkelten, die Wangen zitterten. Die Knöchel seiner Hände traten weiß hervor, so presste er das Glas auf den Tisch. Gregor schaute wie gebannt auf die Hände, wartete, dass es zerspringen würde. Aber es zersprang nicht, der Griff des Wirtes lockerte sich, als er weitersprach:

„Was wollt ihr von mir?" Die Worte pressten sich durch fest aufeinandergedrückte Zähne.

„Ganz ruhig", sagte Gregor, der wieder ernst dreinblickte. Er nahm die Flasche, goss beide Gläser halb voll. Aloisius registrierte es nicht. Er suchte in Gregors Gesicht zu lesen. Der hielt die Lider gesenkt. Jetzt keinen Fehler machen. *Fehler vermeidet man am besten durch innere Ruhe.* Die Frage war, ob Dietrich überhaupt etwas von dem Wirt wollte. Oder ob es nicht eher ein zufälliges Zusammentreffen war, eine Verwechslung vorlag. Dietrich war Beamter, er hatte das dazu passende Seelenleben. Gregor konnte sich nicht vorstellen, dass Dietrich eine zweite dunkle Seite hatte, wie Jekyll und Hyde, sein ruhiges Leben mit dubiosen Geschäften auf's Spiel setzte. Absurd das.

Er sah den Wirt an.

„Wissen sie, Herr Niederhammer, sie stellen diese Frage dem Falschen. Ich bin der Mann für's Grobe, spezielle Aufgaben für spezielle Kunden, diskret ausgeführt."

„Der Mann für's ..." Des Wirtes Adamsapfel ging auf und nieder. Gregor sah zur Seite, aus dem Fenster, durch das die Gipfel im Sonnenlicht gleißten. Über Alois' Gesicht huschten Schatten, scharf umrissen, so dass er wie von schwarzen Flecken übersät wirkte. Gregor entschloss sich zu einem kleinen Risiko.

„Ich denke, er will etwas wiederhaben, was er ihnen vor lan-ger Zeit gegeben hat."

„Sonst?"

„Was sonst?"

„Ich verstehe nicht, wovon sie reden. Was sollte ich wem wie-dergeben?"

Aloisius lehnte sich zurück. Er bereute seinen Ausbruch von eben. Irgendetwas in der Stimme von diesem Gregor sagte ihm, dass der blufte. Der wusste nichts.

Aber Dietrich, der würde wissen, sich erinnern, und es konn-te einen solchen Zufall schlicht nicht geben. Hatte Dietrich den da vorgeschickt, ihm auf den Zahn zu fühlen?

Gregor sah, wie es im Gesicht des Wirtes arbeitete. Der brauchte nur noch einen kleinen Schubs.

„Zunächst sah es für mich aus, als wollten sie etwas von Herrn Elmer. Sie sind ihm den ganzen Sonntag und große Teile des Montags hinterhergeschlichen. Was sie wem wiedergeben sollten, wissen sie bestimmt am besten."

Gregor schaute dem Wirt liebenswürdig in die Augen.

„Eine Schuld, die wir haben, lässt uns nicht schlafen. Ich weiß genau, bei wem ich in der Kreide stehe, besser als meine Gläubiger. Und glauben sie mir, in meiner Branche sollte man das auch wissen."

Aloisius war blass. Gregor registrierte es.

Irgendwas war da. Der Verlauf der Unterhaltung ließ keinen Zweifel. Geld, Wertsachen, im ungünstigsten Fall wertlose Do-kumente zur Verwahrung. Gregor fand, er habe genug gesagt. Ihm fiel nichts mehr ein, er erhob sich.

Aloisius packte ihn am Arm.

„Warten sie. Setzen sie sich, bitte." Er stierte in sein Glas, sein Kopf war leergefegt, er wollte erfahren, was der Andere wirklich wusste, was seine Rolle in dem Spiel war, aber ihm fiel nichts Sinnvolles ein. Er fing an zu sprechen, hatte das Gefühl, als spräche nicht er selbst. Ihm war, als höre er einen Anderen reden, irgendeinen Unsichtbaren, der mit am Tisch saß, der für ihn überlegte, dessen Gedanken er nicht erfassen konnte. Es waren aber seine Lippen und Bänder und Zunge, die Worte formten, bloß, damit der Andere, dieser Mann für's Grobe, ihn nicht so sitzen ließ.

„Wissen sie, Herr Bertram, ich war früher nur bei meinem Vater in der Firma, Gott, angestellt ist zu viel gesagt. Teilhaber ist auch falsch. Was hatten sie für ein Verhältnis zu ihrem Vater?"

Es war eine rhetorische Frage, Gregor reagierte nicht.

„Er hat mich mal hierhin, mal dahin geschickt: *Komm Junge, du musst in's Geschäft reinwachsen*, aber im Prinzip waren es nur Botengänge gewesen. Da was abholen, dort was hinbringen. Es ist besser für dich, wenn du nicht weißt, was in dem Umschlag ist, hieß es immer. Ich weiß, dass ich den Herrn Elmer schon mal gesehen habe, aber glauben sie mir, selbst wenn er mir irgendwas ausgehändigt hat, was aufbewahrt oder zu bestimmten Zwecken verwendet werden sollte, dann weiß ich davon nichts mehr."

Gregor sah dem Wirt die ganze Zeit ins Gesicht. Über seinen Augen hing ein Schleier, sie drückten nichts aus. Er schwieg, auch als Aloisius seine Rede beendet hatte.

„Was sagen sie dazu?"

Gregor machte eine unbestimmte Bewegung.

„Glauben sie mir?"

„Wen interessiert das? Fragen sie doch ihren Vater. Der wird doch wenigstens Auskunft geben, wenn sein Sohn in der Bredouille steckt."

„Mein Vater ist tot."

„Ah, wie praktisch", sagte Gregor.

„Was wollen sie von mir?", fragte der Wirt erneut.

„Herr Niederhammer", sagte Gregor und irgendwie hatte er den Eindruck, dass sich ihr Gespräch genau an dieser Stelle im Kreis zu drehen begann, und er nach dem nächsten Satz unbedingt aufstehen und gehen müsse.

„Sie können mit mir alles klären. Ich leite weiter und werde sehen, was meine Auftraggeber sagen."

„Wer sind ihre Auftraggeber?"

„Das möchte ich gar nicht wissen. Sie zahlen gut."

„Herr Elmer hat nichts mit der Sache zu tun?"

Gregor hob leicht die Hände über die Tischplatte und verzog das Gesicht.

„Er ist aber nicht ihr direkter Auftraggeber?"

„Er wird denselben haben wie ich", sagte Gregor.

Der Wirt schüttelte den Kopf.

„Ein irres Spiel, das wir hier spielen. Ich weiß nicht, worum es geht, sie wissen es genau genommen auch nicht, aber sie drohen mir, falls ich etwas, von dem wir beide nicht wissen, was es sein soll, nicht herausrücke. Das ist krank."

Aloisius breitete die Hände. Er fand seine Vorstellung sehr überzeugend.

Gregor saß jetzt da wie der Großinquisitor. Wenn da nichts wäre, keine klitzekleine Leiche im Keller, würde er dann überhaupt auf dieses Gespräch eingestiegen sein? Hätte er Dietrich dann fast zwei Tage ununterbrochen beobachtet? Grischa versuchte, sich die letzte Passage ihrer Unterhaltung ins Gedächtnis zu rufen. Hatte er eingeräumt, von Dietrich einen Umschlag erhalten zu haben oder nur allgemein von Umschlägen gesprochen, die er für seinen Vater als Bote transportiert hatte? Grischa verfluchte seine Unkonzentriertheiten. Ob das mit dem Alter zusammenhing? Früher hätte er ganze Gespräche aus dem Gedächtnis rekapitulieren können, jedenfalls so zeitnah. Er nahm sich vor, nachher am Laptop einen Versuch zu machen.

„Habe ich ihnen gedroht?", fragte Grischa.

„Spezielle Aufgaben für spezielle Kunden. Sind sie ein Killer oder was!", bellte Aloisius.

„Machen sie sich nicht lächerlich", sagte Grischa, schnipste einen Krümel von der Tischplatte.

„Sie können mir gar nichts", sagte der Wirt, „die Werwölfe waren schon nach dem Krieg nichts als eine schöne Mär, mit der man nach Belieben Leute erschrecken konnte. Mit der geheimen Stasi–Untergrundorganisation ist das genau so. Es gibt sie nicht. Außer alten Säcken, die alten Zeiten nachweinen, ist da nichts. Ich habe mich erkundigt. Es ist ja nicht so, dass man keine Verbindungen mehr hätte. Ihr Dietrich ist ein wohlsituierter Beamter. Ist mir zwar ein Rätsel, wie er das geschafft hat, wo die alle kontrolliert wurden, aber was soll's. Vielleicht war er damals einer wie ich – ein Bote ohne Wissen um den Inhalt der Botschaft. Er wird zwar nicht für's Geschäft seines Vaters unterwegs gewesen sein, aber euer Staat war ja für euch wie ein Vater. Das gleiche Verhältnis: Papa sagt an und man macht, spätestens nach dem zweiten Anschiss, man will sich ja nicht um sein Erbe bringen. Ah, da haben wir's!"

Der Wirt schlug mit der Faust gegen die Wand. Er senkte seine Stimme zu einem verschwörerischen Flüstern.

„Der Bruder ist gekommen, oder besser der Halbbruder, der Stiefbruder und hat den Vater erschlagen." Aloisius' Augen glänzten. Langsam fuhr er fort:

„Und weil ihr das habt kommen sehen, habt ihr, was ihr vom Erbteil tragen konntet, beiseite geschafft. Nun wollt ihr wiederhaben, was ihr verstreut habt."

Er verstummte. Eigentlich hatte er noch davon sprechen wollen, dass sie mit dem Vatermord halb einverstanden gewesen waren, noch besser: ihn selbst vollzogen hatten, denn der Vater war arm und der Bruder reich, der Vater gängelte einen den ganzen Tag, und der Bruder lockte mit einem freien, schönen Leben, aber plötzlich glaubte er, etwas verraten zu haben, was er hätte für sich behalten sollen. Er verstummte für einen Moment.

„Ich glaube einfach nicht, was wir hier reden", fing Aloisius wieder an. „Das ist wie in einem schlechten Film."

Grischa ekelte sich jetzt vor dem Wirt. Der hatte einen hochroten Kopf, kleine Schweißbäche rannen ihm über die Wangen. Auf seinem Hemdkragen waren schon dunkle Flecke. Gregor wandte den Blick zur Seite.

„Schlechter oder guter Film, was soll's. Hauptsache unterhaltsam. Ich werde jetzt gehen", sagte Gregor und erhob sich. Er zog die Hand schnell weg, damit Aloisius ihn nicht noch einmal festhielt. An der Tür drehte er sich um und sagte:

„Wir sehen uns spätestens Sonnabend. Wegen der Abrechnung." Aloisius war sitzengeblieben.

Wo sollte er hin. Bei Frederick Forsyth riefen die Leute in Argentinien an und nahmen den nächsten Flug oder sie wanderten nach Moskau aus. Es gab falsche Pässe und falsche Bärte. Aber wo sollte er hin? Vielleicht einfach nach Italien fahren und ein Hotel nehmen. Wer würde ihn suchen?

Aloisius dachte an seinen Vater, der hätte Abhilfe gewusst. Der kannte Gott und die Welt, der hatte Geschäfte gemacht mit den Arabern und den Russen, mit Palästina und Israel, mit den Tschechen und den Deutschen, Ost wie West. Der nahm in so einem Fall das Telefon oder besuchte ein paar Leute und binnen Stunden lief irgendwas.

Damals war oft viel Hektik gewesen. Einmal stand die Polizei vor der Tür, erinnerte sich Aloisius. Er hatte in seinem Zimmer ferngesehen und dann kamen sie herein, aber sie fanden offenbar nichts, denn sie verschwanden unter Entschuldigungen, und sein Vater begleitete sie an die Tür und sagte, das mache doch nichts, er verstünde das, sie täten ja nur ihre Pflicht.

Aloisius war damals zur Toilette gegangen, grün im Gesicht saß er, wollte kotzen, bis sein Vater im Vorübergehen an die Tür klopfte und rief: *sind weg, kannst rauskommen*. Aloisius lauschte eine Weile, ob sein Vater vor der Tür lauerte, aber schon kurz danach hörte er ihn in seinem Arbeitszimmer lachen, er telefonierte.

Vorsichtig schlich Alois zurück in seine Bude. Es war leidlich aufgeräumt, keine Veränderungen zu erkennen. Er ging zum Fernseher, schaltete ihn wieder an, legte sich aufs Sofa. Wie so oft, interessierte es ihn wenig, was in der Glotze lief, sein Blick saugte sich in die Metallkiste, auf die er den Fernseher gestellt hatte. Die stand da jetzt ein Jahr und siebzehn Tage. Sie war verbeult und fleckig, an der Seite war ein Schloss und ein Siegel baumelte daran, aber es war abgerissen, als wäre beim Transport jemand damit hängen geblieben.

Ein Jahr und siebzehn Tage.

Das waren dreihundertzweiundachtzig Tage, wie viele Stunden, in denen seine Gedanken um diese Kiste kreisten und darum, was er seinem Vater sagen würde, wenn der eines Tages fragen kam: Du, sag mal, Alois, hat dir nicht jemand eine Kiste für mich gegeben?

Was für eine Kiste?

So eine, wie du unter deinem Fernseher stehen hast.

Aber er kam nicht.

Am vierhundertsechsundneunzigsten Tag starb sein Vater. Alois nahm ein Zimmer und zog aus und stellte die Kiste wieder unter den Fernseher. Aber er sah die Kiste jetzt mit anderen Augen. Solange der Vater lebte, war sie die Versicherung gegen jedweden Ärger. Nun, da der Vater tot war, musste sie weg. So fuhr er in den Monaten des öfteren in das kleine Land mit den hübschen Bergen, den kleinen Häusern, in dem sie deutsch sprachen und französisch auch, mal mit dem Auto, mal mit der Bahn. Als die Kiste dann leer war, kaufte er einen Fernsehtisch und die Kiste wischte er sorgfältig ab, zog Handschuhe an und warf sie bei einem Altmetallhändler über den Zaun. Das schepperte ordentlich, und noch stundenlang konnte er sein Herzrasen in diesem Moment nachfühlen.

Im selben Monat sah er das Schild an der Straße zum Gletscherskigebiet: *Zu Verkaufen*. Es war eine Augenblicksentscheidung.

Er goss sich noch einen Blue Label ein, nahm einen kleinen Schluck und versuchte, etwas Besonderes am Geschmack herauszufiltern. Er zog die Brauen nach oben, sog Luft durch die Lippen, es entstand ein gurgelndes Geräusch.

Kurz darauf lernte er seine Frau kennen. Sie sprach ihn an, als er in einer Bar saß, allein vor einem Cocktail. Und er wollte verdammt sein, wenn das nicht ein eingefädeltes Schurkenstück war. Er hatte das Anwesen eben gekauft, nicht über den Preis verhandelt und bar bezahlt. Das Erbe des Vaters war dafür Erklärung genug. Und nun saß sie da, ein hübsches Ding und Aloisius wäre heute nicht mehr in der Lage, in einer geordneten Reihenfolge zu erzählen, wie es dazu gekommen war, dass es nur wenige Wochen dauerte, bis sie vor den Altar traten und sich ewige Treue gelobten. Seine Therese, die Resi, erschien ihm als gute Partie. Die Familie gehörte zu den vermögenden im Tal, das große Hotel direkt an den Gletscherliften war ihres, der angesehene Tiroler Hof, sie betrieben die größten Skiausleihstationen, diverse Gaststätten und Geschäfte. Aber die Resi war ein Nesthäkchen, wie man so schön sagte, und das Erbe war aufgeteilt, und für die Resi war nichts übrig, es sei denn, man hätte das gesamte schon geschnürte Paket wieder aufgeschnürt, aber das wollte keiner, und so kam Aloisius gerade recht, der hier auftauchte, mir nichts dir nichts eine nicht billige Pension, die durchaus das Zeug zu einem respektablen Hotel hatte, kaufte und bar bezahlte und nicht mal über den Preis diskutierte. (Eigentlich wollte Resi's Familie das Haus selber kaufen und jeder im Tal wusste das und der Verkäufer, ein Playboy, der mit dem Verkauf Spielschulden abbezahlen wollte, war schon verzweifelt über dieses Nachfragemonopol.) Aloisius war die Rettung, Resi kam annähernd standesgemäß unter die Haube, die Schwiegereltern übernahmen den Großteil der Renovierungs- und Ausbaukosten, was auch daran lag, dass sie mit einer Tochter als schwer vermittelbar galt. Allerdings hatte das dazu geführt, dass er mit seiner Frau jetzt zusammen als Eigentümer im Grundbuch stand.

Aber seitdem mussten sie sich tatsächlich mit dem Hotel über Wasser halten, und das war verdammt nochmal kein Zuckerschlecken.

Aloisius dachte oft an seinen Schatz in dem kleinen Land, wo sie nicht nachfragten, woher einer sein Geld brachte, damals taten sie das jedenfalls nicht. Heute sollten die Sitten ja nicht mehr so locker sein, las er hin und wieder in der Zeitung.

Er stand auf, stellte die halb leere Flasche wieder an ihren Platz und spülte die Gläser ab. Und während er sie mit dem großen Spültuch trocken rieb, traten ihm Tränen in die Augen. Aloisius setzte sich auf den Barhocker. Er strich über das gebeizte Holz der Theke.

Seine Frau Resi klagte gerade just in diesem Moment im Hotel an den Gletscherliften der Mutter ihr Leid mit dem Mann, der die Wirtschaft schleifen ließ. Sie habe genaue Informationen, dass er zwei Tage hintereinander sich auf dem Gletscher herumgetrieben habe. Ihre Mutter nickte nur, es war ihr auch zu Ohren gekommen. Sie strich der Tochter begütigend übers Haar. Die drehte den Kopf weg, das konnte sie nun gar nicht leiden.

Veronika, Aloisius' Stieftochter, lag in ihrem Zimmer vor dem Fernseher. Ihre Mutter hatte ihr frei gegeben. Heute musste sich Papa abschuften. Sie drehte mit den Fingern Löckchen in ihre Haare. Hätte ihr einer die Augen zugehalten und die Ohren und sie gefragt, was sie da eigentlich sehe, sie hätte es nicht zu sagen gewusst.

9. Kapitel,
in welchem mancher seine Situation bedenkt

„Geht's deiner Frau besser?", erkundigte sich Peer. In der Linken hielt er die Wurstgabel, und die Rechte balancierte einen Teller mit Obst und Joghurt. Hubert erschrak. Er zog beim

Umdrehen das Glas zur Seite und der Orangensaft floss auf das Buffet.

„Ah, Schiete! Hallo, Peer." Hubert hatte sich auf diesen Moment vorbereiten wollen, es aber nicht vermocht, weil er kurz davor war, eine Vermisstenanzeige aufzugeben. Ihm graute irgendwem anzuvertrauen, dass seine Frau verschwunden war. Er hatte gestern Abend Peer erzählt, sie habe sich den Magen verdorben und liege im Bett. Mit Mühe hatte er sie davon abhalten können, einen Krankenbesuch zu machen. Wenn ihr nun wirklich etwas passiert war.

„Es war keine schöne Nacht, kannst du mir glauben. Aber jetzt schläft sie. Schlaf ist die beste Medizin. Fahrt mal heute alleine. Wenn es ihr besser geht, kommen wir auf Mittag hoch. ... An der selben Hütte wie gestern. Ist das beste. ... Ja, ist schade um das schöne Wetter, aber ich will sie jetzt auch nicht allein lassen, vielleicht braucht sie doch noch einen Arzt."

Hubert musste sich zu ihnen an den Tisch setzen und war froh, als das Thema gewechselt wurde. Die ganze Zeit ängstigte er sich davor, dass Juliane ihn Lügen strafen und schön und gesund plötzlich hinter ihm stehen würde. *(Juliane brach gerade die Messerklinge ab.)*

Hubert dachte, als Peer über die Verrohung der Sitten auf der Piste insbesondere durch Snowboard–Fahrer wetterte, an seine Mutter. Auch an seinen Vater. Und an die Zeit, als er von zu Hause weggezogen war, weil ein Schulfreund ihn eingeladen hatte, in eine Wohngemeinschaft zu ziehen. Hatte er da nicht Toleranz gelernt. Hatte er da nicht gelernt, kein Chauvi und kein Macho zu sein. ‚Meine Frau' verbot sich schon als Gedanke. Juliane war eine Frau, die sich entschieden hatte, mit ihm zu leben, jederzeit frei zu gehen. Sie war heute Nacht nicht ins Hotel gekommen. Wenn sie einen Lover hatte, durfte er darüber nicht richten. Wenn einer sie vergewaltigt und erdrosselt hatte, konnte er ihr eh nicht mehr helfen. Die Frau ist nicht nach Hause gekommen, na und? Das kann ein Zeichen sein, dass er doch ein Chauvi und ein Arschloch war, aber niemals ein Grund, sie per Polizei suchen zu lassen.

Sie trugen ihm Genesungswünsche auf, Hubert lächelte gequält, verabschiedete sich rasch, lief in sein Zimmer, hängte das Schild „Bitte nicht stören" an die Tür. Das Hotel lag direkt an den Liften, vielleicht fünfzig oder hundert Meter von der Talstation entfernt. Hubert hatte es nach dem Preis ausgesucht, es gehörte im Tal zu den teuersten Absteigen. Das Interieur war sehr gediegen, alle Annehmlichkeiten vorhanden, ein Massagesalon, eine Billardbar und eine hübsch gestaltete Badelandschaft. Bis auf die Massagen alles inklusive. Aber die Lage! Sicher, man konnte zum Lift laufen. Nur musste man jeden Morgen um sieben die Fenster schließen, weil dann der Verkehr losging. Lastautos lieferten, Frühaufsteher und Wanderer stellten ihre Wagen auf dem Parkplatz ab. Schon vorher präparierten Spezialfahrzeuge die Talabfahrten. Ab acht Uhr war es bei ungünstiger Wetterlage eine Zumutung das Hotel zu verlassen. Über der Senke hing eine Smogglocke. Wie an einem Bindfaden zogen auf der kleinen Straße, die sich den Hang ins Tal hinunter schlängelte, die Autos herauf. Wenn mal eine Lücke war, führte die nachfolgende, noch enger aufgefädelte Fahrzeugschlange meist ein Bus an, der sich mit schwarzen Rauchfahnen auf die Anhöhe quälte. Hubert ärgerte beides: hier zu wohnen und auch die Vorstellung, sich jeden Morgen zum Skifahren in diesen Zug einreihen zu müssen.

Versonnen stand er am Fenster. Der Blick zum Berg wäre sicher schöner gewesen. Unten dehnte sich der riesige Parkplatz, jetzt, kurz vor halb zehn, schon mehr als zur Hälfte gefüllt. Er wollte abwarten, bis Peer und seine Frau das Hotel verlassen hatten und mit dem Lift nach oben gefahren waren. Leider konnte er das durch sein Zimmerfenster nicht beobachten, da der Hotelausgang zu den Liften lag.

Seine Augen verengten sich. Die Pupillen flackerten leicht unter dem oberen Lid. An den Rändern des Parkplatzes sah er

Flammen züngeln wie bei einer alten Fotografie, durch die sich die Flamme eines Streichholzes fraß, tasteten sie sich zur Mitte vor, da hinten auch, die Pupillen waren kaum noch zu erkennen. Immer höher schlugen die Flammen, flackernden Wänden gleich, er meinte die Wärme durch das Fensterglas zu spüren. Sie tilgten den Platz wie ein Krebsgeschwür vom Antlitz der Erde, deren Strahlung fokussierte und in diesem Inferno alles verschlang.

Fleisch schlug Blasen, verkohlte Brüste, einen letzten Moment schön und erregend, der von Todesangst verzerrte Mund, der ihn gestern noch geküsst hatte und die zwischen Rauch und Angst zusammengepressten, dann wieder aufgerissenen Augen, bis sie von Hitze und Atemnot ermattet, stumpf wurden und brachen.

Hubert wanderte im Zimmer auf und ab, wollte ins Bad, aber erst die Tabletten suchen, sein Handtuch, eine Zeitung.

Er eilte wieder zum Fenster. Schwaden von Menschen standen um ihre Autos, zogen sich um, wanderten zur Straße und verschwanden rechts um die Ecke des Hotels. Was sollte es bringen, hier zu stehen und zu suchen, ob sie aus einem der Wagen aussteigen würde. Wenn sie mit dem Bus kam, würde er sie gar nicht sehen können, denn die hielten weiter oben. Er beschloss, im Zimmer zu bleiben. Irgendwann wird sie zurück sein, dachte er und betete im Stillen, dies möge geschehen, bevor der Abend anbrach und alle vom Gletscher zurück strömten. Das Märchen vom verdorbenen Magen mitzuspielen war das Mindeste, was sie ihm dann schuldig war.

Das Plateau vor der Talstation, von dem die Hänge wie aufgesetzt nach allen Seiten aufstrebten, stieg hinter den Liften in einem kleinen Bogen ganz sanft an, bis nach einem Waldstreifen fast senkrecht die Unwirtlichkeit der bewaldeten Hänge dem Betrachter ein Gefühl der Geborgenheit vermittelte.

An den Rand dieses kleinen Hanges war ein mobiler

Schlepplift aufgebaut worden, der Babylift. Man muss nach einem am Stahlseil befestigten Griff fassen, diesen festhalten und sich so auf den Skiern stehend den leichten Hang etwa hundert Meter nach oben ziehen lassen.

Odette stand leidlich parallel zum Seil. Der dritte Griff, die im Abstand von etwa zehn Metern angebracht waren, glitt bereits an ihr vorbei, ohne dass sie Anstalten machte, nach einem zu greifen.

„Sehr gut", sagte die Skilehrerin, eine junge Frau von vielleicht achtzehn Jahren, mit weichen, ebenmäßigen Gesichtszügen. Sie stand nach vorne in ihre Stöcke gelehnt und zwinkerte einer hinter Odette wartenden Schülerin zu, die im selben Alter sein musste.

„Jetzt nach dem Griff fassen, ganz festhalten, vorsichtig, es gibt einen kleinen Ruck, die Ski parallel führen und erst oben nach dem blauen Schild wieder loslassen." Das Mädchen sprach mit fürsorglicher Stimme.

Es war ihre erste Saison als Lehrerin. Zu spät hatte sie bemerkt, dass man im Fragebogen unter der Rubrik *Umgang mit Kindern* eher Ablehnendes hätte formulieren sollen. Mit Kindern arbeiten hätte bestimmt Spaß gemacht, aber am Babylift standen nur Frauen und Männer in mittleren Jahren an, die zum ersten Mal im Leben Ski fuhren. Wozu sie das wollten, war dem Mädchen schleierhaft. Diese Frau zum Beispiel, in einer schwarzen, eng anliegenden Steghose mit einem kurzen schwarzen Anorak, der ihren dürren Hintern irgendwie zur Geltung bringen sollte, würde nie passabel Ski fahren. X–beinig stand sie am Lift, unfähig, nach einem Griff zu fassen, nur damit beschäftigt, nicht gleich hinzufallen. Ob ihr Mann sie gezwungen hat? Sie hoffte, dass der Babylift einfach die Arbeit aller neuen Ausbilder war, und sie in der nächsten Saison den Job würde abgeben können. Falsch. Heute Abend würde sie mit Peter deshalb reden, nächste Woche konnte das ein anderer machen. Dieses Elend war nicht mit anzusehen.

„So, nun fassen sie halt einfach nach dem nächsten Griff und versuchen sie sich festzuhalten." Das Mädchen verbarg ihre Ungeduld. Sie sprach langsam, lächelte. Odette fasste nach dem Griff. Die Stöcke, die an den Bändern um die Handgelenke hingen, schlugen ihr gegen die Beine. Sie spürte den Ruck, krampfhaft hielt sie fest, ihr Oberkörper beugte sich nach vorne, die Ski bewegten sich erst, als sie in der Hüfte fast rechtwinklig abknickte. Die Spitzen gingen über Kreuz, wie in Zeitlupe sank sie in den Schnee. Ihre Finger krampften immer noch um den Griff, auf der Seite liegend wurde sie von dem Seil durch die ausgefahrene, spiegelglatte Rinne gezogen, bis das Mädchen einen Schritt zur Seite tat und den Motor abstellte. Mit zwei Gleitschritten war sie bei Odette, zog sie nach oben, sagte:

„Wenn der Ruck kommt, sollten sie sich ein wenig nach hinten lehnen, richtig in die Ski hineinstellen."

Odette rutschte breitbeinig, vorsichtig nach vorne gebeugt, jederzeit bereit die Stöcke in den Boden zu rammen oder zur Seite zu fallen, wieder nach unten. Mit einem halben Blick beobachtete sie die Skilehrerin, die zurückgerutscht war, der Nächsten ein Zeichen gab, dass der Lift wieder frei sei.

Die Geschmeidigkeit ihrer Bewegungen, die Selbstsicherheit des Körpers, Odette wollte sie beißen, dem Mädchen in den schlanken, schönen, glatten, weißen Hals beißen, das Oberteil aufreißen, saugen und lecken die festen Brüste, in den Schnee fallen und die Welt versinken sehen. Schlagen, würgen, küssen, pressen, treten. Und dann den abschließenden, gleichgültig machenden Höhepunkt eines Mannes erleben, von ihr ablassen, Reisverschlüsse hochziehen, liegen lassen, davongehen. Messer stechen. Vorher, dabei. Odette glitt dahin. Skier kratzten über Skier. Der Mann drehte sich um und fing sie auf, bevor sie stürzte. Sie atmete tief, entschuldigte und bedankte sich, stellte sich wieder an.

Beim nächsten Versuch lehnte sie sich nach hinten, lange bevor der Ruck kam, die Ski rutschten nach vorne weg, Odette lag im Schnee. Das Mädchen half ihr auf, ohne den Motor abzustellen. Odette hatte den Griff losgelassen. Sie musste sich nicht wieder hinten anstellen. Sie fasste nach dem nächsten Griff, machte sich steif, in der Hüfte, in den Beinen.

„In den Knien etwas federn!", rief das Mädchen mit dem Hals, den Brüsten, dem weißen Skianzug, halb so alt wie Odette, so alt wie ihre Söhne. Als das Seil sie über den kleinen Hügel zog, der vor dem Ausstiegspunkt aufgeschüttet war, kippten die Ski vorne nach unten, die Spitzen schlugen hart auf, kreuzten sich, Odettes Hände umkrampften den Griff. Hinten hob es die Skier aus und Odette schlug bäuchlings auf der hart getrampelten Fläche auf. Eine Skispitze brach, der Rest bohrte sich in den Schnee, der Griff riss ihr fast die Hände ab, bevor ihre Finger langgezogen wurden und loslassen mussten. Der erste Schmerz, den sie spürte, war der im Kinn.

Hinter der letzten Anhöhe vor dem Ausstiegspunkt, da wo die Hänge steil in die Höhe ragten, sah sie eine tiefe Schlucht, in die alle stürzen würden, aus deren Kavaliersgesichtern verzerrte Fratzen geworden waren, kurz vor der Anhöhe. Und Dietrich würde dazu gehören, ganz sicher.

Gregor lag auf der Tagesdecke, spielte mit seiner Pistole, einer Makarov, die er wie einen Talisman überall hin mitnahm und spürte das Kribbeln. Das war etwas anderes als tagein tagaus Dienstpläne für stumpfsinnige Säcke auszuarbeiten, die keinen anderen Job mehr fanden oder die es aufwertete, in Phantasieuniformen mit einem schneidigen Barett (das sie allerdings trugen wie eine Pudelmütze) vor Einkaufszentren herumzustehen, um den Kunden das Gefühl zu geben, hier würde auf deren Sicherheit geachtet.

Gregor trat mit dem Fuß gegen das Bettgestell. Er hörte, wie sich eine Verbindung im Holz knarzend löste und lächelte. Im Geiste sah er das Bett unter Odette und ihrem nächsten Lover zusammenbrechen.

Vorsichtig erhob er sich, zog sich an und verließ das Hotel.

Die Sonne blendete. Gregor überlegte, dann lief er auf der Straße talwärts. Er wollte nicht direkt vor dem Hotel in den Skibus steigen. Bis zur nächsten Station waren es mehr als zwei Kilometer, aber die Bewegung an frischer Luft tat ihm gut. Der Autoverkehr zurück vom Gletscher in die Unterkünfte hatte noch nicht eingesetzt, es lief sich angenehm. Ungefähr fünfhundert Meter nachdem er den Ort verlassen hatte, führte die Straße hinter einer Böschung scharf nach rechts über eine Brücke auf die andere Seite des Baches. Gregor lief mit dem Rücken zur Fahrtrichtung. Er hörte das Brummen des Motors sehr spät, da es bergab ging, gab der Fahrer kaum Gas. Gregor drehte sich um. Da war der bullige Geländewagen schon knapp hinter ihm. Die Blicke trafen sich. Aloisius schien erschrocken, Gregor unterdrückte den Reflex, den Arm zu einem Gruß zu heben. Er hielt nur den Augenkontakt die knappe Sekunde, da war er vorbei.

Im nächsten Ort sah er sich ein bisschen um, stieg dann in den Skibus, der talwärts fuhr. Schon eine Station weiter fand er, wonach er gesucht hatte. Scheinbar ziellos schlenderte er umher, bis er einen Mann sah, der auf einem Stuhl vor einem Restaurant saß, zurückgelehnt die Zeitung so vorgehalten, dass nur die Hände und die Beine zu sehen waren. Auf dem Tisch standen ein halb leer gegessener Teller, ein Wein- und ein Wasserglas.

„Hallo Dietrich", sagte Gregor und setzte sich.

Hau ab, verpiss dich, Mann, merkst du nicht, dass du nervst?, hätte Yannik am liebsten gerufen. Er sagte aber nur: „Arschloch" und ließ sich lang nach hinten in den Schnee fallen. Elmo stand gebeugt auf die Stöcke gestützt und sah auf Yannik herunter.

„Spinn' nicht rum, Freundchen. Heute Abend bin ich dran." Er puhlte mit der Stockspitze im Schnee, malte Kreise und Achten, kratzte Eis von den Ski.

„Gestern hab' ich sie dir festgehalten. Ohne mich wärst du gar nicht zum Zuge gekommen."

„Du spinnst." Yannik tippte sich mit dem Daumen gegen die Stirn. Er war froh, dass seine Augen hinter der Skibrille gut verborgen waren. Er spürte, wie sich Tränen am Dichtgummi sammelten, Tränen der Wut, sagte er sich hilflos.

„Natürlich", höhnte Elmo. „du wärst gar nicht auf die Idee gekommen! Haben wir dich gestern nicht entjungfert? Verdankst du es nicht mir, dass du nunmehr ein Mann bist? Zieh jetzt keine Show ab. Hast dich verliebt oder was?" Er schlug mit dem Stock nach Yanniks Beinen. Der wollte zurückschlagen, da er die Ski festgeschnallt hatte, wurde nur ein Zucken daraus.

„Das ist bei der ersten, mit der man schläft, so", behauptete Elmo, hob den Kopf, sah in den Himmel.

„Bei meinem ersten Mal war das auch so, aber glaub mir, es hat nichts zu bedeuten. Und die Wirtstochter ist nicht umsonst die Wirtstochter. Die treibt's diese Woche mit uns, nächste Woche mit anderen, wenn du schon weit weg bist. Also wein' ihr keine Träne nach und mach heut Abend keinen Zeck."

„Vielleicht hat sie da auch noch ein Wörtchen mitzureden", sagte Yannik und setzte sich. Er drehte sich um zum Aufstehen, tat so, als richte er die Brille neu, zog die Mütze vom Kopf und wischte sich das Gesicht mit den Handschuhrücken.

„Ph", machte Elmo, „so ein Blödsinn."

„Vielleicht macht es ihr mit dir keinen Spaß. Vielleicht ekelt sie sich vor dir." Yannik verzog das Gesicht wie angewidert. Elmo lachte.

„Klar, natürlich, dich findet sie appetitlich und vor mir graust ihr. Beim Ficken sind alle gleich eklig, mein Lieber. Du vergisst es nur für die Zeit."

Sie rutschten nebeneinander den an dieser Stelle flachen Hang hinab. Yannik war einfach losgefahren und Elmo schob sich an, um den Anschluss nicht zu verlieren. „Schwanz ist Schwanz", sagte er noch „und Möse ist Möse", dann wurde die Piste steiler. Yannik schoss davon. Er ging in die Knie. Elmo bremste nach wenigen Metern ab. Sollte er doch fahren. Hauptsache, er vermasselte ihm am Abend nicht die Tour. Dann gibt es Ärger, schwor er sich.

Als Hubert den Parkplatz in Flammen aufgehen ließ, stand die mit entblößten Brüsten und angstverzerrten Augen an den Pfahl Gebundene fünf Dörfer talabwärts an der Skibushaltestelle, im Skianzug und der Unterwäsche von gestern. An die zehn Busse hatte sie passieren lassen. Es war nach zehn, bis Mittag musste sie bei Hubert sein, sonst war es aus. Sie beobachtete die Autoschlangen, Dietrich war nicht dabei. Würde sie einsteigen, wenn er anhielt, die Tür aufstieß, mit ihm auf die Piste gehen, die Vertrautheit genießen, die sie bei Hubert entbehrte? Warum nicht noch einmal in dem Liebesnest verschwinden, von dem keiner wusste.

Juliane sprang in den Bus, als die Türen schon zischend zufielen, fand einen Sitzplatz, weiter oben wurden die Stehplätze knapp. Sie träumte von einem Urlaub, von langen Spaziergängen über steile Grate, von herrlichen Ausblicken, die sie eng umschlungen genossen, von Schneewehen, in die sie sich warfen, von Abenden in verräucherten Kaschemmen und Diskotheken, wo sie ekstatisch selbstvergessen tanzten wie damals.

Als der Kabinenlift über die Tannen glitt, knapp über Felsvorsprünge schrammte, im nächsten Augenblick den Blick auf majestätische Senken eröffnete, fiel ihr ein, dass Hubert vielleicht im Hotelzimmer wartete.

Die Gruppe sorgte sich. Der schleimige Charmeur wich nicht von ihrer Seite. Sie redete sich auf eine Magenverstimmung heraus. Daher musste sie in der Mittagspause nach dem dritten Obstler, den ihr die selbst ernannten Mediziner der Gruppe aufnötigten, fast böse werden. Erst am Nachmittag ließ man sie in Ruhe. Trotzdem war sie dankbar und glücklich, dass sie nicht alleine war. Sie hielt sich am Ende der Gruppe, wenn sie in leichten Schwüngen die Hänge hinunterfuhren.

Peters Anweisungen, die Übungen mit vor dem Bauch gehaltenen Stöcken nur über den Belastungswechsel in die Kurven zu kommen, lenkten sie ab. Sie gab sich Mühe, spürte den Erfolg.

„Seid's ihr schon mal gewedelt?", fragte der Peter, ruckelte dabei seine Sonnenbrille zurecht. Ein paar nickten, ein paar schüttelten den Kopf, Ricarda reagierte nicht. Sie hatte ein paar Meter weiter Yannik entdeckt. Wie im Film, wo sie schlaglichtartige Erinnerungen dramatisch mit Schockmusik und Überblendungen darstellen, sah sie, wie sie ihn noch feucht am Kopf und den Händen auf den Bauch gelegt bekommen hatte. Ihren Sohn. Aber es überfluteten sie keine wonniglichen Schauer des Glücks, der Liebe und der Zuneigung. Wie eine schwere Last empfand sie, dass er ein fremder Mensch war. Sie überlegte, wie oft sie ihn seit dem Zeitpunkt, als Bertrams auf den Hotelparkplatz am Sonnabend gebogen waren, gesehen hatte. Sonnabend zum Abendbrot, Sonntag zu Frühstück und Abendbrot, Montag schon gar nicht mehr, und auch heute morgen war Ricarda sehr zeitig auf den Berg gefahren. Wann hatten sie das letzte Mal miteinander gesprochen? Gestern Abend in seinem Zimmer hatte sie reden wollen. Aber da lag er auf einem Mädchen, drei Tage nach der Anreise auf einem wildfremden Mädchen! Und dass Elmo das Zimmer dafür räumte, eher hätte sie das andersherum erwartet. (Sie war umgekehrt, bevor Elmo in ihr Gesichtsfeld rückte.) Ricarda schüttelte den Kopf.

Peter nahm es für ein nein.

„Na schön", sagte er. „So wie die meisten von euch fahren, kann ich mir das zwar nicht vorstellen, aber wir werden es ja gleich sehen. Wedeln ist nichts für Leute, die beim Skifahren wie vor dem Fernseher sitzen." Er ging in Sitzhaltung. Es sah eigenartig aus, wie er so zurückgelehnt dastand, physikalisch irgendwie unmöglich, aber die steifen Schuhe hielten ihn gleichsam schwebend.

„Wedeln", fuhr er fort, „ist etwas für angehende Skispringer."

Und er ließ sich nach vorn fallen, bis er wie ein in die Erde gerammter Stock schräg in die Luft ragte.

„Und die Grundrichtung ist senkrecht zum Tal, als wolltet ihr Schuss fahren." Er rammte seine Stöcke in den Schnee, sprang herum, redete weiter über die Schulter zu der nun hinter ihm stehenden Gruppe:

„Die Ski werden parallel gehalten, der Oberkörper bleibt ruhig und immer Richtung Tal geneigt, als wolltet ihr nach vorne über eure Ski abspringen, und nur über Hüfte und Beine führt ihr den Belastungswechsel durch, so dass ihr in schnellem Rhythmus wedelt. Ich mach das mal vor. Ihr wartet, fahrt einzeln auf mein Zeichen, ich will sehen, wer wie viel schon kann."

Peter nahm die Stöcke aus dem Boden und glitt davon. Ricarda sah ihm nach, wie er nach ein paar Metern elegant und aggressiv kleine Kurven fuhr und bei jedem Schwenk Schnee hinter sich aufwirbelte. Als Peter unten angekommen war, sah sie wieder nach Yannik, aber der war verschwunden. Sie hatte Elmo gar nicht gesehen, fiel ihr auf. Ihr Blick suchte die Piste ab. Wenn Yannik weitergefahren war, würde sie ihn nicht so schnell wiederfinden. Sie nahm den Gedanken bewusst wieder auf, bei dem Peter sie vorhin unterbrochen hatte. War sie peinlich berührt gewesen? Das letzte Mal mit Yannik gesprochen hatte sie schlimmstenfalls vorgestern, das letzte Mal Yannik nackt gesehen, du meine Güte, das musste Jahre her sein und nun gleich so. Sie lächelte. Sie würde das heute Abend nachholen mit dem Reden, nahm sich Ricarda vor.

Sie stocherte im Schnee. Weiter unten winkten neun Leute mit ihren Stöcken. Die Stimmen, die da *Hallo* und *Ricarda* riefen, drangen nicht bis zu ihr. Ein Mann, der weiter oben stand, sprach Ricarda an. „Oh", sagte sie und „Danke", beugte sich nach vorne, fühlte sich eins mit dem Schnee und den Bergen. Sicher würde auch Dietrich heute Abend wiederkommen. Sie wollte sich tatsächlich nach vorne in den Schnee stürzen und hüllte die Gruppe, als sie am oberen Ende abbremste, in eine riesige Schneewolke.

„Wow", sagte Peter und: „Nicht schlecht für eine, die mit dem Kopf schüttelt, wenn man sie fragt, ob sie schon das Wedeln beherrscht."

„Das nennt man Understatement", sagte Ricarda. Sie lächelte breit und glücklich.

„Das ist aber nichts, was du in Bonn gelernt hast. Mir nach!", rief Peter, und Ricarda hängte sich an ihn und zog die Anderen nach.

Warum sollte sie sich von Idioten, die ihre Hormonausschüttungen nicht im Griff hatten, den Urlaub vermiesen lassen. Sie spürte den Fahrtwind, nahm jede Bodenwelle wahr, zeichnete sie geradezu nach mit ihrem Körper. Tränen schossen in ihre Augen. Sie blinzelte, fuhr fast auf Tuchfühlung mit dem Skilehrer und wäre am liebsten frei und noch viel schneller und immer weiter bis in alle Ewigkeit so gefahren. Sie würde heute wieder in die Sauna gehen und zum Abendbrot sich zu allen anderen an den Tisch setzen, Odette ignorieren und entweder war Dietrich wieder da, dann würde sie ihn umarmen, ihn mit sich ziehen in diese Tiefe, die da oft schon war, oder er war nicht da, dann würde sie sagen, sie habe ihn rausgeschmissen, manche am Tisch würden schon wissen warum.

Als sie die Ski an der Ausleihstation abgegeben hatte, lockte sie die Musik und sie setzte sich an eines dieser hölzernen Rondelle und bestellte eine Williams Birne. Es war kurz vor halb vier, noch viel Zeit bis zum Abendbrot.

10. Kapitel,

in welchem Dietrich aufgeklärt wird, eine Talfahrt und ein klarer, von Wolken überschatteter Ausblick

Die Flutwelle bewegte sich am Rand der Kaffeetasse, noch ein bisschen und sie tritt über den Rand. Gregor hielt den Löffel gegen die Strömung, er schüttete die Untertasse über der Terrasse ab.

„Eifersucht bedeutet nichts", sagte er. Dietrich hob den Kopf. Er schaute Gregor an, aber der blieb mit dem Blick in der Kaffeetasse. Er hatte sich das schon gedacht, aber der Ton war bemüht. Es war ein Kampf gewesen. Dietrich sagte nichts.

„Trotzdem glaube ich nicht, dass du mit ihr geschlafen hast." Stoß in der Magengrube. Ach ja, es ging um Odette.

„Ich glaubte, du könntest sie halten, irgendwie mehr bedeuten", redete Gregor weiter, „aber du bist ja, wie es scheint, mit einer alten Bekannten beschäftigt."

Dietrich nippte an seinem Wein. Wozu war dieser Mensch hier aufgetaucht? Ihm war langweilig gewesen.

„Soweit ist sie noch nicht", sagte Gregor. Dietrich schwieg weiter, zurückgelehnt, das Gesicht gegen die Sonne.

„Nein", erwiderte er nur und Gregor schien überrascht.

„Man muss sich mit dem anderen freuen können, auch für ihn."

Gregor betonte das *für*.

„Sonst liebt man ihn nicht." Er schien gedankenversunken. Jedenfalls sah er nicht hoch und Dietrich konnte ihn blinzelnd, mit der Hand die Augen schirmend, betrachten. Die großen Hände drehten die Tasse. Um die Lippen ließ er ein wissendes Schmunzeln spielen. Dietrichs Blick fiel auf seine Zeitung, in der er gelesen hatte, bevor Gregor an den Tisch trat. Er wollte sich an den letzten Artikel erinnern, es gelang ihm nicht. Vorsichtig hob er das gefaltete Papier. Da: *Michael Jacksons Schlafgewohnheiten.* Dass der durch die angepappte Nase überhaupt noch atmen konnte. Als sauge er ständig Luft so stark ein, dass der Unterdruck die Nasenflügel zueinander zog. Wie ein Nacktkätzchen. Ohne Fell, so zart und zerbrechlich und alt sah er aus.

„Langweile ich dich?" Gregors Augen.

„Nein, bestimmt nicht, es war nur …"

„Wie siehst du das?"

„Was?"

„Mmhh." Gregor hob die Schultern, verzog das Gesicht, schürzte abschätzig die Lippen. Es schien ihm egal.

„Wollt ihr euch trennen?", fragte Dietrich.

„Trennen." Gregor wog das Wort. „Loslassen."

Pause.

„Aber sie hätte einen Halt gehabt."

„An mir?", fragte Dietrich.

„Sie ist nicht soweit."

„Ist sie im Loslassen nicht weiter als du?" Dietrichs Kopf wippte.

„Ich meine es ernst", sagte Gregor. Er sagte es zweimal. Im zweiten Satz schwand die Stimme, der Satz kehrte in ihn zurück, aber Dietrich glaubte, das sei eine Masche. Getue.

„Was wird bei dir passieren?"

„Keine Ahnung", sagte Dietrich.

„Die Antwort gefällt mir."

Dietrichs Blicke, Gregor hielt schmunzelnd stand.

„Lasst ihr euch scheiden?" Dietrich fragte es, weil ihn das Schweigen drückte.

„Das ist nicht wichtig. Aber diesmal wird es anders sein."

„Eine Wiederholung?"

„Eben nicht."

Dietrich wartete auf eine Erklärung, musste aber nachfragen: „Wieso nicht?"

„Diesmal gehe ich weiter weg. Das letzte mal hatte sie sich eine eigene Wohnung genommen, kam aber jedes Mal wieder."

„Jedes Mal?"

„Nun ja, nach jedem Mal eben. Sie erzählte und erzählte, all diese Details." Gregor kreiste mit dem Finger über den Tassenrand.

„Sie braucht einen Mann, in den sie sich verliebt, der sie auch liebt."

Dietrich kämpfte mit seiner Kopfhaltung, seinem Gesichtsausdruck. Er schaute Gregor über den Brillenrand an, sah nur mehr einen Schemen.

„Mir ist unklar, wie sie es immer wieder schafft, ich meine, schau sie dir an, sie sieht verlebt aus, findest du nicht?" Er wartete Dietrichs Antwort nicht ab.

„Naja, ihre Männer werden älter, vor fünf Jahren wäre einer wie du nicht mal in die engere Wahl gekommen. Was soll's."

Er stand auf.

„Zahlst du für mich mit?"

Dietrich hielt ihn fest.

„Was willst du? Wieso kommst du hierher?"

Gregor ließ sich wieder auf seinen Stuhl ziehen, er winkte dem Kellner.

„Du hättest dich nicht auf sie einlassen dürfen."

„Das ist mir klar."

„Nein, ist es nicht. Du siehst das aus deinem Blickwinkel. Für dich ist es ärgerlich, aber es wird sich wieder einrenken. Für Odette ist es eine Katastrophe."

„Gregor, entschuldige, aber mir scheint, du erzählst Unsinn. Erst ist sie ein männerverschlingendes Ungeheuer und nun ist es eine Katastrophe."

„Sie wird älter, sieht nicht mehr so attraktiv aus, die Augen, der verheult wirkende Blick, die Falten. Die Chance, dass sie einen Mann kennenlernt, den sie will, der aber sie nicht will, weil er sich schlicht allein bei der Vorstellung ekelt, ist groß und dann … Sie wird es bemerken und vorbei."

„Was vorbei?"

„Die Chance, dass ein Mann ihrer nuttigen Anmache widersteht, weil er nicht nur das eine will, wenn du verstehst, was ich meine. Der den Menschen in ihr sucht."

„Bist du ihr Mann oder ihr Psychiater?"

Gregor lachte, hustete.

„Jedenfalls bin ich kein Kandidat."

„Warum?"

„Weil ich sie auch in der ersten Nacht gevögelt habe."

„Aber du bist bei ihr geblieben."

„Ich habe sie geliebt, liebe sie noch … oder eine Erinnerung, vielleicht. Ich weiß nicht." Er strich mit beiden Händen über die Tischplatte.

„Wie ist deine Stimmung?", brach er das Thema ab.

„Ich bin platt", sagte Dietrich. „Alles mögliche habe ich erwartet, aber das nicht."

„Vergiss es."

„Nein, sag mir noch das eine, wieso braucht sie einen Mann, der sie abperlen lässt, sexuell? Wieso macht sie die Männer an, wenn sie es eigentlich nicht möchte?"

„Denk darüber, was du willst. Es kann richtig oder falsch sein, ich weiß es auch nicht. Odette weiß es selber nicht. Frag sie … Sie wird es nicht bestreiten, aber eine befriedigende Antwort … Eine besondere Art von Masochismus?"

„Schläfst du noch mit ihr?"

„Warum willst du das wissen? Wärest du eifersüchtig?"

„Ich verstehe nicht, wie du so locker damit umgehen kannst."

„Warum denkst du, dass es für mich locker ist?"

Dietrich zuckte mit den Schultern.

„Wenn ich mich in deine Lage versetze …"

Gregor breitete die Arme aus und sagte:

„Du musst loslassen können."

Dietrich schaute misstrauisch: „Kommt jetzt die esoterische Phase unseres Gespräches?"

„Nenn es, wie es dir gefällt, für mich war es reiner Selbstschutz. Was würdest du tun, wenn deine Frau manisch, geradezu zwanghaft jeden anbaggern würde, der ihr nur einigermaßen zusagt und nach spätestens zwei Tagen mit ihm in die Kiste steigt?"

„Scheiden lassen."

Gregor winkte ab. „Haben wir hinter uns."

„Ihr wart geschieden?"

„Nein. So schnell geht das nicht. Wir haben das Trennungsjahr versucht. Hat aber nicht geklappt."

„Wieso nicht?"

„Sie hat sich eine eigene Wohnung genommen, das ging eh erst nach der Wende und gemacht haben wir es nur, weil wir es schon lange vorhatten. Aber wenn sie einen verschlissen hatte, kam sie wieder nach Hause. Und ich musste mir dann zwei Stunden die *Alle Männer sind gleich – Arie* anhören."

„Hat sie die über mich auch gesungen?"

Grischa prustete in den Kaffee, den er gerade zum Munde führte.

„Bist du jetzt enttäuscht? Du hattest die Chance, in ihren Augen was Besonderes zu sein." Er hob die Schultern. „Verpasst."

„Könnte man eine schöne Stange Geld mit verdienen", murmelte Dietrich verärgert, aber Gregor hatte es gehört.

„Du musst nicht denken, dass wir es nicht versucht haben."

„Was versucht?" Dietrich kapierte nicht gleich, dass Grischa auf sein Gemurmel reagierte.

„Geld mit ihrer Manie zu verdienen. Die Zweitwohnung haute ordentlich ins Budget. Eines Tages, als ich richtig sauer war, und ich mich fragte, warum ich ihr immer wieder die Tür aufmachte, wenn sie klingelte, schlug ich es ihr vor. Ich wollte sie verletzen. Aber sie stieg sofort darauf ein. Sie habe auch schon darüber nachgedacht, sich aber nicht getraut, mir das anzutun…"

„Bitte?"

„Ja, das habe ich auch gedacht, aber Odette meinte was sie sagte. Als Nutte Geld zu verdienen war für sie etwas anderes, als jede Woche einen anderen Kerl aufzugabeln. Lange Rede kurzer Sinn: es ging nicht. Die Kerle, die sie abschleppte, wollten – natürlich – nichts zahlen, sie waren aus wahrer Liebe und Zuneigung mitgekommen und seien nun bitter enttäuscht und blablabla. Und die andere Tour konnte Odette nicht."

„Welche andere Tour?"

„Gott, Dietrich, stell dich nicht so blöde an!"

„Ach so, du meinst auf die Straße stellen …"

„Na so ähnlich. Die Männer die sie wollte, waren schlicht nicht die, die ihre Liebesdienste gekauft hätten, und die nicht abgeneigt gewesen wären, wollte sie nicht."

Dietrich schüttelte den Kopf, nicht empört und nicht bewusst, nur kurz und fragte:

„Wozu erzählst du mir das alles?"

„Ab und zu muss ich mir den Scheiß von der Seele reden."

„Und die frisch in die Falle getappten sind dankbare Zuhörer."

„Du sagst es."

Sie schwiegen. Nach einer Weile kam der Kellner, fragte nach weiteren Wünschen, Dietrich bestellte die Rechnung.

„Ich lade dich ein", sagte er.

„Damit ich wenigstens etwas vom Liebesleben meiner Frau habe?", spöttelte Gregor.

„Eigentlich könnten wir noch einen Kognak zusammen trinken."

Gregor strich sich über sein auf Stoppellänge gekürztes Haupthaar.

„Außer der Bumsprämie für meine Frau kriege ich nämlich noch Schweigegeld."

Dietrich, der schon aufgestanden war und seine Zeitung faltete, setzte sich wieder. Mechanisch nahm er die Rechnung in Empfang, bestellte zwei Kognak.

„Kann es sein, dass du mir nachspionierst?", fragte er unvermittelt. „Schon die ganzen Tage. Diese Fotos, die Odette mir gezeigt hat, jetzt diese Andeutung, wovon eigentlich? Ist das ein Hobby von dir oder ist die Stasi hinter mir her oder was?"

„Was sollte die Stasi für ein Interesse an dir haben?"

„Na ja, Stasi, so einer bist du nicht, höchstens mal gewesen und kannst von deinen Gewohnheiten nicht lassen, hab ich recht?"

„Etwa so. Ich habe ja gewusst, was Odette mit dir vorhat, da wollte ich dich ein bisschen kennenlernen. Sagen wir es so."

„Na Klasse, und was hast du herausgefunden?"

„Nicht viel, genau genommen. Du fährst passabel Ski, besser als ich, vorsichtiger, aber nicht richtig gut, Durchschnitt. Das erste mal Abfahrtsski bist du gelaufen, da lagen die Dreißig schon hinter dir."

„Falsch."

„Na komm, deine Todeshänge im Wald hinterm Haus deiner Eltern zählen nicht. Dann kannst du ganz gut allein sein, Einsamkeit genießen, du fährst die Pisten ab, wirkst nicht frustriert, du sitzt gemütlich im Kaffee mit einer Zeitung, als habest du seit Jahren darauf gewartet, von deiner Ollen rausgeworfen zu werden."

„Naja."

„Du bist aber nicht allein. Deshalb kriege ich den Schweigekognak. Du hast eine alte Bekannte getroffen, wahrscheinlich eine ehemalige Geliebte, denn sie ist mit dir gestern Abend weggefahren, vielleicht hat sie die Nacht mit dir verbracht, ich nehme es zumindest an, und insofern ist es wieder nichts besonderes, dass du hier den entspannten Zampano machst. Die Weiber rennen dir förmlich die Bude ein. Und dann scheint unser Wirt, der Herr Niederhammer dich zu kennen. Jedenfalls hat er sich auch für dich interessiert. Schon als wir zur Ankunft den Begrüßungsschluck auf der Hotelterasse nahmen, konnte er kein Auge von dir wenden."

„Was?"

„Es ist dir nicht aufgefallen?"

„Das nicht."

„Was dann?"

„Er hat mich an dem bewussten Abend – ich kam zu spät zum Essen, du erinnerst dich – auf einen Schluck in sein Büro eingeladen. Irgendwie wollte der was … von mir wissen oder von mir haben, keine Ahnung."

„Hat er es dir nicht gesagt?"

„Das ist es eben. Odette habe ich es schon erzählt. Ossi

studieren war das. Er wollte wissen, was ich früher gemacht habe, ob wir die Wende gut verkraftet hätten, alles so eine Scheiße. Wie eine Katze um den heißen Brei, an den sie sich nicht rantraut, ist er geschlichen."

„Was für ein heißer Brei sollte das sein?", fragte Grischa und guckte verständnislos.

„Ich habe keinen blassen Schimmer. Ich hab in meinem Kopf gekramt, ich habe den Typ noch nie gesehen. Mein Personengedächtnis ist nicht besonders, aber den Hauch einer Erinnerung sollte man doch haben. Nichts. Vielleicht wollte er wirklich bloß einen Ossi kennenlernen. Aber ist das typisch für einen Wessi, auch wenn er Österreicher ist?"

„Warst du nicht im Außenhandel zu DDR–Zeiten? Vielleicht hattest du mit Österreichern zu tun?"

„Quatsch, ich war doch bloß für den Osten zuständig."

„Wien liegt von Berlin aus ziemlich deutlich im Osten, mein Lieber."

„Ja Wien vielleicht, aber dieses Tal doch eher nicht, oder?"

„Bestimmt hat er Marketingstudien betrieben", sagte Gregor. „Wie verirrt sich ein Ossi ausgerechnet in sein Hotel." Er erhob sich. „Du bezahlst, sagtest du?"

„Ja, sicher. Warum plötzlich so eilig?"

„Mir fällt gerade ein, ich habe Odette versprochen, sie um drei am Babylift abzuholen."

„Erzähle ihr nichts von unserer Unterhaltung."

„Warum nicht? Das Verhalten des Delinquenten danach macht fünfzig Prozent ihrer Studien aus. Du hast dich tapfer gehalten."

„Komm, ich helfe dir."

„Iss schon Schluss?"

„Die können wir gar nicht mit dem Lift fahren lassen", sagte der Mann, der die Frau im gelben Skianzug am Arm fasste. „Vorsicht, hier ist es glatt. Die kotzt uns die Kabine voll."

120

„Das Kotzen kommt später", sagte der Andere. „Wir singen noch ein paar Lieder, nicht wahr, meine Hübsche, und dann geht das schon."

„Singen iss ok." Die Frau ging betont gerade, balancierte mit der rechten Hand wie eine Seiltänzerin.

„Fröööhlich sein und singen,

stolz das blaue Halstuch tragen,

andern Freude bringen,

ja das lieben wir, … Kennst du nicht den Text?"

Sie stieß ihrem Begleiter in der Uniform der Skischule den Ellbogen in die Seite.

„Viel Spaß noch!", rief der Erste, während der Zweite sagte: „Nee, kenn ich nicht, das Lied. Aber wie wär's mit dem? Ich bin so schön, ich bin so toll, ich bin der Anton aus Tirol …"

„Macho! Ihr Männer seid doch alle gleich, jeder denkt, er ist der Größte."

Sie rutschte aus, der Skilehrer griff nach ihr.

„Pfoten weg! Ich geh' jetzt alleine weiter. Erst schubsen und dann den Retter spielen. Skilehrer wird man doch nur, um einen Haufen Weiber ins Bett zu kriegen. Wie viel sind es denn so pro Saison?"

Die Frau griff nach einem Pfosten des Absperrgitters, drehte den Kopf und versuchte, dem Mann in die Augen zu blicken.

„Betriebsgeheimnis", sagte der.

„Grinsen sie nicht so unverschämt."

Die Frau in dem gelben Skianzug tastete sich an der Absperrung entlang zur Liftstation. Der Mann beobachtete sie, bereit hinzuzuspringen, wenn sie fallen sollte. Dabei wechselte er mit dem Ersten, der stehen geblieben war, um sich das Drama bis zum Ende anzusehen, Blicke des vergnügten Einverständnisses. Mit dem, der in der Liftstation die Aufsicht führte, zwinkerte er sich zu. Die Frau riss an der Kabinentür, als wolle sie die Gondel zum Stehen bringen. Wütend trat sie in die Kabine, zeigte dem grinsenden Mann, der beobachtete, ob sich die Tür richtig schloss und die Frau also wohlverwahrt ins Tal rauschte, den Mittelfinger. Der grinste um so mehr, rief ihr „Küss den Finger, gnädige Frau" hinterher. Dann telefonierte er ins Tal, sagte die Nummer der Gondel durch, damit man der Frau beim Aussteigen behilflich sei.

In der Gondel wollte Ricarda gerade mit Weinen anfangen, da fiel ihr ein Handschuh zu Boden. Als sie sich danach bückte und die Kabine von einem seichten Lüftchen zum Schwingen gebracht wurde, drehte sich das Innere ihres Kopfes. Ihr Hirn schien in seiner Flüssigkeit in kreisende Bewegungen versetzt zu sein. Sie schaffte es noch, sich wieder aufzurichten. Dann rutschte sie von der Bank. Sie schloss die Augen, das ging nicht. Die von ihren Rezeptoren gemeldete Schaukelei verursachte eine furchtbare Übelkeit. Sie sah nach oben. Aber sie konnte nichts erkennen als das Seil, das seine Lage im Fenster ständig geringfügig änderte, plötzlich die Räder des Mastes, über die die Gondel unsanft rumpelte. Das Rumpeln vermittelte ihr für den Moment das Gefühl festen Bodens unter den Füßen. Umso schlimmer war der Wiedereintritt in die schwebende Unbestimmtheit. Von hier unten gab es keinen Fixpunkt in der Landschaft. Sie musste wieder nach oben.

Als Ricarda unten aus der Gondel wankte, war ihre Gesichtsfarbe grün, und sie hörte hinter sich irgendwen über die Schweinerei fluchen. Sie fühlte aber nicht die Kraft, ein Wort der Entschuldigung zu finden. Sie konzentrierte sich ausschließlich auf den jeweils nächsten Schritt. Die Busse waren bereits nicht mehr krachend voll. Sie fand einen Sitzplatz ganz vorne, den sie ganz für sich behielt. Der Busfahrer fragte nach ihrem Befinden, ob er einen Arzt rufen solle. Ricarda schüttelte vorsichtig den Kopf. Sie sagte den Namen ihres Hotels und der Busfahrer bemühte sich um eine sanfte Fahrweise. Es war schon dunkel, als sie ankam. Der Empfangsraum war leer, sie ging auf ihr Zimmer, zog sich aus, wusch den Mund, trank Wasser aus der Leitung, legte sich langsam auf's Bett und schlief sofort ein.

Die Putzfrau schloss die Tür jetzt zum vierten Mal auf, drehte sich wortlos wieder um, kaum dass sie die Silhouette des Mannes am Fenster gesehen hatte. Sie wusste ja, dass er da saß und sich nicht rührte. Eigentlich war für sie Feierabend. Sie beschloss, der Chefin zu sagen, dass sie Zimmer 420 nicht herrichten könne, weil der Gast wie ein Ölgötze aus dem Fenster auf den Parkplatz starrte.

Der Mann drehte den Kopf, als die Tür ins Schloss fiel. Er bedauerte, nicht eher reagiert zu haben. Das Mädchen war ein heißer Feger. Früher waren in den Hotels die Putzfrauen keifende Türkenweiber, aber neuerdings kamen aus dem Osten hübsche Dinger, die wollten bestimmt nicht ihr Leben lang Putze bleiben.

Würde sie sich in den Türrahmen lehnen, wenn sie das nächste mal kam und mit ihrem russischen oder polnischen oder slowenischen oder egal was für einem rollenden Akzent sagen, *entschuldigen sie, mein Herr, aber ich muss jetzt ihr Zimmer reinigen* und er würde sagen, *nur zu*, würde zusehen, unbewegt am Fenster sitzend. Und wenn sie mit ihrem Sauger (Hahaha!) an ihm vorbeikäme, würde ihr Hintern vor seiner Nase hin und her wackeln und dann zufassen. Ja, der Hintern würde zufassen und ihn verschlingen, einsaugen, dann würde sie sagen, das kostet zweihundert Mark. Ob er sie geben sollte?

Nein, das war keine Halbprofessionelle, würde ja nicht als Putze arbeiten. Hubert überlegte, ob er ins Bad gehen und sich einen runterholen sollte, aber was ist, wenn sie dann wieder reinkam. Mit der Angst im Nacken würde er gar nicht hochkriegen, was wieder runterzuholen wäre. Außerdem bezweifelte er, dass groß Stimmung aufkommen könnte ohne ein Heftchen oder ein Buch. Er traute sich nie, im Urlaub so was mitzunehmen.

Und Juliane. Wenn sie dann käme. Ein bisschen wäre das wie im Restaurant, das Essen steht da, wenn man vom Klo kommt. Essen. Hubert lachte auf. Er spürte den Adrenalinstoß, sein

Magen verkrampfte sich. Wie sollte er das Peer und seiner Frau erklären, peinlich. Da läuft einem mitten im Urlaub die Frau weg.

Seine Mutter hatte gleich gesagt, eine aus dem Osten passe nicht zu ihm. Sie verstieg sich zu der Aussage, er habe sie nur wegen ihrer Titten genommen. So ein Wort aus dem Mund der Mutter, es war ein Schock gewesen.

Er zog sich um, den Skianzug, verließ das Zimmer, dachte nicht mehr an die Putze, würde Juliane schon finden, sie zur Rede stellen. Die Fäuste in den Taschen, den Kopf vor- und nach unten gestreckt lief er zum Fahrstuhl. Erst als die Gondel fast die Bergstation erreichte, überlegte Hubert, wie er weiter vorgehen, wo er suchen solle.

Er sah sie vom Vierersessellift aus. Er ruckte nach vorne. Der mit ihm fuhr, ein älterer Herr, schaute ihn missbilligend an. Hubert bemerkte das. „Da fährt sie", sagte er.

„Sie müssen immer einen Treffpunkt vereinbaren", sagte der Mann. „Auf der Piste verliert man einander schnell. Aber haben sie kein Handy? Jeder hat doch heute so ein Ding, selbst ich!" Er begann in seinen Taschen zu wühlen.

„Sie hat keins", sagte Hubert. „Sie lehnt Handys ab, wegen der Strahlung." Er lächelte entschuldigend.

„Tja, darauf muss ich nicht mehr achten", sagte der Mann. „Machen sie sich keine Sorgen. Sie sah doch schon erwachsen aus. Spätestens im Hotel sehen sie ihre Tochter wieder."

Hubert lächelte, zwang sich still zu sitzen. Dass es nach oben mindestens viermal so lange dauerte wie runter. Und Juliane hatte drei, ach noch viel mehr Möglichkeiten weiterzufahren. Er hätte wenigstens versuchen sollen zu rufen. Zumindest wusste er, dass sie auf dem Berg war. Allein? Darauf hatte er nicht geachtet.

Der alte Mann stieß ihn in die Seite.

„Wenn es sie beruhigt, werde ich ihnen etwas verraten, auch wenn die junge Frau es mir möglicherweise nicht verzeiht. Mir scheint, sie hat sich an diesem Lift wieder angestellt." Beide drehten ihre Köpfe, nur um zu sehen, wie die Liftstation hinter einem Grat verschwand.

„Sie ist nicht meine Tochter", sagte Hubert und verstummte. Was gingen seine Probleme diesen Mann an, und was sollte der ihm helfen.

„Oh!" Sie klappten den Bügel hoch, der Mann fuhr, auf sein Handy starrend zur Seite weg, verschwand im Nebel.

Hubert rutschte soweit, dass er gerade noch erkennen konnte, wie die Leute sich erhoben, wenn der Vierersessel den Ausstiegspunkt erreichte. Er stellte sich so, dass sie direkt auf ihn zufahren musste. Er wollte es darauf ankommen lassen. Sah sie ihn, übersah sie ihn, eine Gottesentscheidung. Er bückte sich, drückte die Schnallen seiner Stiefel zu, zog die Hosen über die Schuhe, die Handschuhe an. Die Skibrille zog er dreimal vor und zurück, er wollte gerüstet sein. Ihm fiel auf, dass er Julianes Gewohnheit diesbezüglich nicht kannte. Benötigte sie Zeit, wenn sie vom Lift stieg oder fuhr sie sofort los? Hubert versuchte sich zu erinnern, aber ihm fiel nicht viel mehr ein, als dass sie immer schon fertig war, während er sich noch mit seiner Brille oder seiner Mütze beschäftigte. Fertig bedeutete nicht viel. Juliane pflegte eine gewisse Lässigkeit, sie fuhr auch, wenn noch nicht alle Schnallen der Stiefel geschlossen waren oder setzte sich die Brille erst unterwegs auf, wenn der Wind und der Schnee zu arg die Augen zwickten. Einmal hatte sie ihren Schal verloren, weil der Reißverschluss ihres Anoraks offen war. Er war dieselbe Piste erneut abgefahren, sie wartete unten, aber er fand den Schal nicht mehr, und sie mussten einen neuen kaufen. Hubert erinnerte sich sehr gut, wie es ihn verdross, dass der Kaufakt, der sinnlose, entbehrliche *(hätte sie nicht nur ordentlich mit hochgezogenem Reißverschluss fahren müssen, wie es das schlechte Wetter erforderte!)* für Juliane das Schönste am ganzen Tag gewesen war.

Hubert fröstelte. Hier oben in dem Nebel war es kalt.

Gottesentscheidung! Etwas würde Juliane dazu bringen, ihn

zu sehen oder nicht. Oder ihn zu sehen und zu ignorieren. Aber das würde er bemerken, da war Hubert sich sicher. Er hörte in sich hinein, versuchte zu erspüren, wie die Strahlung hier oben auf dem Berg war. Die Unvollkommenheit des menschlichen Körpers! Der Fluch der Zivilisation, das Verschwinden jeglichen Gespürs für die uns umgebenden Kräfte, die uns lenken, leiten, unsere Launen bestimmen, unsere Offenheit für die Welt.

Hubert schaute auf die Uhr, gab sich noch fünf Minuten. Als die vorbei waren, weitere fünf. Die Schlange war lang gewesen.

Er übersah sie fast, als er das Verstreichen der zweiten fünf Minuten konstatierte und eben, den Blick starr auf das Zifferblatt geheftet, überlegte, ob er ihr weitere fünf Minuten geben sollte.

Juliane redete mit einem Mann. Hubert sah, wie er etwas sagte, während sie an ihm vorbei glitten. Beide zogen sich unterwegs ihre Handschuhe über. Juliane neigte ihren Kopf zu dem Mann, schüttelte, als der mit Reden fertig war, den Kopf, lachte, stieß sich heftig ab und verschwand, als sei sie verschluckt worden. Der Mann blieb im Sichtbereich Huberts stehen, sah sich um. Eine Skibrille verdeckte die Augen. Hubert studierte kurz das Muster des Skianzuges, dann stieß auch er sich ab. Nach fünfzig Metern riss der Nebel auf.

Die Piste war sonnenüberflutet. Er blieb stehen.

Die über ihm wallende Wolke und die klare Sicht über, so schien es ihm, hundert Kilometer bildete einen überwältigenden Kontrast. Er steckte dieses Bild in seinen Kopf zur Datenbank der unwiederbringlichen Augenblicke. Ihn beschäftigte die Frage, wie es gelingen könnte, diesen auf ein Foto zu bannen, die Ausrüstung dafür war heute im Hotel geblieben. Die besten Momente gingen so verloren, weil man wegen einem Weibsbild, noch dazu der eigenen Frau, den Kopf verlor. Was tat er hier eigentlich? Er spionierte seiner Frau nach! Unwürdig! Wütend fuhr Hubert weiter, alle Vorsicht außer Acht lassend. Hatte er das nötig? Sie war von ihm abhängig, nicht er von ihr.

11. Kapitel,

in welchem Veronika mit Yannik über dessen Vater spricht, Aloisius nochmal drüber schläft, Gregor angerempelt wird und Odette alte Filme anschaut

Yannik klopfte mit dem Zeigefinger vorsichtig gegen die Tür. Ihn störte die Flurbeleuchtung. Wie lange müsste er wohl hier still stehen, bis das Licht wieder erlosch? Er drehte Handgelenk und Kopf, dass er das Zifferblatt seiner Uhr erkennen konnte. Er rechnete für die Zeit, die er schon hier stand, eine halbe Minute an.

In dem Zimmer war es still. Er wollte klinken, wenn die Lampen ausgegangen waren. Yannik schloss mit sich eine Wette ab. Das Licht würde erlöschen, wenn seine Digitaluhr 16:10:55 zeigte. Bis dahin waren es noch neunzig Sekunden. Er zählte rückwärts, neunundachtzig, achtundachtzig.

Bei 16:10:15 hörte er Schritte im Treppenhaus. Es war eine einzelne Person, eine Frau. Yannik war mit dem rückwärts Zählen bei fünfunddreißig angelangt, als die Person das Treppenpodest seiner Etage erreichte. Er hörte, wie sie die Tür zum Flur öffnete, griff im gleichen Moment selbst nach der Klinke, aber das Zimmer, vor dem er stand, war verschlossen. *(Seine Mutter stolperte gerade volltrunken in den Kabinenlift, und sein Vater lag auf dem Bett zwei Dörfer weiter und dachte nach.)*

Als er sich umdrehte, um auf sein Zimmer zu gehen, stand Veronika vor ihm. Yannik schluckte. Sie trug ein bauchfreies Top. Yannik zwang sich, ihr nicht auf die Brüste zu starren. Seine Hände stopfte er in die Hosentaschen.

„Hallo", sagte er und: „Wie geht's?"

„Dich habe ich gesucht." Veronika stemmte ihre Hände in die Hüften. „Du kannst deinem Freund sagen, dass er ein A-loch ist. Der scheint zu denken, er hätte für seine Unverschämtheiten einen Freifahrtschein, bloß weil wir gestern ein bisserl naja."

Yannik schaute sich um. Das Mädchen sprach ziemlich laut. „Der ist nicht mein Freund."

„Ach nein?" Veronika stemmte ihre Fäuste noch höher. „Den Eindruck hatte ich gestern Abend nicht."

„Können wir nicht woanders reden? Vielleicht gehen wir spazieren."

„Warum sollte ich mit dir draußen herumscharwenzeln?"

„Jedenfalls finde ich es hier blöd." Yannik schwenkte die Hände. „Wir sind in jedem Zimmer wunderbar zu verstehen."

Veronika dämpfte die Stimme.

„Ich wüsste zwar nicht, was wir noch zu bereden hätten, aber meinetwegen. Heute wird aber nicht gefummelt", sagte sie im Flüsterton, schon auf dem Weg zu der Tür mit dem Privat-Schild.

Yannik nickte. „Klar." Er vergaß, warum er eben noch mit seiner Mutter sprechen wollte. Der Grund war gleichsam mit dem Auftauchen Veronikas und ihren Worten verschwunden. Elmo würde heute in die Röhre gucken. Vero hatte ihm einen Korb gegeben. Warum sollte er da fummeln. Was gestern passiert war, kam Yannik ohnehin unwirklich vor. Den ganzen Tag auf der Piste hatte er versuchte sich zu erinnern, an ein Gefühl, aber da war nichts. Nichts, was der Euphorie vergleichbar wäre, mit der er ihr jetzt aufs Zimmer folgte.

„Wir können ungestört reden", sagte sie. „Meine Eltern scheinen ausgeflogen zu sein, aber falls sie kommen sollten, versteckst du dich unterm Bett. Ich kriege Ärger."

„Ist klar."

„Wieso schläfst du mit dieser Arschgeige in einem Zimmer, wenn er nicht dein Freund ist?"

„Was hat er denn verbrochen?"

„Ich habe zuerst gefragt."

„Der Kollege wurde mir auch erst hier vorgestellt. Der gehört einfach zu der Familie, mit der meine Eltern hergefahren sind. Ist doch das einfachste für die Alten, ihre Kinder zusammenzusperren. Da lassen sie uns machen, was wir wollen, damit sie ihre Ruhe haben."

Yannik wanderte durchs Zimmer, berührte wahllos Dinge, die in den Regalen lagen, kleine Puppen in Setzkästen, die meisten kannte er. Veronika schien eine leidenschaftliche Sammlerin aller Figurenreihen aus den Überraschungseiern zu sein. Vor ein paar Jahren war er das auch gewesen, lange her. Er reckte die Schultern, dehnte sie nach hinten bis es knackte.

„Deine Eltern sind ein bisschen komisch, was?"

„Wie kommst du denn darauf? Die sind ganz normal."

Yannik nahm eine kleine, blau gehaltene Nilpferdfigur in die Hand. Happy Hippos. Kinderkram.

„Ja klar, du hast recht. Jetzt sind sie normal."

„Wieso jetzt?"

„Wo sie sich getrennt haben. Mein kleiner Träumer. Wann hast du deinen Vater das letzte Mal gesehen?"

Yannik schob sein Kinn nach hinten, zwischen den Augenbrauen bildete sich eine kleine Faltenkombination. Veronika prustete hinter vorgehaltener Hand. Ihr Körper krümmte sich, Yannik versuchte, einen Blick zwischen die dabei leicht gespreizten Beine zu werfen. Ob sie einen Slip trug? Das hatte er in einem Buch gelesen, dass Mädchen manchmal keinen Slip tragen, besonders wenn sie sich mit dem Jungen treffen, den sie lieben. Sie liebt mich, sie liebt mich nicht. Er verengte die Augen zu schmalen Schlitzen, tarnte seinen Blick. Veronika lehnte sich nach hinten, schob ein Kissen unter den Kopf, winkelte das rechte Bein an, ihr Rock rutschte etwas nach oben. Da leuchtete nichts weißes, Yanniks Herzschlag beschleunigte sich. Allerdings konnte er nicht weiter darüber nachdenken, denn er spürte ihre Augen amüsiert auf seinen ruhen. Ein Hitzeball explodierte in seinem Kopf, er wendete sich erneut dem Regal zu.

„Heute zum Frühstück ...", begann Yannik.

„... hast du ihn nicht gesehen. Da war er gar nicht im Hotel. Er hat im Nachbarort eine Freundin, bei der er schläft."

Veronika streckte sich.

„Wer sagt das?" Yannik trat einen Schritt auf das Bett zu.

„Hab ich gehört."

„Quatsch."

„Dein Vater scheint überhaupt ein paar Geheimnisse zu haben. Oder wusstest du, dass er beim Stasi war?"

„Jetzt reicht es aber. Pass auf, was du erzählst. Mein Vater kann gar nicht bei der Stasi gewesen sein, der ist Beamter im … Ministerium, die sind alle überprüft und gecheckt. Glaub du mal die Schauermärchen, die sie euch erzählt haben. Du weißt doch nicht mal, was Stasi heißt."

Yannik lehnte mit dem Rücken am Regal, die Hände in den Hosentaschen. Veronika stützte sich mit den Ellenbogen auf.

„Natürlich weiß ich das. Du weißt es nicht. Du weißt ja nicht mal, dass dein Vater jetzt woanders wohnt oder das er beim *Staatssicherheitsdienst* war."

„Mein Vater ist nicht abgehauen und beim Stasi war er auch nicht."

Yannik bemerkte, wie er die männliche Form der Abkürzung benutzte und ärgerte sich. „Wer erzählt solche Scheiße? Oder denkst du dir solches Zeug aus? Hast eine rege Phantasie, was?"

„Quellen werden nicht verraten. Hat dir das dein Vater nicht beigebracht, mein Süßer?"

Sie streckte die Hände nach ihm aus. Yannik blieb stehen, ihre Hände fielen auf die Decke.

„Hast du deinen Vater heute Morgen beim Frühstück gesehen?"

„Ich denke schon."

„Denkst du ihn gesehen zu haben, will sagen, könntest du dir vorstellen, ihn gesehen zu haben oder hast du ihn gesehen?" Yannik schwieg und starrte auf die Wand über dem Bett. Er versuchte das heutige Frühstück aus seinem Gedächtnis zu kramen, er sah einen Teil des Buffets, wie Orangensaft ins Glas floss, eine Scheibe Mortadella, die den Rand vertrocknend nach oben wölbte, den Tisch sah er nicht. Er wusste noch, dass Elmo nicht mitgekommen war, weil ihn diese Hotelbuffets, bei denen man nicht wusste, welcher Gast welches Stück Wurst schon angegriffelt hatte, angeblich anekelten, obwohl er doch am Tag davor mit gefrühstückt hatte. Aber Vati, selbst an seine Mutter konnte er sich nicht erinnern.

„Du weißt es nicht, na Klasse. Du kriegst aber doch hin und wieder mit, was um dich herum passiert, dass du mich gestern gevögelt hast, zum Beispiel, oder warst du da auch in einer Trance. Soll ja sehr gesund sein. Wahrscheinlich, weil man vom Leben nichts mehr merkt."

Sie sah seine Kaumuskeln arbeiten. Wie eine Katze glitt sie vom Bett und an seine Seite, umfasste ihn an der Hüfte, die Brüste spürte er an Arm und Rücken. Mit einem Hammerschlag reagierte sein Herz auf die Berührung. Ihr Ohr, das sie an seinen Rücken lehnte, vernahm es.

„Sei nicht sauer", sagte sie leise. „Ich würde es bestimmt auch ein paar Tage nicht mitkriegen, wenn mein Vater abhauen würde. Was interessiert mich der Idiot. Eltern sind langweilig und berechenbar. Man muss sie nicht jeden Tag kontrollieren."

Sie drehte ihn zu sich herum.

„Woher weißt du es?", fragte er. Er spielte das Spiel: diese eine Frage musst du mir noch beantworten, damit ich dir verzeihe, und sie spielte mit.

„Von meinem Vater." Veronika drückte sich an Yannik, spürte sein wieder erwachendes Interesse an ihr. „Wahrscheinlich war der auch beim Stasi, Abteilung Tirol oder so, keine Ahnung. Ich habe ihn gestern belauscht."

„Als er sich mit meinem Vater unterhalten hat?"

„Nein, mit dem anderen, dem Vater von deinem ekligen Kumpan."

„Was hat der damit zu tun?"

„Was weiß ich? Er schien jedenfalls sehr interessiert."

„Ich bin auch interessiert."

„Woran?" Veronika hauchte die Frage an seine Lippen.

„An dir und …"

„Ich weiß."

„Du denkst wohl, du bist sehr schlau."

„Jedenfalls schlauer als du."

Es war spät geworden. Eine halbe Stunde vom Tal hinab zur Autobahn, knapp zwei Stunden bis kurz vor Feldkirch, von da war es allerdings nicht mehr weit nach Vaduz. Er hatte sich angekündigt, wurde erwartet. Aloisius mochte die gedämpfte, verbindliche Atmosphäre. Die Stimmen der Herren klangen, als entschwebten sie dem dicken Teppich, der den Boden des Büros bedeckte. Alles war vorbereitet, der kleine Lederkoffer ein Geschenk des Hauses. Beehren Sie uns bald wieder. Als er aus der Tiefgarage nach oben fuhr, dämmerte es. Bei Mauren an der Grenze fielen die ersten Flocken und bei Bludenz beschloss Aloisius, seine Reise zu unterbrechen. Das Schneetreiben war zu dicht. Er kam nicht mehr vorwärts. Es war ihm recht.

Im Hotelzimmer kamen die Zweifel. Das Interieur war auf gediegen getrimmt, Stuckimitate umliefen die Decke, die Wände strahlten keine weiße Kälte, sondern beige Wärme aus. Die Bilder teure Kunstdrucke, Klimt, Monet. Aloisius fingerte dahinter, sie waren angeschraubt, nicht einfach abzunehmen. Den dunkelbraunen Koffer hatte er auf den Schreibtisch gestellt, neben die Begrüßungsmappe mit den Briefumschlägen und dem Briefpapier der Herberge, touristischen Empfehlungen für die Umgebung, der Preisliste für den Reinigungsservice des Hotels.

Dann griff er nach dem Telefonhörer, zog sein Notizbuch aus der Tasche, wählte, unterbrach, wählte wieder.

„Hallo, Bruno. Hast du was rausgefunden? … Nein, es ist nichts, nur ein Gefühl. … Ja, das frage ich mich ja auch. … Ich nicht, aber vielleicht mein Vater. … Hoffe ich auch, bestimmt hast du recht, ich sehe Gespenster. … Ja." Er lachte. „Gute Idee, ich gehe zum Psychologen. Na, nichts für ungut, Ahoi, Bruno,

… ahoi." Er stand zum Telefon gebeugt, legte auf, dann wanderte sein Blick zum Koffer.

Bruno war wohl nicht mehr im Geschäft. Aber Alois war froh, dass er ihn aktiviert hatte. Denn nun würde Hildegard kommen. Sie musste schon unterwegs sein. Es stand für ihn nichts mehr zu befürchten, nicht für Leib und Leben.

Das Telefonat gestern spät abends war sehr kurz gewesen. Aber es hatte ihn unter Strom gesetzt. Er würde sie wiedersehen. Und Aloisius versuchte sich das Gesicht vorzustellen, ihre warme Stimme, dabei immer streng. Sie hätte ihren Namen nicht sagen müssen.

„Ich möchte gern Herrn Aloisius Niederhammer sprechen."

„Hallo, Hildegard."

„Aloisius?"

„Ja."

„Du weißt, warum ich anrufe?"

„Ja."

„Ich komme selbst, bin spätestens morgen da."

„Ist gut. Es wird alles bereitliegen."

„Schön."

„Hildegard?"

„Ja."

„Warum hast du diese Leute vorgeschickt?"

„Das ist im Leben manchmal seltsam, Aloisius. Ich habe eine kranke Tochter. Ich kann nicht für lange weg."

„Aber du kommst."

„Ja, bis morgen, Aloisius."

„Bis morgen."

Und Aloisius dachte an den Tag zurück, als sein Vater ihn angeschrien hatte: Sie ist nicht deine Mutter! Aus den Augenwinkeln vergewisserte er sich, dass die Vorhänge zugezogen waren, dann legte er den Koffer um und drückte die Verschlüsse beiseite. Mit einem dunklen Klicken sprangen sie auf und er hob den Deckel. Er hatte Euro haben wollen, aber in der kurzen Zeit, war ihm bedeutet worden, wäre das nicht möglich. So lagen Schweizer Franken, neue Scheine, akkurat gebündelt, darin. Es würde ein Ende haben.

Alois unterdrückte den Wunsch, mit den Fingern über die Scheine zu streichen.

In einem Seitenfach steckte die Abrechnung. In Briefform war ihm aufnotiert worden, welche Summe in welchen Tranchen damals eingezahlt waren, die Zinsen per anno, die Bearbeitungsgebühren. Er faltete den Brief und steckte ihn in die Innenseite der Jacke, dann schloss er den Koffer.

Bearbeitungsgebühren. Was wäre für zwölf Jahre treusorgliche Verwaltung zu veranschlagen? Zehn Prozent? Zwanzig? Schade, dass es neue Scheine waren.

Aloisius lächelte, als er einschlief.

Ein paar Stunden vorher jagte Gregor die Straße talaufwärts. Mehrere Überholmanöver führten nur wegen der verschreckten Reaktion der Entgegenkommenden nicht zum Frontalzusammenstoß. Oben fuhr er bis zum Babylift durch. Um diese Zeit lenkte dort keiner mehr die Fahrzeugströme. Schon von weitem sah er, dass der kleine Hang verwaist war, der Motor für den Seilzug abgedeckt. Gregor stellte den Wagen ab, lief noch ein Stück bergan. Links und rechts aus den Holzrotunden hämmerten die Rhythmen der auf einheitliche Beats gezogenen Melodien. Es war Konsens ihrer Ehe, diese Art von Musik zu verabscheuen. Aber wenn sie Peter oder wen auch immer abschleppen wollte, war es nicht ausgeschlossen, die Beiden hier Lust und Mut tankend zu finden.

Grischa gab sich Mühe, wie beiläufig zu schlendern, nur aus den Augenwinkeln schickte er Blicke in die Trauben, die locker um die Tresen standen. Er unterdrückte seinen Wunsch, sich selbst unter die Trinkenden, Singenden, Tanzenden, Brüllenden zu mischen. Wenn er Odette hier finden sollte, war sie nicht allein. Dann musste er sie mit den Augen grüßen, ein Zwinkern tauschen und verschwinden. Das war die Abmachung. Noch heute, noch morgen, noch Freitag und dann, mal sehen. Alles weitere hing von Aloisius ab.

Unsanft riss ein Rempler ihn aus seinen Überlegungen. Ziemlich heftig. Der Mann packte Gregor an den Schultern, als stellte er eine Vase wieder gerade, die er eben in Eile umgestoßen, im letzten Moment aufgefangen und gerettet hatte. Er murmelte eine Entschuldigung, musterte Gregor eilig, eine kurze Kontrolle auf äußere Schäden, klopfte ihm noch einmal beruhigt auf die Arme und hastete davon, nicht ohne erklärend mit den Augen zu zeigen, dass er in Eile sei. Der Mann war schon fünfzig Meter davon und in der Menge talabwärts kaum noch auszumachen, da fiel Gregor ein, woher er ihn kannte: Autobahn, Polizei, Daimler quer über die Fahrbahn schieben. Augenblicklich setzte er sich in Bewegung. In diesem verrückten Urlaub musste die Eile dieses Mannes eine Bedeutung haben, die auch ihn anging. Weiter unten lichtete sich die Menge. Dort würde es ein leichtes sein, ihn wieder zu finden.

Es war nicht schlimm, dass ihr Lulatsch sie versetzt hatte. Sie würde den Rest des Nachmittages schon rumkriegen, in die Sauna gehen, an die Hotelbar. Diese Unpünktlichkeit. Warum konnte er es sich nicht abgewöhnen. Er wusste zu gut, wie fünf Minuten Verspätung eine Panik auslösen konnten. Aber so war er, und schon immer gewesen, rücksichtslos wie alle Männer.

Sie kramte in der Tasche, zog eine Hülle heraus, klappte das Notebook auf. Ungeduldig wartete sie, als das Betriebssystem geladen wurde. Hektisch klickte sie sich in das Inhaltsverzeichnis der Compact Disk, wieder dauerte es lange, Minuten, bis die eingebrannten Informationen auf die Festplatte übernommen waren, sie die play–Taste drücken konnte. Aus den Lautsprechern des Notebooks rauschte es. Undeutlich waren Stimmen zu hören, aber kein Wort artikulierte sich unterscheidbar aus dem Quäken. Hatte er die Lautsprecher nicht mitgebracht?

Odette sah sich im Zimmer um, schaute oberflächlich in die Schränke. Ihre Kopfhörer. Das war gut, das machte einen wesentlich versunkeneren Eindruck. Sie schleppte den Computer mit zum Bett, legte ihn auf ihren Bauch, stellte den Bildschirm ein, fummelte den Klinkerstecker der Ohrstöpsel in die Buchse und machte es sich bequem. Sie sah nur Schemen. Die obere Hälfte zeigte nichts als eine Zimmerwand mit zwei Gemälden. Wo war das? Von dem Mann, der auf ihr lag, dessen Stöhnen über die Hörer sehr deutlich, aber wie von fern zu vernehmen war, sah sie kaum etwas, geschweige denn, dass sie ihn erkannte. Seine Schultern, sein Kopf waren zu erahnen, nicht mal der Hintern zu sehen. Sie klickte auf das Kreuz rechts oben in der Ecke, warf die CD neben sich aufs Bett, beugte sich nach links und zog eine andere CD aus der Tasche. Wieder die Minuten des Herunterladens. Einmal hatte sie versucht, direkt von der CD sich den Film anzusehen. Nie wieder. Es war auf eine Art lustig, wenn die Bilder wie Fotografien nacheinander streifenweise erschienen.

Ein Hotelzimmer, nur ein Bild über dem Bett. Ihre Stimme: He, nicht nur mich ausziehen. Dann, nach einer Weile des Kicherns und Schnurrens: Lass uns den Sekt auf dem Bett trinken. Die Kamera war besser eingestellt. Das Bett füllte die gesamte untere Hälfte des Bildschirmes aus. Odette war gespannt. Jetzt stand er vor der Kamera, beugte sich nach vorn, umfasste den Korken mit der Faust. Fast parallel zur Flasche ragte der Schwanz in die Höhe. Es sah komisch aus, besonders wie er zusammensackte von der Anstrengung des Flasche Öffnens. Odette lachte glucksend, zweimal, gleichzeitig, da bog sie sich ein bisschen, stellte den Computer ab, holte aus der Minibar den Piccolo, drehte ihn vorsichtig auf, überlegte, ob sie ihren Zahnputzbecher nehmen sollte und trank doch aus der Flasche. Es schmeckte nicht, aber sie war entschlossen, die Flasche zu leeren, und wenn Grischa nicht kam, auch die zweite. Sie stellte den Sekt auf den Nachttisch, hob sich den Laptop wieder auf die Bauchdecke, spürte, wie das Gebläse sich mühte, Luft durch ihren Pullover zu saugen.

Jetzt war der Typ zu erkennen. Ja, an das Gesicht erinnerte sie sich. Wo war das nur? Hotel, wahrscheinlich Urlaub, aber das Zimmer war nicht zuzuordnen. Diese Hotelbuchten sahen alle gleich aus. Sie strich ihm über die Beine, als sie anstießen, da rutschte er näher, ihre Hand stieß gegen seine Hoden, er warf den Kopf zurück, stöhnte, der Schwanz richtete sich auf, sie fasste ihn an, da griff er nach ihrem Kopf, drückte sie streichelnd nach unten. Wie schnell das ging. Sie nippte noch an ihrem Sekt, da berührte die Eichel schon die Wange. Odette griff nach dem Fläschchen, trank aber nicht. Der Typ hatte sich schon nach hinten fallen lassen, der Schwanz war noch gar nicht in ihrem Mund, da sagte er: Klasse machst du das. Nichts motiviert mehr als ein Lob. Sie kippte ihm den Sekt auf den Bauch. Wütend fuhr er hoch. Sie sah ihn von unten her an, fuhr mit der Zunge durch den Sektsee, während sie den Schwanz zur Seite bog. Oh, das war ein besonders geiles Spielchen, er fiel nach hinten, stöhnte. Ah, Odette erinnerte sich an die Szene. Ja. Sie bleckte die Zähne, fasste die Eichel so, dass sie in die Kamera blickte, machte ein Monstergesicht. Es fehlte nicht viel, und Odette hätte in die Hände geklatscht. Schwanz abbeißen würde sie gerne mal, aber das viele Blut. Sie schüttelte den Kopf, stellte sich vor, dass es wie eine Fontäne aus so einem Ständer schießen müsste. Nach einer Weile stöhnte der Typ schneller, griff nach ihr, versuchte den Hintern zu erwischen, wahrscheinlich wollte er den Finger in die Möse stecken, aber dazu kam er nicht mehr.

Odette klickte wieder aufs Kreuz, suchte eine andere CD. Am deprimierendsten war das Gesabbel danach. Sie klappte den Computer zu, warf ihn auf die Tasche, so beherrscht, dass keine Gefahr für die Technik bestand, trotzdem als ungesteuerter Wutanfall gedacht. Was sollte das. Sie war allein, keiner, der ihren Zorn bewunderte. Wasser in den Augen, ein guter Moment zum Weinen, dachte Odette, da war es auch schon vorbei, nicht eine Träne kullerte über's Gesicht. Wozu auch. Sechs Uhr durch. Sollte sie zum Abendessen gehen, sie gab ihm eine halbe Stunde. Wen würde sie überhaupt da treffen? Die Kinder wahrscheinlich. Ihr fiel in dem Moment auf, dass Elmo ihnen noch gar nicht auf die Nerven gegangen war in diesem Urlaub. Ob er mit diesem Yannik doch gut konnte? Sah am Anfang nicht so aus. Aber mit den zwei Halbwüchsigen allein am Tisch zu sitzen, hatte sie keine Lust. Andererseits, warum nicht. Besser als alleine in diesem unpersönlichen Zimmer zu hängen, und keinen Gedanken zu haben als den, wann er nach Hause kommen würde. Vielleicht ergab sich ja was. Das Publikum war hier nicht ausgesucht. Überhaupt dieses Nest. Deswegen würde sie Grischa eine Szene machen, wenn er zurückkam. Sie in dieser Einöde sitzen zu lassen. Es gab andere Skiorte, wo abends noch was los war, wo man weggehen konnte, zu Fuß über die Straße und dann war man da.

Aber als sie im Restaurant um die Ecke bog, waren die Gedecke auf ihrem Tisch für sechs Personen unberührt. An einigen Tischen saßen Hotelgäste, meist Rentnergruppen, ein junges frisch verliebtes Pärchen hinten in der Ecke. Odette machte auf dem Absatz kehrt. Der Kellner fragte sie nach der zu erwartenden Personenzahl des heutigen Abends. Er war ein junger, hübscher Bursche. Odette sagte: „Muss ich nachschauen. Besuchen sie mich doch nachher auf dem Zimmer, dann kann ich es ihnen sagen."

Beim Weggehen setzte sie die Schritte so, wie sie es damals gelernt hatte, als sie Unterwäsche aus dem VEB Untertrikotagen vorgeführt hatte. Der Kellner wandte sich ab. Es war sein drittes eindeutiges Angebot in dieser Woche. Warum quatschten ihn immer so alte Weiber an. Ob er zu nett war? Er sollte das Hotel wechseln. Hier war einfach keine Auswahl. Die jungen Mädels, die hierher kamen, waren alle unter der Haube. Und noch treu.

12. Kapitel,

*in welchem Dietrich nachdenkt, zurück will, mit Juliane
noch mal spazieren geht und an einer Weggabelung sich
für den beleuchteten Weg entscheidet*

Dir rennen die Weiber die Bude ein, hatte Gregor gesagt. Wenn
man bedenkt, dass die eine eine Nymphomanin war, die Wetten
mit ihrem Mann abschloss, wen sie als Nächsten ins Bett zerrte
und die andere seine große Jugendliebe, dann relativierte das
den Satz erheblich. Dietrich war bei seinem fünften Glas angelangt. Die schenkten die Schoppen hier verdammt reichlich aus.
Dazu kamen die Schnäpse mit Gregor. Ein verrücktes Pärchen.
Hat eine zu laufen und bringt ihm keinen Pfennig ein. War das
Liebe? Er schüttelte den Kopf. Warum blieb er bei ihr?

Einmal, da hatten sie bei den Bertrams zu Hause am Tisch
gesessen, da klingelte das Telefon. Gregor ging ran, reichte das
Telefon mit einem merkwürdigen Lächeln an Odette weiter:
deine Mutter. Sie riss es ihm aus der Hand, verschwand im Nebenzimmer und blieb lange weg.

Als sie zurückkam, legte Gregor ihr die Hand auf den Unterarm, sie zog ihn weg. Gregor fragte leise, aber Dietrich hatte
es trotzdem verstanden: „Hat er sie wieder …?" Odette hatte
genickt, dann schnitt sie ein anderes Thema an, erbot sich Tee
zu machen, und der Moment ging vorüber.

Die Sonne verschwand hinter dem Haus. Augenblicklich
wurde es ungemütlich kalt. Dietrich stürzte den Wein hinunter,
zahlte, schlenderte in Richtung seiner Unterkunft. Im Schatten
war der Schnee verharscht, die Pfützen überfroren. Nun hatte er
diesen traumhaften Tag auf einer Restaurantterrasse mit Saufen
zugebracht. Ob sie heute Abend wiederkommen würde?

Das Zimmer war kalt. Dietrich fand den Heizkörper abge-
dreht. Juliane war heute Morgen zu warm gewesen, und er hatte
vergessen, das Ventil wieder zu öffnen.

Er behielt den Anorak und die Stiefel an, saß am Tisch, an

dem er mit ihr gefrühstückt hatte, alles war aufgeräumt, selbst das zerbrochene Messer nicht mehr da. Ob die Wirtin es auf die Rechnung schreiben würde? Unsinn. Normaler Hotelverschleiß. Typischer Ossigedanke. Ein Wessi dächte darüber nach, ob er für den Schreck und die Gefahr Schadenersatz, Schmerzensgeld oder wenigstens einen Rabatt herausschlagen sollte.

Er ging hinaus, bugsierte das Auto besonders vorsichtig (immerhin war er betrunken) aus der Parklücke. Von der mit einer festen Schneedecke versehenen Nebenstraße gelangte er nach ein paar Metern auf die Hauptstraße. Er bog rechts ab, gegen den Strom der talwärts Schlängelnden. Es war dunkel. Als er ins Zimmer gegangen war, hatte die Sonne noch lange Schatten geworfen. Juliane würde nicht kommen, er war fast sicher. Ihr Hubert würde sie nicht gehen lassen. Viel hatte sie von ihm nicht erzählt, aber warum sollte sie für ein Abenteuer mit ihm ihr sicheres Leben aufgeben. Und was war er schon für ein Abenteuer. Der Typ, der sie damals sitzen gelassen hat für … die Andere. Geiles Abenteuer! Was war ihr Treffen anderes als der Austausch zwischen alten Bekannten, die sich nach Jahren wieder treffen und die Weißtdunochs um die Ohren hauen. Es war eine romantische Zeit damals, und irgendwie war Juliane sein Abenteuer gewesen.

Sie war die andere Welt. Sie brachte ihn mit Menschen zusammen, mit denen er sich nie getroffen hätte. Sie war sein Test, wie tolerant der Staat war. Stumme Diskussionen hatte er geführt mit der Rektorin, der Parteisekretärin. Er wollte seine Liebe verteidigen, denn die Liebe fragte nicht nach Politik. Er hatte gewusst, dass er wegen ihr Abstriche an seiner Karriere in Kauf zu nehmen hätte. Darauf war er vorbereitet, sogar wieder in seine LPG zurück zu gehen, als Melker zu arbeiten, was er ja gelernt hatte. Aber nie fragte einer, an nicht eine Bemerkung entsann er sich. Und dann kam Ricarda.

Vom ersten Tag an hatte sie ihn angehimmelt. Wann war das gewesen? Dietrich versuchte, seinem benebelten Hirn eine logische Denkleistung abzuringen. Geheiratet hatten sie vor der Geburt ihres ersten Kindes. Das war 1982 gewesen. November. Im Sommer war Juliane verschwunden. Da war Ricarda aber schon zwei oder sogar drei Jahre um ihn herumgesprungen und hatte sich unentbehrlich gemacht. War es neunundsiebzig, August oder September gewesen, in seinem ersten Jahr als hauptamtlicher Funktionär?

Er war zu Ricarda aufs Zimmer gegangen. Sie war allein zwischen Doppelstockbetten und grellem Neonlicht, überpünktlich angereist, aufgeregt, vom Dorf.

An das Gespräch konnte sich Dietrich nicht erinnern. Wahrscheinlich hatte er seinen üblichen Psalm gesungen: „Hallo, ich bin der Dietrich, der Studentenparteihäuptling. Du bist zwar nicht in der Partei, aber wenn du irgendwelche Probleme hast, Beschwerden, Vorschläge, Hinweise, Kritiken, kannst du immer zu mir kommen."

Hatte sie auch etwas gesagt? Vergessen. Aber sie war gekommen. Den nächsten oder übernächsten Tag oder zwei Wochen später stand Ricarda in seiner Bürotür. Das Bild war in sein Gehirn eingefressen.

Was sie gewollt hatte? Keine Ahnung. Nachdem er glaubte, ihr genügend Aufmerksamkeit geschenkt zu haben, wandte er sich seiner Schreibmaschine zu, einer Erika, einer elektrischen, bei der man jeden Anschlag in den Fußspitzen spürte. Die Buchstaben schlugen gegen die Walze, als wollten sie die zertrümmern. Ricarda schaute sich das ein paar Sekunden an, dann schob sie ihn sanft vom Stuhl: „Los, diktier mir."

Die Zeitabstände verwischen sich im Kopf. Worauf er selber hätte kommen müssen, sagte ihm Hildegard, sein Halt, seine Führerin in schwierigen Zeiten, da die eigenen Zweifel es ihm schwer machten, die Ablehnung der Masse zu überwinden.

Er könne sich keine Sekretärin halten, die nicht selbst Genossin sei. Ob er schon mal was von revolutionärer Wachsamkeit gehört habe. Er werde mit ihr reden, aber das war nicht nötig. Derart wichtige Fragen (und Kaderfragen waren die wichtigsten – ist die Aufgabe klar, entscheiden die Kader alles – stammte das von Lenin?) regelte Hildegard grundsätzlich selbst. Sie wollte ihn nur auf seinen Lapsus hingewiesen haben. Ricarda übergab ihm noch am selben Tag ihren Aufnahmeantrag.

War es möglich? Dietrich schloss einen Moment die Augen, als ihm siedend heiß das Blut in den Kopf schoss. Ein lang gezogenes Hupen riss ihn zurück in die Wirklichkeit. Grelles Licht blitzte ihm in die Augen. Der Entgegenkommende hatte aufgeblendet. Wütend zog Dietrich seinen Lichthebel zu sich heran.

Hatte Hildegard von seinem Verhältnis zu Juliane gewusst? Sollte sie Ricarda darum in die Partei und an seine Seite gedrängt haben? Quatsch. Ricarda musste niemand drängen, weder an seine Seite noch in die Partei, und trotzdem: ein kleiner Schubs, eine Ermunterung unter Frauen.

Die Sonne hatte den Schnee angetaut, nun war das Wasser wieder gefroren. Dietrich griff nach der Dachreling, hob die Füße nicht, schob sich über das Eis des Parkplatzes. Von der Schwierigkeit der Aufgabe und seinen Verschwörungstheorien in Anspruch genommen, sah er Odette am Fenster im ersten Stock nicht. Stumm schaute sie auf Dietrich und seine Absicht, wusste, dass er nicht gekommen war, um sie zu besuchen.

Gregor bewegte sich unbefangen durch die Geschäfte rings um die Empfangshalle des Hotels. Die gläsern abgetrennten Boutiquen, Souvenirläden, Auslagen für Accesoires rund ums Skifahren gestatteten ihm die nahezu hindernisfreie Beobachtung eines allerdings fast lächerlich wirkenden Hubert. Um ihn war ein Kommen und Gehen, noch waren viele Urlauber beschäftigt, verloren gegangene Handschuhe oder zerbrochene Skibrillen zu ersetzen, sich einen neuen Skianzug zu leisten, nach Mitbringseln für die Verwandtschaft zu suchen. Er konnte da nicht auffallen, schon gar nicht diesem Nervenbündel von einem Mann. Seit einer knappen Stunde trudelte der rein in den Fahrstuhl, wieder heraus, hin und hergerissen, ob er oben etwas verpasste oder lieber unten warten sollte.

Die Frau (den Namen wusste Gregor immer noch nicht) war wahrscheinlich zielstrebig auf ihr Zimmer gegangen, der Mann mit dem nächsten Fahrstuhl hinterher, aber es dauerte keine halbe Minute, da eilte er gehetzt aus demselben Fahrstuhl wieder heraus, setzte sich breit mitten in die Halle auf einen Sessel, entschied sich wiederum kaum eine Minute später für eine hinter Pflanzen versteckte Sitzgelegenheit. Als der Raum sich füllte, viele Grüppchen herum standen, befürchtete er wohl, seine Frau, wenn sie das Hotel verließ, übersehen zu können, stellte sich an die Bar, bestellte ein Getränk, bezahlte sofort, um im Notfall gleich aufspringen zu können. Ein paar Mal hatte er sich Richtung Treppe oder Fahrstuhl bewegt, aber nicht gewagt, die Vorhalle zu verlassen.

Mittlerweile war er ruhiger geworden und wechselte seine Beobachterposition nur noch im Fünfminutentakt; nahm sich eine Zeitung und eine Dreiminutenspanne hatte es gegeben, da wirkte er versunken in einen Text, den er las. Gregor wettete, dass er sie in der Zeit übersehen hätte, aber sie kam nicht. Es wurde dunkel, die Geschäfte leerten sich. Gregor setzte sich auch in die Hotelhalle. Er verließ sich darauf, dass beide ihn nicht erkennen konnten, selbst wenn Hubert in ihm den Mann erkennen sollte, den er vor einer Stunde angerempelt hatte, konnte er immer noch annehmen, dass er hier wohnte oder auf jemanden wartete. Das Spiel begann ihn zusehends zu langweilen. Er gab sich noch eine halbe Stunde. Wenn dann nichts passierte, wollte er gehen. Ohnehin war das hier ein Nebenkriegsschauplatz, den er sich nur leistete, weil er bei Dietrich oder dem Wirt im Moment nichts erwartete. Er besann sich auf die Gedankenspiele, mit denen er sich bei längeren Observationen die Zeit zu vertreiben pflegte und überlegte, was er über seine Objekte wusste und welche Zusammenhänge herstellbar waren.

Seine Gedanken schweiften zu dem Gespräch mit Dietrich

heute Nachmittag. Seiner Vermutung, dass es sich um eine ehemalige Geliebte handelte, mit der er sich in seinem Liebesnest traf, hatte er nicht widersprochen. Der Wirt, die Geliebte, in einer Woche wiedergetroffen. Ob er Dietrich unterschätzte? Kann es soviel Zufall am Stück geben? Waren höhere Mächte am Wirken, die die Akteure eines lange vergangenen Spieles in diese Berge zogen. Aber was waren dann seine und dieses nervösen Menschen Rolle? Ganz umsonst konnte er von ihm nicht gerempelt worden sein, die höheren Mächte unterstellt.

Ihr Körper bog sich wie von selbst, die Arme lang gestreckt, herrlich, ein Bett so für sich allein zu haben. Ob sie ihm getrennte Schlafzimmer vorschlug? Er war die meiste Zeit seines Lebens allein gewesen, er konnte nicht wirklich etwas dagegen einwenden, es sei denn, seine Mutter hetzte ihn wieder auf. Denn mit der würde Hubert eine so schwerwiegende Entscheidung besprechen müssen.

Juliane schnellte in die Sitzposition, warf die Decke ab, das Fenster war offen, kühle Luft strich ihr über die Haut, sie empfand es als angenehm, umfasste mit den Händen ihre Brüste, strich sich über Bauch und Schenkel, alles straff und glatt und wunderbar. Wie wohl seine Mutter aussah, eine modern gekleidete, disziplinierte Frau, kein Gramm Fett zu viel, die Gesichtshaut auch fast glatt, aber nicht gespannt, obwohl Juliane ihre Schwiegermutter im Verdacht hatte, dass sie Schönheitschirurgen konsultierte, direkt zu sehen war es nicht. Vielleicht war es ja möglich, ein entspannteres Verhältnis zu der Frau aufzubauen. Dann würde sie danach fragen. Man konnte nie wissen, wozu es gut sein wird, einen diskret und dezent arbeitenden zu kennen.

Wenn sie ihre Schwiegermutter überhaupt jemals wieder sehen sollte. Juliane tapste ins Bad. Es war dunkel. Wie spät mochte es sein, sieben? Beim Wasserlassen brannte es, war etwas viel gewesen gestern. Sie benutzte eine Creme, sie tat es ohne

Bedenken. Ihr Mann sah da nicht hin, da doch nicht. Eigenartig, dass er nicht auftauchte.

Hubert sehen, von Hubert berührt werden, mit ihm sprechen müssen - sie erschrak wie vor einer drohenden Gefahr.

Hastig zog sie sich an, duschen konnte sie später. Einfach raus, an die frische kalte Luft, weit laufend sich erschöpfen, bis das Gefühl den Gegebenheiten sich wieder zu nähern bereit war. Durch die Hotelhalle ordnete sie ihren Schal, das Kopfband, mit dem sie die Ohren warm hielt, zog Handschuhe über, wollte ihr Gesicht keinem zeigen. Sie wandte sich nach links. Ein Bus stand, Türen offen. Sie sprang hinein. Stimmengewirr und Alkoholdunst umfingen sie.

Juliane wollte bis in den nächsten größeren Ort fahren, denn hier bei den Liften an dem Riesenparkplatz, wo wollte sie da angenehm laufen?

Hinter dem Bus bildete sich kaum, dass er losgefahren war, eine kleine Schlange von Pkw. Zwei fuhren besonders vorsichtig. Obwohl mehrmals die Gelegenheit gewesen wäre (um die Zeit war talaufwärts kaum noch Verkehr), überholten sie nicht.

Als Dietrich das Hotel über das Eis rutschend wieder verließ, war er seelig, glücklich, lächelte, obwohl nichts passiert war. Er hatte am Zimmer von Yannik geklopft, aber der war nicht da gewesen. Elmo, sehr mürrisch vor dem Fernseher, gab ihm Bescheid, er wisse nicht, wo Yannik sich herumtreibe.

Ihr Halbpensions-Abendbrottisch stand unberührt. Als Dietrich wieder umkehrte, fragte ein Kellner, ob heute wieder nicht alle zum Essen kämen, Dietrich sagte: Doch, bestimmt. Er merkte, dass er Hunger hatte und beschloss, Ricarda hierher zu holen, danach mit ihr spazieren zu gehen oder an der Bar etwas zu trinken. Er wollte ihr versprechen, dass sie nach dem Urlaub den Kontakt zu Bertrams einfach abbrächen und er wollte sie um Verzeihung bitten. Warum sollte sie nicht verzeihen?

Er schaffte es aber nicht sie zu wecken. Brummig wehrte

sie seine Versuche ab. Ihre tapsig vorsichtige Art, immer darauf bedacht, den Kopf ruhig zu halten, erschien Dietrich als ein gutes Zeichen. Er sah, wie sie wieder in die Decke kroch, nur die Haare und das nach vorn zusammengeknautschte Gesicht lugten hervor, und eine Welle von Dankbarkeit und Liebe überflutete ihn, er hätte singen mögen. Im Auto tat er es auch. *Hell scheint die Sonne und leicht ist unser Schritt* war Kampf- und Liebeslied zugleich, und unvorstellbar war überhaupt der Gedanke, diese Familie, diese Frau für ein Phantom aufzugeben, von dem Dietrich kaum noch sicher war, dass es existierte.

Er griff sich über die Schulter auf den Rücken. Ein bisschen tat es noch weh. Ricarda behauptete hinterher immer, dass sie von ihren kleinen Brutalitäten nichts mehr wisse. Dietrich war nicht so weggetreten. Er hatte den Schmerz gespürt, als sie ihre Fingernägel über seinen Rücken zog. Frauen waren um den Orgasmus schon zu beneiden. Er lachte auf. Es war genau der Moment gewesen, als er sich wegen der Urlaubsankunftszigarre Sorgen gemacht hatte. Die lag mit der glühenden Spitze freischwebend auf dem Nachttisch, ruckelte bei ihren Bewegungen hin und her und er befürchtete, sie könne herunter fallen und ein Loch in den Teppich brennen. Da holte ihn der Schmerz zurück zu Ricarda, als hätte sie es gespürt und wollte ihn erinnern: hier spielt die Musik.

Ob die drei Striemen Juliane aufgefallen waren?

Auf einer langen geraden Strecke überholte er aus der Bewegung einen Bus, hinter dem zwei Pkw tuckerten. Weicheier, Opas. Hoffentlich war die Wirtin da. Wahrscheinlich würde er die Nacht noch voll bezahlen müssen, Shit happens.

Er saß im Zimmer, wartete auf die Wirtin, die Tochter hatte ihm gesagt, ihre Mutter wäre spätestens in einer halben Stunde zurück. Da trat sie ein.

„Juliane!?"

„Was tu ich hier?" Sie drehte ab.

„Warte." Dietrich sprang ihr nach, fasste sie am Handgelenk. Sie entwand sich, sagte:

„Lass uns ein wenig laufen. Ich warte unten."

Hubert sah sie aus der Tür der Pension treten, atmete auf. Sie stand da, Hände in den Taschen. Hubert griff schon nach der Tür, er würde sie formvollendet anreden: Küss die Hand, gnädige Frau (immerhin war man in Österreich), darf ich Sie vielleicht irgendwo absetzen. Ein Bus fährt heut nicht mehr und Taxen sind schwer zu bekommen in der Gegend.

Er überlegte einen Moment, ob es eine Möglichkeit gäbe, an sie heranzutreten, ohne dass sie sein Nahen vorher bemerkte. Ein bisschen hatte er an dem Versteckspiel Gefallen gefunden. Stolz war er, wie er ihr hinterhergefahren war. Er ließ sie hundert Meter laufen und fuhr dann dieses Intervall, immer in respektvollem Abstand wartend. Erst wollte er das Auto abstellen und sie zu Fuß verfolgen, aber jetzt war er froh, den Wagen dabeizuhaben.

Er klappte die halb geöffnete Tür wieder zu, griff nach dem Zündschlüssel, wollte vorfahren, das Fenster herunterlassen, fragen, ob sie noch zu haben wäre. Er klickte das Handy in die Freisprechanlage. Als er den Blick wieder nach oben nahm, hakte Juliane sich gerade bei Dietrich ein. Die Beiden sprachen miteinander, dann zeigte Dietrich einen Weg, nach wenigen Metern verschluckte sie die Dunkelheit.

Hubert starrte ihnen nach. Er kannte den Mann, nach wenigen Sekunden fiel ihm auch ein, woher.

Er öffnete die Tür, lauschte in die Nacht, aber vor der Pension war die Wirtin aufgetaucht, diskutierte mit Gästen. Andere Stimmen oder Schritte waren da nicht zu hören. Er stieg aus, bemüht, sich und sein Gesicht im Schatten zu halten. Als er die Laterne vor der Pension im Rücken hatte, straffte er sich und schritt kräftiger aus. Jetzt erkannte er zwei Gestalten, wie sie weiter vorn in einen Lichtkegel traten und kurz darauf nach rechts drehten, dem Ortszentrum zu.

Links führte eine Straße den Berg hinan. Rechts ging es bergab, gut beleuchtet über eine kleine Brücke, unter der ein Bach plätscherte. Juliane zog zielstrebig in die dunkle Einsamkeit der Nacht.

Dietrich hielt sie fest. Anstandslos wechselte sie mit ihm die Richtung. Kurz vor der kleinen Brücke drehte sie den Kopf, als suche sie nach dem Weg, den sie eigentlich hatte gehen wollen und verstummte für einen Moment.

„So ist das immer."

Juliane schaute Dietrich in die Augen und der nahm darin ihr Erschrecken wahr.

„Du stehst an einem Scheideweg, hast den Kopf voll, einer zieht dich, und du rennst ihm nach. Und der andere Weg ist wie nie gewesen."

Dann gingen sie weiter den Weg über die Brücke zurück ins Dorf.

„Es kommen neue Scheidewege", sagte Dietrich, „oder wir könnten zurück gehen, eine andere Entscheidung treffen."

Er drehte sich halb um.

Hubert hielt inne, war für Dietrich in der Schwärze der Nacht kaum zu sehen.

„Aber die Wege werden länger, und die Kraft lässt nach."

Juliane hielt nicht inne, und Dietrich musste ihr folgen. Mal lehnte sie den Kopf an seinen Arm, mal spielte sie mit den Fransen ihres Schals. In dem Schweigen wälzte sich ihre Vergangenheit, und in ihren Köpfen stritten die Fürs und Widers. Weil sich jedem Argument das Gegenargument schon in Gedanken unerbittlich in den Weg stellte, sprachen sie nicht miteinander.

Jeder Mensch kann jeden lieben. Dietrich dachte an dieses Lied. Er spürte in sich die Kraft es zu versuchen, die Kraft es auszusprechen verspürte er nicht. Er dachte an gestern Abend, und er verstand plötzlich, dass es einmalig war, und der Schmerz war tief. Es war ihm, als wäre für all die Missstimmungen der letzten zwanzig Jahre der Umstand

148

verantwortlich, dass er Juliane nicht hatte lieben dürfen, und wie sollte das in Zukunft gehen, nun, da er erfahren hatte, dass er sie immer noch liebte. Seine Lippen, seine Zähne waren fest aufeinander gepresst.

Aber er dachte die Lächerlichkeit seiner Gefühle mit. Und weil das so war, weil er ironisch über Männer in der Mitvierziger-Krise dachte, schienen ihm diese Gefühle falsch zu sein. Er konnte auch Ricarda lieben, ja, er liebte sie. Hatte er nicht vorhin an ihrem Bett, als sie so brummig betrunken auf seine Zärtlichkeiten reagierte, eine Welle der Zuneigung und der Liebe gespürt? Nun fühlte er Julianes Arm und Schulter durch mindestens sechs Lagen Stoff und er meinte, ohne die Liebe zu dieser Frau nicht weiterleben zu können, jedenfalls nicht, ohne ständig an sie zu denken und sie zu vermissen. Und er dachte auch an die Artikel, die er gelesen hatte, nach denen das alles biologische und chemische Vorgänge sind: Botenstoffe, Hormone, Enzyme, die ausgeschüttet werden, die uns diese Gefühle schaffen, und wenn zwischen ihm und Juliane wieder eine gehörige Entfernung war, dann würden diese Gefühle schon vergehen. Und wirklich, er sah zu ihr hin und lächelte sie an und so schlimm war es schon gar nicht mehr.

Juliane lächelte mit einem Mundwinkel zurück.

„Ich würde so gerne mit dir reden."

„Dann rede doch."

„Ich habe Angst, dass wir anfangen, Zukunftspläne zu schmieden."

„Hm."

„Es war sehr schön gestern."

„Ja."

„Bei Hubert habe ich immer den Eindruck, er denkt bei der Liebe an Regeln, die ihm seine Mutter aufgestellt hat."

„Hört sich an wie eine spezielle Art von Verfolgungswahn, andererseits: tun wir das nicht alle?"

Juliane lachte kurz.

„Aber stell dir das vor: Vor der Hochzeit habe ich gedacht, das wird sich geben, wenn wir erst eine eigene Wohnung haben."

„Er lebte noch bei seiner Mutter?"

„Das ist nicht so unüblich da. Die Wohnung hat Amalie ausgesucht."

„Wer ist Amalie?"

„Meine Schwiegermutter. Der Skandal ist, dass Hubert sich das gefallen lassen hat. Ich habe es zu spät gemerkt, war mit mir beschäftigt, der Umzug, ein paar Abschiedsfeiern, und ich kannte mich in dem verdammten Würzburg nicht aus. Zum Beispiel hatte ich noch nie einen Blick aus dem Küchenfenster meiner Schwiegermutter geworfen. Da war sie eigen: Besuch nur in die gute Stube. Ich wunderte mich immer nur, wenn Hubert, kaum dass wir ins Schlafzimmer gingen, die Vorhänge zuzog."

„Sie hat …"

„Ja, hat sie. Früher in Marzahn, da habe ich auch mal ein Pärchen beobachtet, sogar Schwule. Das ist nett, es turnt sogar an, aber … naja. Als ich beim Fensterputzen Amalie aus dem Haus gegenüber winken sah, dachte ich mir nichts. Wo sie überall Bekannte hat oder so, bescheuert, ich weiß, erst abends als Hubert wieder die Vorhänge zuzog, da dämmerte es mir. Dieses Küchenfenster ist tatsächlich das einzige, aus dem man in unser Schlafzimmer gucken kann."

„Sitzt sie da mit einem Fernglas oder was?"

„Keine Ahnung, glaub ich nicht. Am gleichen Tag, ich weiß es wie heute, war in meiner Frauenzeitschrift dieser Artikel über Hausfrauen, die sich aus Langeweile ein paar Freier halten. Seitdem bohrt in mir der Gedanke, dass ich das nicht könnte. Versteh mich nicht falsch, es ist nicht, dass ich es wollte, aber ich könnte auch nicht, ich werde überwacht."

„Lass uns hier runtergehen, wenn wir noch eine Weile erzählen, dann muss ich was essen."

„Immer wenn ich aus meinem Fenster sehe, beschäftigt sich mein Kopf mit dieser Bazooka. In so einem Film war das und wenn ich rüber gucke, sehe ich, wie der Feuerstrahl mein Schlafzimmer abfackelt, und dann sehe ich sie fliegen und einschlagen und eine riesige Staubwolke."

Dietrich lachte.

„Das ist nicht witzig", sagte sie, „seitdem denke ich auch immer an sie."

Wieder lachte er.

Sie erzählte von ihren abgezählten drei Versuchen, Hubert an anderen Plätzen der Wohnung zu animieren, auf der Couch, am Küchentisch und auf dem Waschtisch im Bad. Meist stimmte die Höhe der Möbel nicht, die Couch war zu schmal, und er hatte so eine Art, den Mund zu verziehen wie über eine besonders blöde Idee. In keinem der drei Fälle war es zum Ende gekommen. Vom Waschtisch und von der Couch hatte er sie, nicht ohne seine Blöße zu bedecken, ins Schlafzimmer gezogen. Am Küchentisch hatte er sich fast seinen Schwanz gebrochen, jedenfalls behauptete er das, weil sie so komisch hin- und hergeruckelt habe, sei er böse mit der Tischkante kollidiert. Außerdem vertrat er allen Ernstes die Ansicht, die Flüssigkeit, die sie beide absonderten, wäre nicht gut für das Holz, zumindest gäbe es Flecken, die Fragen aufwürfen. Auf ihre Frage, wer sich denn danach erkundigen sollte, hatte er nur den Kopf geschüttelt.

„Ich muss aus dieser Wohnung raus. Bei jedem Handschlag denke ich an sie, nicht bewusst, eher wie ein tief religiöses Gefühl. Lass die Scheuerleisten vom letzten Wischen vor drei Tagen blitzen. Ich wische sie wieder ab. Sie hat noch nie was zu meinen Scheuerleisten gesagt. Es ist, als säße sie mir auf der Schulter. Und ich will es getan haben, bevor sie was sagt. Und ihm sitzt sie noch mehr im Nacken. Sie reitet ihn, er mich und ich muss Pferd und Reiter tragen. Es ist nicht so, dass wir jeden Sonnabend um fünf ..., aber ich habe angefangen, Wetten darauf abzuschließen, welche Stellung als nächstes dran ist."

Dietrich fasste sie um die Schulter und schob sie vor sich durch die Tür eines Restaurants.

13. Kapitel,

in welchem Gregor Hubert anspricht und die Szenerie im Schnee versinkt

Seit er vor der Pension, in der er Dietrichs Ausweichquartier wusste, einen Parkplatz gefunden hatte, schüttelte Gregor immer wieder den Kopf. Es musste diesen sechsten Sinn geben, was sonst sollte ihn vorhin nach dem Rempler hinter Hubert hergetrieben haben. Er sah zwar nicht, was ihm die so gewonnene Information, dass nämlich die Frau aus dem defekten Auto die Geliebte Dietrichs war, nützen sollte, aber wiederum fand er es sehr vergnüglich.

Amateur! Wie der um die Ecke lugte und ihnen nachlief, so ein Anfänger! Gregor lachte auf, als Hubert an den Häuserwänden entlang strich, unwillkürlich mit schiefer Haltung, um den Mantel nicht zu beschmutzen. Dann blieb er stehen, tastete sich vorwärts, Licht fiel von der Seite auf ihn, Flocken tanzten, er erstarrte plötzlich. Er musste die Beiden durch das Fenster gesehen haben, denn er drehte sich weg, ging über die Straße und entschwand Gregors Blicken. Wahrscheinlich suchte er Deckung in dem Dönerimbiss gegenüber.

Gregor wartete noch eine Weile, aber es regte sich nichts. Da lehnte er sich nach hinten und schloss die Augen. Wenn die da etwas aßen, hatte er eine Stunde.

Die Standheizung lief, er hörte das dritte Programm des österreichischen Rundfunks und war erfreut über seinen günstigen Beobachtungsplatz. Er stand im Schatten, konnte sowohl den Eingang der Pension einsehen als auch den Hauptteil der Geschäftsstraße. Vorhin, als die drei hinter der Pension im Dunkel verschwunden waren, hatte er überlegt, ob er ihnen auch folgen sollte. Aber wenn sie in der Wildnis nicht übereinander herfielen und sich zerfleischten, tauchten sie über kurz oder lang zuverlässig in seinem Gesichtsfeld wieder auf. Tatsächlich war höchstens eine Viertelstunde vergangen, da kamen Dietrich und diese Frau aus einer Seitenstraße. Es hatte gewirkt, als träten sie durch eine Häuserwand in die Nacht.

Der Appetit kam Dietrich beim Essen. Juliane trug einen eng anliegenden Pulli mit V–Ausschnitt. Es war warm im Restaurant und schon nach wenigen Minuten zog sie ihren dickmaschigen Strickpullover aus. Sie drehte den Pfefferstreuer, auf dem ihre Augen ruhten. Dietrich hörte kaum zu. Der gedrehte Pfefferstreuer rief Erinnerungen an einen Regenschirm wach. Der hatte sich gedreht, und die Kamera war herangefahren, und die auf die Schirmspitze zulaufenden Kreise stellten einen Sog dar, der den kleinen Dietrich in die Geschichte gezerrt hatte, die, schnippeldischnappeldiescher, der Meister Nadelöhr erzählte. Der Pfefferstreuer hatte aber nur drei Punkte, und Julianes Geschichten zogen ihn nicht.

Wohl sagte er *hm* und *ach* und *dasisjanding*, wohl sagte er es an den richtigen Stellen. Er sah ihr ins Gesicht und auf die nackten Arme. Die Haare, die gestern straff nach hinten gekämmt zu einem Knoten gesteckt waren, hingen ihr nur überkämmt oft vor den Augen, sie hielt den Kopf schräg, um durch eine Lücke im Vorhang den Pfefferstreuer noch erkennen zu können. Der war aus Porzellan, weiß mit blauen Mustern, und Dietrich stellte sich vor, dass man ihn ziemlich kräftig auf den Boden oder gegen die Wand schleudern müsste, damit er zersplitterte. Den Wein trank sie in hastigen Schlucken, die den Fluss ihrer Rede nicht unterbrachen. Die Pasta aß Dietrich bedächtig, drehte die Tagliatelle langsam auf die Gabel, verharrte, bevor er kleine Portionen in den Mund schob.

Sie sprach von einem Leben voller Gelegenheitsarbeiten, nachdem sie ihr Studium aufgeben musste. Sie sprach von Beziehungen, die nicht lange hielten, die meist sie beendete. Sie sprach von ihrer Umschulung, und sie sprach von Hubert, dass er sie gerettet habe, dass sie ihm dankbar sein müsse. Sie benutzte das Wort Rentenversicherung in dem Zusammenhang, redete von der Hoffnung, doch noch ein Kind bekommen zu können. Vielleicht würde es auch die Schwiegermutter mit ihr versöhnen, vielleicht. Entziehen lassen würde sie sich das Kind nicht. Juliane erzählte lange von dem Kind. Dietrich setzte schon zu der Frage an, ob es ein Junge oder Mädchen sei, dann fiel ihm ein, dass es das Kind gar nicht gab. Aber wahrscheinlich hätte sie aus ihrem kreisenden Pfefferstreuer heraus eine Antwort gegeben.

Er half ihr in die Jacke, dabei lehnte sie ihren Kopf nach hinten. Er fasste sie unterm Arm, sie ihn an der Hüfte. Sie gingen die Hauptstraße ein Stück hoch, dann nach rechts. Die Pension lag im Dunkel, an der Rezeption brannte eine Notbeleuchtung. Als sie sich näherten, klackte es und der Platz vor dem Haus wurde grell beleuchtet. Dietrich kramte den Schlüssel hervor. Zwei Minuten später klackte es wieder und nur der Schnee schien das gespeicherte Licht langsam wieder abzugeben.

„Hallo, Sie."

Hubert drehte den Kopf. Er fror, war unentschlossen. Die Pension war verschlossen. Er hatte das Gefühl niederkämpfen müssen, dass der ganze Ort ihm zusähe, als er an der Tür klinkte.

„Pst."

Er sah sich um. Da, im Schatten eines Hauses blinkte ein Auto. Wie zufällig schlenderte er in die Richtung.

„Warten sie auf irgendwas?"

„Wieso interessiert sie das?"

„Ach, da ich auch warte, dachte ich mir, wir könnten uns die Zeit vertreiben. Außerdem habe ich es schön warm hier drin."

„Ich wollte eben losfahren."

„Wie sie wollen. … Von hier hat man einen guten Überblick. Ich kann zum Beispiel den Leuten da drüben in die Fenster sehen. Witzig, nicht?"

„Wahrscheinlich haben sie auch ein Fernglas dabei, damit sie zusehen können." Hubert bemühte sich um einen spöttischen Unterton.

„Selbstverständlich habe ich ein Fernglas im Auto. Ich bitte sie, ein sehr gutes übrigens, mit Nachtsichtgerät. Wollen sie mal probieren? Das macht Spaß."

„Warum nicht?", brummte Hubert.

„Dann steigen sie ein. Es wird langsam kühl hier drin."

Er hielt an der geöffneten Beifahrertür inne und musterte den Anderen. Der hatte gute Laune, sagte:

„Zögern sie nicht, die Wärme entflieht. Wir haben heute Abend die gleichen Leute beobachtet. Da könnten wir uns doch zusammentun, in den nächsten Tagen Schichten einteilen und die Ergebnisse austauschen, was halten sie davon? Halt! Ich will ihre Antwort erst hören, wenn diese Tür geschlossen ist."

Hubert stieg ein.

„Was ist nun mit dem Fernglas?"

Gregor griff nach hinten und reichte es ihm. Hubert richtete es ungeniert auf das Zimmer der Pension, in dem er Dietrich und Juliane vermutete. Aber es war nichts zu sehen außer der Deckenbeleuchtung.

„Tja. Eine Hebebühne ist in dem Wagen nicht eingebaut. Tut mir leid. Aber vielleicht ist es besser, wenn sie nichts sehen."

„Da sie zu wissen scheinen, warum ich hier bin, verraten sie mir vielleicht, warum sie …"

„Aus einem anderen Grund."

„Sie sind hinter dem Mann her?"

„Ich bin nicht hinter ihm *her*. Ich versuche nur, etwas über ihn herauszufinden. Dabei bin ich auf Sie gestoßen bzw. eher Sie auf mich. Gesehen habe ich Sie schon – Sonnabend?"

„Sonnabend?"

„Nicht gerade ein Gentleman, muss ich schon sagen, Sie haben ihre Frau schieben lassen."

Hubert verdrehte die Augen.

„Ach, von Ihnen hat er das?"

„Wer?"

„Na, dieser Dieter."

„Dietrich."

„Meinetwegen. Er mischte sich in unser Gespräch, weil er uns angeblich gesehen hat."

Gregor drehte den Kopf nach links.

Das Licht in Dietrichs Zimmer veränderte sich. Die Deckenlampe erlosch, dafür brannte wohl eine Nachttischlampe. Hubert spielte mit dem Fernglas.

„Ich wüsste gerne, woher sie ihn kennt."

„Was hätten sie davon?"

„Sie ist meine Frau."

Gregor sah mit Sorge, wie sich Huberts Finger um das Rändel für die Feineinstellung krampften. Sanft nahm er ihm das Glas aus der Hand.

„Sie verzeihen, aber ist das nicht eine etwas vorsintflutliche Einstellung? Frauen machen doch heute was sie wollen, ...weitgehend."

Hubert schien sich nun einen Daumennagel abreißen zu wollen.

„Möglich, nur sollten sie dann finanziell unabhängig sein."

„Hm."

„Sie liebt mich nicht, ich weiß das."

„Soll vorkommen."

Huberts Augen starrten nach draußen oder eher nach innen, als ob sich die Pupillen nach hinten drehten, auf das eigene Hirn richteten. Wie vor dem Auge abgeschnitten wirkte Huberts Blick. Dem brauchte er jetzt nur noch suggerieren: töte ihn und er machte es. Gregor unterdrückte seine Heiterkeit.

„Darf ich fragen, was sie arbeiten?"

„Ich bin Physiker."

Hubert bewegte sich keinen Millimeter, aber seine Augen schienen die Außenwelt wieder wahrzunehmen und Gregor fragte sich, ob Augen solche Signale wirklich aussendeten.

„Oh, welches Spezialgebiet."

„Erdmagnetismus, Erdstrahlung."

„Wer bezahlt einem dafür was?"

„Die Industrie sollte, der Staat tut's."

„Wieso sollte die Industrie?"

„Die Nutzungsmöglichkeiten sind unendlich, man muss nur die richtigen Apparate konstruieren. Dieses Auto könnte sich mittels der Erdstrahlung fortbewegen und geheizt werden. Allerdings könnten wir hier drin dann auch verglühen. Selbst dass wir hier sitzen, ich zu ihnen ins Auto gestiegen bin, meine Frau dagegen mit einem Anderen im Bett liegt, hat mit dem Einfluss der Erdstrahlung auf unseren Organismus zu tun. An einem anderen Tag, einem anderen Ort bei anderer Strahlungsintensität träte ich die Tür ein und erschlüge den Mann, vielleicht sogar die Frau."

„Oho."

In den Lichtkegeln der Straße wiegten sich Schneeflocken. Ein leichter Flaum bedeckte schon den Boden. Auf der Scheibe zerschmolzen sie im Moment der Berührung.

„Das Wetter wird unangenehmer."

Gregor blickte nach oben, als läse er da die Wetterprognose. „So sieht es ja idyllisch aus, aber auf dem Gletscher morgen wird Skifahren eklig."

„Warum Sie hier sitzen und observieren, wollen sie nicht verraten." Hubert sagte es wie eine Feststellung.

„Es ist ein Spaß, wie ich schon sagte. Eine Wette, die ich mit mir selber abgeschlossen habe."

„Aber sie kennen den Mann."

„Nicht lange und nicht wirklich, wie das mit Bekanntschaften, die man jenseits der Vierzig macht, so ist. Hat mich gefreut sie kennenzulernen. Leider muss ich los, ich kriege so schon Ärger."

„Ihre Frau wartet?"

„Ich hoffe es. Warten sie. Fahren sie hinter mir her. So sehen sie, in welchem Hotel ich wohne."

„Wieso …?"

„Da wohnt Dietrichs Frau."

Hubert nahm die Hand vom Türgriff.

„Sie meinen …"

„Sie heißt Ricarda Elmer."

Der Motor sprang leise brummend an. Er sah Hubert nach. Als die Scheinwerfer des Mercedes die von Neuschnee schon dick bedeckte Seitenstraße überstrichen, wendete Gregor in einem Bogen, sein rechtes Vorderrad verfehlte den Straßengraben um Millimeter. Dann trat er aufs Gas. Der Wagen schlingerte schräg, Gregor heulte den Kriegsruf der Dakota, wie er ihn sich aus den Büchern seiner Jugend vorstellte. Am Ortsausgangsschild bog die Straße nach links. Er sah gerade noch, wie Hubert vorsichtig auf die Hauptstraße fuhr, dann erblickte er im Rückspiegel nur noch den Widerschein seiner Rücklichter im Schnee.

So hatte dieser Mittwoch die Menschen ganz unterschiedlich verteilt und in eigenartig zusammenhängenden Stimmungen und Situationen in die Nacht geschickt.

In einem Hotel weit von seinem eigenen lag Aloisius und starrte in die Nacht, sah den Flocken zu, wie sie vor dem Fenster tanzten. Er schaukelte den Kopf hin und her, fand keinen Schlaf. So einfach war es gewesen, und warum hatte er es all die Jahre vor sich hergeschoben? Nagelneu hatte der Metallkoffer ausgesehen, als Dietrich ihn in der Diele abgestellt und für Hildegard eine Quittung verlangt hatte und eine Vollmacht vom Vater. Bedenkenlos hatte er die schnell geschrieben, während Dietrich im Flur stand. Hildegard musste sofort gesehen haben, dass sie gefälscht war. Aber sie hatte sich nicht gemeldet.

Gregor wunderte sich, dass das Auto des Wirtes nicht auf dem Parkplatz des Hotels stand. Es würde ihm doch nichts passiert sein. Im Radio war von kommenden Schneestürmen die Rede. Tatsächlich war er langsam gefahren, denn man sah nicht weiter als drei Meter in dem dichten Schneetreiben. Stürmisch war es allerdings nicht. Er saß noch im Auto, ließ die Scheinwerfer brennen, bis hinter ihm im Schneckentempo ein anderes Auto die Straße hinaufkroch. Kurz blinkten die Nebelscheinwerfer, tauchten die Szenerie in ein Licht, als strahlten die Flocken selbst, dann schlich das Auto davon und bald war Hubert verschwunden.

Nur Odette beobachtete diese Szene. Sie war wegen des Motorengeräusches ans Fenster gegangen, sah Grischa im Auto sitzen, als wartete er. Die Lichthupe Huberts – ein Zeichen? Wofür? Es war dieser Moment, in dem sie begriff, dass Gregor sie verlassen würde. Es gab keinen Zweifel und es war logisch und außerdem ein Wunder, dass es erst jetzt passierte. Sie hasste ihn. Warum tat er in dieser Woche, was er schon vor Jahren hätte tun müssen. Sie legte sich ins Bett, hörte auf seine Schritte, rollte sich zusammen und stellte sich schlafend.

Noch jemand war erwacht, lauschte, sah das Licht blitzen, wusste von dem Besuch vor drei Stunden und hatte gespürt, dass nun alles gut werden würde. Durch die schmerzenden Nebel ihrer Trunkenheit war Dietrichs glücklicher Entschluss zurückzukehren in sie gedrungen. Entspannt war der Schlaf der letzten Stunden gewesen. Erst als sie über sich die Tür klappen hörte, weinte sie. Die Vorstellung, wie auch er sich allein in einem Bett wälzte, unschlüssig, ob sie ihn wieder aufnehmen, an sich heranlassen würde, tröstete sie.

Elmo döste vor dem Fernseher. Er begriff nicht mehr, was er sah, hielt die Augen krampfhaft offen. Alle Alkoholika aus der Minibar hatte er nacheinander getrunken: zuerst das Bier, dann den Wein und den Sekt, zum Schluss die drei Schnäpse (zwei Kognak, ein Wodka). Er war fest entschlossen, dies alles Yannik in die Schuhe zu schieben. Sollten sich doch die Alten kloppen, wer den Scheiß bezahlt. Vorhin war ein Softporno gelaufen. Zweimal hatte er sich einen runtergeholt. Beim ersten Mal war es ihm bis hinter den Kopf gespritzt, beim zweiten Mal nur noch auf die Brust. Er zappte die Kanäle hoch und runter, doch nirgendwo tauchten Titten oder Ärsche auf. Warum seine Erzeuger nicht darauf achteten, dass sie ein Hotel mit einem echten Pornoprogramm buchten? Er wusste genau, dass sie sich den Scheiß regelmäßig reinzogen. Dieser Softmist war doch kein Ersatz. Überhaupt ließ die Erregung nach. Voller Sehnsucht dachte er an seinen ersten Hardcorefilm, als der Saft fast bis an die Decke geflogen war. Mitleidig sah er immer auf die dürftig herausgequetschten Tropfen der Hauptdarsteller. Irgendwo würde er bei so was mal mitmachen, nach Ungarn fahren. Da drehten sie das Zeug doch massenweise.

Yannik und Veronika waren beim Streit darüber, ob Gleichberechtigung der Frau bedeute, dass sie keine Kinder mehr austragen müsse, eingeschlafen. Yannik fand das Quatsch. Er faselte von der biologischen Determiniertheit des Seelenlebens, vom Nestbautrieb des weiblichen Geschlechts. Veronika beschimpfte ihn als das letzte Chauvischwein. Dann lachten sie und plötzlich waren zufällige Berührungen, gesucht, gefunden, an Armen und Beinen, aufregend, und die enttäuschende Erinnerung an das technisch Kühle des Aktes vom gestrigen Abend verlor sich in ihrer vermiedenen Nacktheit. Der Geruch ihres Pullovers beglückte Yannik. Der stumme Zweikampf der Füße (Strecken gegen Anwinkeln) begleitete ihre Diskussionen um die langweiligen Gespräche der Eltern, deren Fixiertheit auf Vergangenes, und deren Einteilung der Welt in Ost und West wie in Gut und Böse. Alle Menschen waren gleich, darin waren sie sich einig, außer Männer und Frauen.

Dietrich und Juliane sprachen wenig. Sie schliefen miteinander, langsamer als gestern, selbstverständlicher, genussvoller, sicherer. Aber sie dachten unterschiedlich. Nicht beim Bewegen, beim Streicheln und Küssen, aber davor und danach. Dietrich hielt dies für eine weitere schöne Nacht ohne Reue, denn sein Rückkehrvorhaben konnte er auch morgen verwirklichen. Ricarda lag blau in den Seilen, hatte seine Gegenwart kaum bemerken können und würde ihm auch morgen noch verzeihen.

Juliane wollte Hubert verlassen. Es war ihr unvorstellbar, die Wohnung in diesem Würzburg überhaupt wieder zu betreten. Beschissenes Wessinest. Wie sie ihre Altertümlichkeit pflegten und doch modern sein wollten. Wie Hubert unter dem Deckmantel der Wissenschaftlichkeit seinen Aberglauben kultivierte. Wie er mit seiner Mutter eine Komödie von der Eigenständigkeit im Zusammenleben spielte. Das letzte Kuhdorf in Mecklenburg–Vorpommern war besser als diese verlogene Puppenstube. Und Dietrich. Wollte sie mit ihm? Würde er Ricarda für sie verlassen? Sie beschloss, diese Frage von ihrem ersten Entschluss abzukoppeln, unabhängig zu machen und am besten in Dietrichs Hände zu legen. Das stimmte sie zwar nicht optimistisch, aber egal. Wenn er bei seiner Ollen blieb, auch gut. Schicksal nannte man das. Sie streichelte ihm die Brust wie einem lieb gewordenen Gegenstand, den man zurückgeben muss, weil er nur geborgt ist. Seine Brustbehaarung war gekräuselt wie seine Locken am Kopf. Könnte es gut gehen mit ihnen Beiden? Würde er nicht seine Kinder vermissen, oder von ihnen verachtet darüber trübsinnig werden. Sie ziepte ihn, er küsste sie auf die Stirn. Nicht dass sie Ricardas Gewohnheiten annehmen musste, damit der Herr sich wohl fühlte. Die Luft, die an Dietrichs Gaumensegel vorbei strich, erzeugte rasselnde Geräusche. Juliane küsste ihn zum Abschied und kroch unter die andere Decke.

Und Hubert? Der fuhr ins Hotel und zog das gleiche Programm durch wie Elmo. Die Unterschiede: er brauchte nicht darüber nachzudenken, wer den geleerten Inhalt der Minibar bezahlte, er hatte einen Hardcorekanal, er wichste nur einmal, das Ejakulat erreichte knapp den Bauchnabel, und er deckte sich dabei zu und versuchte, möglichst wenig sichtbare Bewegung zu verursachen. Konnte man wissen, ob die in diesen Hotels nicht filmten? Er hatte ‚Sliver‘ gesehen.

Über die Hänge der Pisten huschten die Lichter der Räumfahrzeuge. Heute Nacht arbeiteten sie durch. Mehr als dreißig Zentimeter Neuschnee waren schon gefallen, und es schneite ununterbrochen weiter.

In einem Motel kurz hinter München sah Hildegard eine sternenklare Nacht. Sie war gut durchgekommen, viele Lkw, aber kein Stau. Vor zehn Jahren noch, dachte sie, wäre sie am Stück durchgefahren. Ganz plötzlich hatte sie eine Abfahrt genommen und bei der ersten Herberge gehalten. Sie war erschöpft und spürte ein Summen in allen Gliedern, besonders in den Unterarmen, als säße sie noch am Steuer. Wenn das Wetter hielt, konnte sie morgen gegen Mittag ankommen.

Teil 2
Drei Jahre bis Leipzig

14. Kapitel,
in welchem Ricarda nach Leipzig fährt

Statt der Berge sah sie eine grauweiße Masse. Die Fenster schienen aus Milchglas gemacht. *Es war kein Traum gewesen, er hatte neben ihrem Bett gestanden.* Sie spürte ihren Puls wie Hammerschläge gegen die Schädelwand. *Der liebe, sehnsüchtige Blick, verklebte Augenlider.*

Sie spülte eine Tablette hinunter.

Wo war er? Warum klopfte es nicht?

Ob er jetzt bei ihr war?

Finde es heraus!

Lass es!

Nein, dies ist notwendig. Ich kann ihm ein Mal verzeihen.

Unsinn, was sollte er an dieser abgewrackten Schachtel finden. Er liebt so knochige, rachitische Frauen nicht. Oder? Was wenn sie wieder bei ihm auftauchte, ihm den Körper hinhielte zum Gebrauch. Warum nicht ein zweites Mal tun, was doch angenehm gewesen sein kann. Vielleicht tut sie Dinge, von denen er still träumte und sie nichts ahnte.

Ricarda trocknete sich ab, warf Hose und Pullover über, schlüpfte in die Pantoffeln und eilte in den Frühstücksraum. Keiner da. Ihr heftig schlagendes Herz, den nervösen Bauch mühsam beherrschend, klopfte sie an Bertrams Zimmertür. Odette öffnete, angezogen. Grischa lugte um die Ecke.

„Kommt ihr mit frühstücken? Es ist keiner da."

„Wir waren schon auf dem Weg."

Odette sagte es nach hinten gewandt.

„Komm kurz rein."

„Wo ist der Schlüssel?" Gregor wühlte in den Taschen seines Skianzuges.

„Gehst du heute zur Skischule?", fragte Ricarda.

Odette blickte sie eine Weile an, als hätte sie die Frage nicht verstanden.

„Oh, doch doch. Am Babylift wird nicht viel passieren, denke ich. Gehst du?"

„Ich fahre hoch, vielleicht ist oben sogar Sonne."

Beide standen einander halb zugewandt, beobachteten Gregor, der den Schlüssel gefunden hatte, Taschentücher einsteckte, den Frauen die Arme auf die Schultern legte und sie zur Tür schob. „Gehen wir."

Nun, da sie erfahren hatte, was sie wissen wollte, störte Ricarda das mühsam am Laufen gehaltene Gespräch. Sie hoffte, Dietrich möge auftauchen, sie erlösen. Sie befürchtete es. Konnte nicht ein kleiner Blick, eine Geste alles zerstören, die Kraft, die sie vorhin noch gespürt hatte, davonspülen. Ricarda aß schnell, wollte verschwinden, sich auf den Weg machen. Dann sagte Gregor:

„Wann habt ihr die Kinder zuletzt gesehen?"

Die Frauen schauten sich an, hoben die Brauen. Ricarda sagte:

„Gestern Abend lag er auf dem Bett in seinem Zimmer, sah fern, grummelte mich an und hat auf keine Bemerkung reagiert. Da bin ich wieder gegangen."

„Wer, euer oder unser?"

„Elmo, Yannik war nicht da."

„Wann?"

„Neun, zehn, ich weiß nicht genau."

„Vielleicht saß Yannik auf der Toilette."

„Möglich." Ricarda dachte an ihren Besuch in dem Zimmer. Sie schob das Bild beiseite. Das war vorgestern gewesen. Ob er bei dem Mädchen war?

Im Hotelfoyer waren die Jungen nicht, nur ein Mann saß hinter einer Zeitung. Als sie nach oben gingen, ließ er die Zeitung sinken und beobachtete die Gruppe. Kurz bevor sie nach links zur Treppe abbogen, neigte Gregor den Kopf zu Ricarda.

„Ich gehe nach den Kindern gucken, kommst du mit?"

Ricarda sagte ja. Der Mann im Foyer hob fragend eine Augenbraue, Gregor nickte und sagte: „Gut."

Yannik kam ihnen auf der Treppe entgegen. Veronika blieb im Flur stehen, als sie die Erwachsenen bemerkte.

„Morgen."

Yannik brummte, sah sich um.

„Na, wie geht's?", fragte Ricarda und mochte sich ohrfeigen.

„Ja, geht so." Yannik schaute seine Mutter herausfordernd an.

„Schön", sagte die.

„Ich gehe frühstücken", sagte Yannik und lief weiter die Treppe hinab.

„Schläft Elmo noch?"

„Glaub schon", antwortete der Junge ohne sich umzuwenden.

Ricarda hätte sich gern im Zimmer des Kindes umgesehen, aber Odette und Gregor störten sie. Sie überlegte, ob sie zu Yannik an den Frühstückstisch gehen sollte, fand aber keinen Grund, von dem sie glaubte, dass er vor seinem strengen Blick Bestand haben würde und ärgerte sich, dass sie überhaupt nach einem Grund suchte und nicht die Kraft fand, den abweisenden Augen zu trotzen.

Als sie schon im Overall, die Skibrille auf der Stirn, die Treppen hinabstieg, hoffte sie, Yannik noch anzutreffen. Die Verabschiedung für den Tag war ein Grund für ein kurzes Wort, vielleicht sogar mit der Aussicht auf die gemeinsame Benutzung des Skibusses.

„Entschuldigung, darf ich kurz stören?"

„Bitte?"

„Sind Sie Ricarda Elmer?"

„Ja." Und dann:

„Woher kennen Sie meinen Namen? Ist meinem Mann etwas zugestoßen?"

Hubert wackelte mit dem Kopf, das Gesicht kraus gezogen.

„Könnte man so sagen."

„Wer sind Sie?"

„Mein Name ist Adelmann. Ihr Mann ist nicht verletzt, keine Sorge, andererseits … Bitte setzen sie sich einen Moment zu mir."

Hubert breitete seine Hände höflich platzzuweisend aus wie ein Protokollführer. Als sie beide saßen, Ricarda ihre Handschuhe knetete, fragte Hubert:

„Sagt ihnen der Name Juliane etwas? Juliane Adelmann, vielleicht unter ihrem Mädchennamen."

„Malden." Aus Ricardas Gesicht wich die Farbe.

„Bitte?" Er konnte den Ton nicht deuten.

Ricarda hustete, wiederholte:

„Malden. Ist sie bei ihm?"

„Ich fürchte ja, die zweite Nacht vermutlich." Ricarda drehte den Kopf zur Eingangstür.

„Entschuldigen sie mich."

Ohne Hast erhob sie sich.

„Es freut mich, sie kennengelernt zu haben." Hubert stand höflich auf. Sein Blick folgte ihr über den Parkplatz.

Sie stellte sich an der Skibushaltestelle an. Der Bus verdeckte die Wartenden. Der Bus fuhr an. Verlassen lag die Haltestelle. Wie ein gigantischer Radiergummi, dachte Hubert. Ob er warten sollte, bis dieser Gregor herunterkam? Vielleicht hatte der noch mehr so klasse Ideen. Er saß nach vorn gebeugt, die flache Hand auf den Tisch gepresst. Der Mantel lag über dem Knie. Ein Zittern lief über seine Handrücken. Dann stand er auf, zog die Hosen glatt, richtete die Krawatte. Den Mantel ließ er über dem Arm. Diese Frau war im Overall losgegangen, die würde jetzt doch nicht Skifahren wollen! Falsch angezogen! Scheiß gute Manieren! Wieso dachte er heute noch, dass er sich einer Frau, die er nicht kannte, im Anzug vorstellen müsste. Hastig tastete er sich in seinen profillosen Halbschuhen zum Auto.

Als Ricarda über den Parkplatz zur Busstation stapfte, dachte sie nur ein Wort:

Juliane.

Sie dachte nicht das Wort.

Das Wort dachte sie.

Es drehte sich durch ihren Verstand und sie befürchtete irre zu werden.

War es möglich, dass zwanzig Jahre nichts bedeuteten?

Mechanisch stieg sie in den Bus.

Sie stand in Leipzig auf dem Bahnhofsvorplatz, gab Dietrich den Umschlag und dachte nur an das eine.

Ein glucksendes Lachen entfuhr ihr, der Mann auf dem Nebenplatz sah sie erfreut an.

Nur an das eine habe ich gedacht.

Aber Dietrich dachte nicht an das eine, schon gar nicht im Zusammenhang mit Ricarda. Mit der anderen schlief er alle Wochenenden, manchmal erzählte er Ricarda davon. Einmal wollte er ihre Meinung als Frau und Genossin hören, die um das Wohl (auch das sexuelle!) ihres Sekretärs besorgt sein müsse, warum eine Frau manchmal nein meine, wenn sie nein sage, und manchmal nicht. Da war er betrunken gewesen und frustriert, weil seine Juliane ihn das ganze Wochenende nicht rangelassen, dafür seine sozialistischen Überzeugungen verspottet hatte. An diesem Tag war ihr die Idee gekommen.

Bei ihren Eltern im Regal stand ein Buch: *Mann und Frau intim.* Es war das einzige Buch, von dem sie gehört hatte, und sie las es nur zu Hause an den Wochenenden in Sachsen. Sie fürchtete den Spott ihrer Kommilitoninnen, denn dass Ricarda in Dietrich verliebt war, stand für alle fest; dass es eine hoffnungslose Backfischliebe war, auch. Es war die einzige Zeit, in der sie den Wochenenden entgegenfieberte. Sie las das Buch von vorne bis hinten, quälend manchmal, aber ein Buch liest man ganz oder gar nicht. Sonst erfasste man nicht den Gesamtzusammenhang, eine der Lehren ihres Vaters, der mit Bleistift und Lineal und verschiedenfarbigen Buntstiften das Neue Deutschland studierte. Ganze Kartons mit bunten Zeitungsschnipseln standen im Keller. Ricarda wusste bis heute nicht, was ihre Mutter davon gehalten hatte. Auch nach seinem Tod sprachen sie nie darüber. Die Kartons standen immer noch im Keller. Mittlerweile dürfte es amüsant sein darin zu schmökern. Damals hätte man vielleicht aus dem, was er von den Zeitungen übrig ließ, schließen können, was er sammelte, aber Ricarda interessierte sich wenig für die Marotte ihres Vaters. Sie hatte vor einigen Jahren ihre Mutter gefragt, ob die damals bemerkt habe, dass sie nachts heimlich in dem Schnabl las. Aber ihre Mutter verstand die Frage nicht. Ricarda musste ihr umständlich erklären, welches Buch gemeint war. Daraufhin sagte sie nur, dass Vati sie habe überreden wollen es zu lesen, aber das gehörte sich nicht, und schon ging es um die alten Zeiten und was nicht alles ungehörig gewesen sei.

So war Ricarda auf die Methode mit der Basaltemperatur gekommen. Ein Thermometer zu kaufen, traute sie sich. Aber die Tabellen waren das Problem. Wohin schrieb sie die Zahlen? Mindestens zwei Monate sollte sie messen, bevor eindeutige Ergebnisse verwendbar waren, und würde das Thermometer nicht Verdacht erregen, gar wenn sie morgens Zahlen in ihren Kalender schrieb. Seitdem sie die Methode kannte, bemerkte sie, dass ihre Bettnachbarin das gleiche System benutzte; sicher eher, um eine Schwangerschaft zu vermeiden. Die hatte damit kein Getue. Die riss früh lautstark den Nachttisch auf, hob die Decke, lag halbrund auf dem Bett und schob sich das Thermometer rein. Ricarda mochte das nicht haben. Sie verbarg das Thermometer zwischen ihren Taschentüchern, zog es früh zusammen mit einem Buch aus der Schublade, schaute in das Buch, während sie das Thermometer einführte, strich mit dem Stift im Buch Stellen an, bemüht, sinnvoll anzustreichen, und schrieb die Temperatur erst später ins Matheheft, jeden Tag eine andere Seite.

Sie brauchte fünf Monate, bis sie glaubte, verlässliche Werte zu haben. In der Zeit befiel sie die Angst, die Andere könne schneller sein. Sie fragte Dietrich, als er voller Freude und Enthusiasmus von einem Wochenende zurückkehrte, ob er nicht bald ein Kind mit seiner Juliane wolle. Die beruhigende Auskunft war, Juliane müsse erst ihr Studium beenden. Er habe immer eine emanzipierte Frau gewollt, und so eine sei Juliane. Sie wolle nicht mit knapp über zwanzig an Kind und Haushalt gebunden werden. Dafür solle er sich im übrigen in seiner Partei einsetzen, dass eine vernünftige Frauenbewegung auf die Beine komme. An der Stelle war er mit ihr ins Streiten geraten, weil Dietrich der Meinung war, dass die Gleichberechtigung in der DDR weitgehend durchgesetzt sei. Er fragte Ricarda nach ihrer Meinung als Frau und Genossin. Sie pflichtete ihm bei, tat ihre Eltern als untypisch beiseite und merkte, dass es ihm nicht recht war.

Aber sie ließ sich jetzt Zeit, bereitete den Tag X vor, und wusste doch nicht genau wie. Dann ging alles schief und wurde dadurch ein voller Erfolg.

Und fiel jetzt wieder auf *sie* zurück?

An dem Tag, als sie den Eisprung erwartete, war sie nicht sicher gewesen, ob sie richtig gemessen hatte. Das Ergebnis war nicht eindeutig. In den Monaten davor war es mehr als ein halbes Grad Unterschied gewesen, diesmal ein reichliches viertel. Konnte das ein Irrtum sein? Dann sollte Dietrich nach Leipzig zu irgendeiner Konferenz oder Aktivtagung, die kurzfristig anberaumt worden war. Sie konnte sich nicht mehr genau erinnern: Sonderinstruktionen für die studentischen Parteikader wegen aktueller Probleme in Polen, Argumentationshilfen sollten gegeben werden. War seinerzeit nicht der visafreie Reiseverkehr aufgehoben worden? Ricarda wusste es nicht mehr. Es war ihr auch damals nicht wichtig gewesen. Sie bot sich an ihn zu begleiten, aber es gab nur eine Dienstreise. Die Versammlung war vertraulich, obwohl Dietrich immer meinte, die streng vertraulichen Informationen seien oft die banalsten.

Dann wurde aus Leipzig angerufen. Sie saß in seinem Büro, überlegte, dass sie die Aktion um einen Monat verschieben musste.

Wichtige Unterlagen fehlten, er sei nicht informiert gewesen, es käme aber ohnehin noch ein Kurier, dem solle sie die Papiere mitgeben.

Sie fuhr zum Bahnhof, fand den Kurier nicht, wollte ihn nicht finden, kaufte eine Fahrkarte und war abends zehn Uhr in Leipzig. Auf dem Bahnhofsvorplatz wartete Dietrich. Auf den Kurier.

Mit der Straßenbahn fuhren sie durch die dunkeldüstere Stadt. Weit draußen mussten sie noch eine halbe Stunde laufen. Es war nicht warm, trotzdem war Ricarda nass bis aufs Hemd. Sie hatte über das Tempo nicht klagen wollen. Dietrich zog einen Schlüssel aus der Hosentasche vor dem Haus eines Elektroinstallationsmeisters. Ricarda traute ihren Augen nicht. Augenblicklich bekamen sie das Streiten und es war Ricarda, die nicht richtig fand, dass ein Privatunternehmen sich so einen Palast leisten könne, während rundum die Häuser verfielen. Das wäre sogar bei der grauenhaften Beleuchtung während der Straßenbahnfahrt zu sehen gewesen. Dietrich erläuterte ihr die Linie von Partei und Regierung, auch der privatwirtschaftlichen Eigeninitiative im kontrollierten Rahmen Entfaltungsspielraum zu geben. Das wäre im Sinne der Einheit von Wirtschafts- und Sozialpolitik. Kleine Handwerker könnten besser die lokalen Probleme bei der Instandhaltung und Sanierung lösen und trügen damit zur Zufriedenheit in der Bevölkerung bei.

Während er flüsternd agitierte, liefen sie um das Haus herum, durch einen gemauerten, weiß verputzten Rundbogen. Dort führte eine Treppe zu einer Tür, hinter der die Gästezimmer lagen. Ricarda hatte so etwas noch nicht gesehen. Als wäre ein Engel hernieder gestiegen, für ihre Pläne das passende Ambiente zu stiften: geradezu ein offener Kamin, links in einer Nische ein Doppelbett, die Wand mit dunkel gebeiztem Holz verkleidet. Das Bett stammte noch aus Großmutters Zeiten, aber es war groß und knarrte nicht, als sich Ricarda darauf fallen ließ.

„Ich lege mich auf die Couch." Dietrich begann das Bett abzuräumen. Sie hielt ihn fest.

„Hier haben wir beide Platz. Ist doch unbequem, so eine Couch. Außerdem müsste ich mich verkrümeln, immerhin ist das deine Absteige."

Ricarda erinnerte sich genau an seine Augen in diesem Moment, wie sie fragend schauten.

„Wie du meinst. Die Couch wäre im Nebenzimmer. Juliane behauptet, dass ich schnarche."

Ricarda gelang es nicht, das Leuchten ihrer Augen, ihre hohe Stimmung zu halten. Aufgesetzt burschikos sagte sie:

„Ich werde dich schon rausschmeißen, wenn es unerträglich wird."

Sie fragte sich, wann es zu spät für die Befruchtung sein würde. Sie war höchstens ein oder zwei Tage nach dem Eisprung empfangsbereit, wenn die Ovulation schon gestern stattgefunden hatte, konnte es eng werden. Wieder dachte sie daran, die Operation abzubrechen. Es quälte sie die Angst, dass sie nur eine Chance haben würde. Er machte es ihr leicht:

„Warum tust du das alles?", fragte er und ließ sich neben sie auf's Bett fallen. Sie stellte die Anstandsfrage nach dem ‚was alles'.

„Na alles", sagte Dietrich, fächerte die Arme für eine allumfassende Aussage.

„Du fährst allein nach Leipzig wegen ein paar Zetteln, die genau genommen nachgeschickt werden könnten."

Er wollte weiter aufzählen, entschied sich für ein Bonmot: „Und das seit drei Jahren, bildlich gesprochen."

„Seit drei Jahren fahre ich nach Leipzig."

Sie dachte die Worte mehr, als dass sie sie sprach. Ricarda lag auf der Seite, sah zu ihm auf, lächelte, die Augen tränenfeucht. Dietrich drehte sich zu ihr hin:

„Ricarda, ich bin verlobt." Sie lachweinte.

„Ich weiß." Er zog sie an sich. Ricarda wurde wütend. Sie

wollte keinen Trost. Sie drückte sich weg, stand auf, Hände in den Hosentaschen, lehnte sich auf ein Vertiko, das bedenklich knarrte. Sie wollte ihm sagen, dass er die Andere nicht heiraten könne. Die würde ihm seine ganze Entwicklung kaputtmachen mit ihrer Westverwandschaft, mit ihrer zur Schau getragenen Ablehnung des Sozialismus. Sie wusste, dass sie damit alles zerstören würde, was an Bindung zwischen ihnen war.

„Seit ich dich kenne, … ich liebe dich, du bist so überzeugt, so enthusiastisch, so lebensfroh. Du warst so gut zu mir." Sie biss sich auf die Lippen. „Ich kann nichts dafür." Unter ihren Tränen hervor versuchte Ricarda ein Lächeln. Er kam zu ihr, setzte sich mit auf das ächzende Möbelstück.

„Das werden wir bezahlen müssen", sagte Ricarda.

Er küsste sie auf's Haar, fasste sie um die Schulter. Sie spürte die Kraft seiner Umarmung, sah sich als zartes Küken in einer hohlen Hand. Seine Lippen waren hart, der kurz gehaltene Schnauzer bohrte ihr Löcher in die Haut.

Sie spürte, dass es falsch lief, machte ihre Lippen weich, küsste langsamer, inniger, da hob er sie hoch.

Ricarda berührte ihre Oberlippe, meinte den Kuss wieder zu spüren, seine Barthaare. Ein Mann ist anders, sagten sie, nicht wie du.

„Sie müssen die Lippen eincremen", versuchte ihr Busnachbar eine Konversation anzufangen. Ricarda lächelte ihn an, sah wieder aus dem Fenster.

Es war nicht einfach gewesen. Noch heute mochte sie es nicht, einander während des Küssens auszuziehen. Damals hatte sie gespürt, wie bemüht konzentriert man dabei bleiben musste. Aber sie hatte ihn angezündet, und er drängelte nun, nicht sehr, aber spürbar. Nur kurz unterbrach er, als ihm einfiel, dass er keine Mondos da hatte. Sie log nicht direkt, sie verschloss ihm mit der flachen Hand den Mund:

„Es ist in Ordnung." Als sie sein Gemächte sah, erschrak sie einigermaßen und fragte sich, wie das da rein passen sollte. Es war der logische Gedanke an das Kind, das durch dieselbe Öffnung musste, der ihr die Schmerzen ertragen half. Dietrich war vorsichtig. Er spielte lange herum, stöhnte immer heftiger, da fiel ihr die Geschichte mit dem vorzeitigen Samenerguss ein, nun drängelte sie. Sie stöhnte auch – vor Schmerzen, kaum hatte sie es geschafft, war es vorbei gewesen, ihr erstes mal. Blut war nicht geflossen, sie hatte sich das Häutchen vorher selber kaputt gemacht mit dem Finger. Anita hatte ihr im Suff erzählt: „Mich hat keiner entjungfert. Da bilden sich die Kerle bloß was drauf ein. Die kriegen dann so Vatergefühle, lächerlich der ganze Haufen."

Das war noch der angenehmste und ehrlichste Teil der Aktion gewesen, dachte Ricarda, als sie aus dem Bus stieg und schon halb von ihrem Schock genesen war. Es ärgerte sie sogar die Warteschlange, die länger als gewöhnlich war trotz des Nebels. Viele hofften, auf dem Gletscher über den Wolken Sonne zu finden.

Hubert fuhr der Gruppe den ganzen Vormittag hinterher. Es war nicht einfach, aber er merkte sich einige Skianzüge. Einer davon tauchte bestimmt im Nebel auf und wies ihm den Weg; meist war es Ricardas leuchtend gelber.

„Ich glaube, wir werden verfolgt", sagte der Skilehrer einmal, aber da war Hubert gerade mit einem eleganten Schwung aus dem Gesichtsfeld der Gruppe verschwunden.

„Wird hier einer überwacht?", fragte Peter. „Wenn der den Parallelschwung nicht schon könnte, würde ich ihm für zwei Skistunden was berechnen."

Das war Peters letzte Bemerkung, bevor er seine Schüler in die Mittagspause schickte. Ricarda war wenig überrascht, dass Hubert sie formvollendet mit leichter Verbeugung zum Essen einlud, als sie gerade mit den Stockspitzen in der Automatik stocherte. Sie fragte ihn, ob er einer sei, der nicht gerne lockerlasse. Darauf erwiderte er, und Ricarda fand die Antwort merkwürdig, dass er immerhin den Sachverhalt werde erklären müssen. Dazu fehlten ihm einige Informationen. Ach was.

Sie wusste vor allem nicht, was sie von dem Mann halten sollte. Nicht einmal, ob er sympathisch war, hielt sie für entschieden. Sie mochte gute Manieren, die legte er an den Tag. Andererseits war er am Morgen mit der Tür ins Haus gefallen. Sein von feinen Wohlstandsfettpölsterchen gefälteltes Gesicht wirkte wie poliert, kaum zu glauben, dass der sich rasierte, nicht der Ansatz von Stoppeln erkennbar, das leicht gewellte Haar perfekt geformt. Was sollte sie mit dem anfangen?

Er sprach mit einem bayerischen Akzent, nicht schlimm, die Worte und Sätze waren fehlerfrei. Es war nur an der Art, wie er das R sprach und die Vokale dehnte, zu hören. Das A war das des Führers. Aber Österreicher war der nicht.

Hubert fasste sie dezent am Ellenbogen, lotste sie an einen Tisch, fragte nach ihren Wünschen und wehrte entschieden ab, als sie ihm Geld geben wollte. Sie sei eingeladen. Was nun? Der Mann, der sich am Morgen (mit welchem Namen?) vorgestellt hatte, bahnte sich humpelnd wie alle in den steifen Skischuhen einen Weg zum Buffet. Er hielt sich sehr gerade. Sie überlegte, ob er ihre Blicke spürte, da schaute er zurück und winkte mit einem Lächeln. Ricardas Mund verzog sich. An ihren Tisch hatte sich eine Familie mit drei Kindern gesetzt. Die stritten im weichen Slang der Sachsen über die Größe ihrer Germknödel, ob und mit was die gefüllt seien. Triumphierend zerteilte der Verfechter des Pflaumenmuses seinen Knödel. Angesichts der zum Vorschein kommenden schwarzen Masse erklärte sein jüngerer Bruder, dass dies kein echter Germknödel sei, er wisse das aus zuverlässiger Quelle.

Ricarda warf den Kopf in den Nacken, massierte mit der flachen Hand ihr Gesicht und trocknete die Hände an den Handschuhen. Es dauerte zehn Minuten, bis Hubert mit einem Tablett an den Tisch trat. Er stellte die Teller, sortierte das Besteck und räumte das Tablett hinter seine Bank. Er faltete seine

Serviette, wünschte einen gesegneten Appetit, und nur er wusste, dass ihm das Wort *gesegnet* das fällige Tischgebet mit einem schlechten Gewissen ersetzte.

Das schlechte Gewissen kam auch daher, dass er Vergleiche anstellte zwischen Juliane und dieser Frau, Ricarda, und dass er fand, diese hier passe besser zu ihm. Das Gesicht war breiter, das Make up dezenter; sie benutzte ein helles Rot für ihre Lippen. Hubert war überzeugt, der Lippenstift sage viel aus über eine Frau; Juliane bevorzugte dunkle Töne. Er hatte sie eingeladen, er musste beginnen.

„Sie machen Fortschritte in dieser Skischule?"

„Nun ja. So gut wie Sie fahren wir nicht. Haben Sie auch mal so angefangen?"

„Nein, mir haben das Freunde schon vor dem Studium beigebracht. Lange her."

Hubert fiel auf, dass dies ein guter Übergang sein könne, aber er erschien ihm zu plump.

Ricarda sagte:

„Sie waren einander versprochen, damals, verlobt sogar, obwohl er das geheim hielt. Eine Verlobung hielt er für bürgerliche Dekadenz. Dann wurde ich schwanger und er heiratete mich. Juliane verschwand ziemlich plötzlich. Bis auf den heutigen Tag habe ich nichts von ihr gehört, und ich denke, er auch nicht."

„Dabei gab uns Gott ein Zeichen." Ricarda fühlte sich bemüßigt, fragend zu gucken.

„Auf der Autobahn. Bei der Anreise. Mein Auto hatte den Dienst quittiert. Wir standen eine geschlagene halbe Stunde auf dem linken Seitenstreifen und rechneten sekündlich mit dem Ende."

„Sie waren das?"

Es stimmte Hubert friedlich, dass dieser Dietrich nicht gelogen hatte, was den Grund betraf, sich in ihr Gespräch zu mengen.

„Erzählen sie mir von dieser Zeit."

Ricarda wiegte den Kopf.

„Fragen sie lieber. Ich will ihnen antworten, wenn ich kann … und will."

„Was können wir tun?"

„Ich weiß es nicht. Abwarten. Vielleicht reden sie nur über die alten Zeiten, erzählen wie alles gekommen ist."

„Und nehmen sich dafür ein Zimmer!"

„Wir hatten Montag einen Streit. … Wann haben die Beiden sich getroffen?"

„Dienstag."

Ricarda hob die Schultern.

„Abwarten! Sollen sie denken, wir hätten sie aufgegeben, ließen sie gehen? Wohin? Wollen Sie bei mir wohnen, um den Turteltäubchen ein Liebesnest zur Verfügung zu stellen?"

Sie lachte, sagte: „In Berlin gibt es an Singlewohnungen einen Überschuss. Man hat da einen erheblichen Bedarf vermutet. Wohin müsste ich denn ziehen, um bei Ihnen zu wohnen?"

„Nach Würzburg."

„Wo liegt denn das? In Schwaben?"

„Pah. Was habt ihr aus dem Osten für eine Ahnung von deutscher Geografie? Es ist grauenhaft."

„Wo liegt Pirna?"

„Was?"

„Da komme ich her. Aus Pirna. Man hört es nicht mehr."

„Haben Sie ihn ihr damals weggeschnappt, wie man so sagt?" Ricarda nickte wie abwesend. Ihr kam die Melodie zu dem Text in den Kopf: *Denn für dieses Leben ist der Mensch nicht schlau genug, drum ist all sein Streben nur ein Selbstbetrug.* Sie summte und Hubert sah sie an. Sie begannen zu essen. In der Mitte waren die Makkaroni noch warm.

15. Kapitel,

*in dem Hildegard Tirol und Dietrich seinem Sohn
näherkommen*

Sie sah auf die Uhr. Es war kurz nach elf, keine Zwischenfälle vorausgesetzt, konnte sie in zweieinhalb Stunden da sein. Was würden sie für Gesichter machen?

Ricarda und Dietrich, immer noch verheiratet, eine von der Partei gestiftete Verbindung, das Thema am Rande. Bestimmt war es nicht gut, darüber zu plauschen. Sie fuhr nicht da runter, um eine Ehe in die Krise zu stoßen. Vielleicht war es möglich, Ricarda ein bisschen zu drohen, andererseits: vielleicht wusste die gar nicht, worum es hier ging, und dann sollte sie besser im Dunkel gelassen werden. Es liefen zu viele Leute herum, die bei der Sache ihre Moral entdecken könnten, und Ricarda traute sie die Moralkeule zu. So wie sie damals Genossin wurde, weil sie in den Parteisekretär verknallt war, konnte es sein, dass sie heute zu den aufrechten Demokraten gehörte und mit so düsteren Machenschaften nichts zu tun haben wollte, die ihren Dietrich nur in den Knast brächten; nach einem rechtsstaatlichen Verfahren selbstverständlich. Hildegard schaltete ihr Radio aus. Die letzten Verkehrsnachrichten waren ohne die Benennung von Strecken ausgekommen, die sie zu benutzen gedachte. Sie spürte, wie ihre Sinne in der Stille des gleichmäßig brummenden Motors auflebten und genoss die von Südwesten auf ihr Gesicht brennenden Sonnenstrahlen.

Plötzlich erschien ihr die Vorfreude auf die überraschten Gesichter kindisch und lächerlich. Was erwartete sie? Ein fröhliches Wiedersehen, oder dass sich Dietrich und Aloisius vor Angst in die Hosen schissen? Wie war Dietrich dem Alois auf die Spur gekommen? Woher wusste er von dem Inhalt der Sendung? Wie gefährlich war sein Kompagnon, dieser Gregor?

Einen Moment bedauerte sie, dass sie Klaus nicht angerufen hatte. Auch wenn sein damaliger Einsatz für das Seelenheil ihrer

Tochter kaum selbstlos genannt werden konnte. Der war nicht würdelos eingeknickt. Er hätte sich bestimmt gefreut, ein erfahrener Mann, hilfreich in kniffligen Situationen.

Bloß woher sollte bei dem das Verständnis für eine Hildegard kommen, die Geld brauchte, viel Geld. Einen Anteil ihm anzubieten, vielleicht zu sehen wie er darauf eingeht, hätte sie geschmerzt.

Wem gehörte dieses Geld? Wer konnte einen Anspruch erheben, der unbestritten genannt werden durfte? Die bundesdeutsche Regierung? Lachhaft. Anmaßend. Einen Staat sich einzuverleiben, die Wirtschaft am Stück in den Konkurs zu treiben und dann noch Anspruch auf jedwedes Vermögen zu erheben. Es war ein Schurkenstück vom Anfang bis zum Ende. Aber hatten nicht auch all die Versager von Neunundachtzig jedes Anrecht verwirkt; all die Abspringer, die nichts zustande gebracht hatten als zuzusehen, wie alles in Scherben fiel. Jeder war mit sich beschäftigt gewesen. Feindliche Übernahme. Werde ich einen Platz in der neuen Firma finden. Ihre Rektorin war für eine Übergangszeit in der neuen Regierung gewesen. Was hatte die nicht immer getönt, geredet von Konzepten, revolutionären Wirtschaftsreformen, der Selbständigkeit der Kombinate, neuen Finanzstrukturen, und als sie dann Ministerin war, saß sie wie ein Kaninchen vor der Schlange.

Das Schiff lag auf Grund, und sie wusste von einem ungehobenen Schatz; warum ihn nicht holen, bevor es ein anderer tat. Sicher, der Kahn lag in Hoheitsgewässern, aber doch nur durch Zufall. Welchen Anspruch wollte einer anmelden, den sie nicht genau so gut anmelden konnte. Einem gemeinnützigen Zweck wird es so oder so nicht zugeführt werden. Und die Institution, deren Vertreter ihr damals den Koffer zum Zwecke der sicheren Verwahrung anvertraut hatte, gab es nicht mehr und keinen Nachfolger, der anderes verfolgte als den privaten Vorteil. Das konnte sie auch. Für das Kind, für Grit. Hildegard versuchte, das Gesicht des Boten vor ihr Auge zu holen. Der trug schwer an einem Stahlkoffer. Hildegard schaffte es kaum ihn anzuheben. Eine Quittung ward nicht verlangt. Es handele sich um eine Sendung für den Verwahrer, und sie sei persönlich für den reibungslosen und sicheren Transport verantwortlich. Der Koffer war versiegelt, aber so eine Petschaft besaß sie auch, und so öffnete Hildegard spät am Abend den Koffer und es war wie im Märchen gewesen. Zwar glitzerte da nichts wie in den Schatztruhen der alten Könige. Gleichwohl trommelten ihre Schlagadern gegen den Hals, gegen den Bauch. Hektisch waren ihre Bewegungen, als sie ihr Siegel auf die weiche Masse drückte, ohne einen Schein zu entnehmen. Stolz war sie auf diese Stärke gewesen.

Der Stolz war bald Bitterkeit gewichen. Den neuen Machthabern den Vorgang anzuzeigen war undenkbar, dass sich ein Unbefugter bereichert hatte, für den Moment nicht zu ändern. Schon als Dietrich mit der Quittung für den Empfang und der Vollmacht des Vaters zugunsten des Sohnes gekommen war, schwante ihr das. Und sie wusste bis heute nicht, von wem das Geld kam. Sie traute sich nie, jemanden deshalb anzusprechen aus Angst sich zu verplappern. Sie wartete, hütete die Quittung und die Vollmacht. Sie schlief schlecht. Was sie in Büchern, die ihr nun zugänglich waren, las, und deren Wahrheitsgehalt sie nicht so rigoros bezweifelte wie sie das vor Jahren noch getan hätte, erweckte in ihr die Angst vor nächtlichen Kommandos, die an ihre Tür klopften um sie abzuholen. Gefängnis war ihr eine Unfassbarkeit. Eine andere Angst war beobachtet zu werden, ob sie auf großem Fuße lebte, über die Verhältnisse der Strafrente hinaus. Sie stellte ihre bescheidene Lebensweise zur Schau, fuhr ihren Wartburg noch jahrelang.

Es fragte keiner.

Auf den Genossentreffen buken sie russische Pasteten, wälzten Pelmeniteig, tranken Wodka, schimpften auf die Sanierer der Karl-Marx-Allee, die nichts im Kopf hätten als die nächste Mieterhöhung, wetterten über Kohl und seine Show von einem

Spatenstich in Leuna. Die Jahre vergingen und sie konnten sich die neue Miete leisten. Fotos wanderten herum vom Urlaub in Italien, von Bergwanderungen in Norwegen. Nur wenige fuhren noch nach Russland. Genau genommen war es ein Ehepaar, das in Leningrad Verwandte hatte.

Hildegards Hände spannten sich um das Lenkrad. Dicke Wolkenbänke bedeckten die Sonne. Noch vor dem Inntaldreieck begann dichtes Schneetreiben.

Dietrich saß schon eine Weile im Kabinenlift, knapp die Hälfte der Strecke war zurückgelegt, als er Yannik bemerkte. Der stand in der überfüllten Kabine am Rand, den Kopf gegen eine Scheibe gelehnt und starrte in den Schnee. Dietrich könnte ihn berühren, streckte er die Hand aus. Dies war sein Sohn. Ein leichter Flaum wuchs um das kantige Kinn. Das Gesicht war blass, ungesund wirkten die hageren Züge.

Dietrich streckte die Hand aus:

„Ist Ihnen schlecht, wollen Sie sich setzen?" Er lächelte bei der Frage ein wenig. Der Junge reagierte gar nicht. Dietrich war unsicher. Hatte er ihn nicht gehört? Der Raum war von Stimmengewirr verschiedener Nationen erfüllt. Die Berührung konnte für ihn, der nicht hinsah, zufällig gewirkt haben. Dietrich probierte es wieder. Diesmal drehte Yannik den Kopf. Nicht das geringste Zeichen des Erkennens huschte über sein Gesicht. Nur seine Augen sagten, dass er die Frage nicht verstanden hatte. Dietrich blieb beim Sie. Er glaubte, so ein Spiel könne die Distanz aufbrechen.

„Setzen Sie sich." Tatsächlich konnte er ein Stück rücken, ein dünner Mensch passte leicht in die Lücke. Yannik setzte sich, schwieg, schaute nach rechts aus dem Fenster.

„Haben Sie Probleme, kann ich Ihnen helfen?"

Yannik schaute seinen Vater an. Der versuchte ein Lächeln, es wurde eher ein Grinsen daraus. Yannik schaute so lange, bis Dietrich den Kopf geradeaus drehte und wieder ernst guckte.

„Ich habe meine Eltern seit zwei Tagen kaum gesehen, gesprochen gar nicht."

Dietrich nickte. Er setzte zu einer Antwort an, da traf ihn der Satz:

„Und ich habe gestern erfahren, dass mein Vater ein Stasispitzel war."

Dietrich spürte die Hitze im Kopf, als habe einer den Stecker in die Dose getan und eine Heizspirale glühte auf.

„Wie erfährt man denn von seinem Vater derartiges im Urlaub in Österreich?", fragte er leise.

Jetzt lächelte Yannik.

„Über Leute, die den Vater vor langer Zeit schon kannten."

Dietrich atmete tief, sah seinen Sohn an, den etwas zu belustigen schien. Es war aber nur dieses spöttische Lächeln gefühlter Überlegenheit.

„Außer Mutti und dir habe ich noch keinen Menschen gesehen, den ich aus diesen Zeiten kennen sollte."

Yannik zuckte die Schultern.

„Wer erzählt solche Scheiße?"

Die Wichtigtuerei regte Dietrich auf, der eben noch bereit gewesen war, sich bei seinem Sohn wegen Vernachlässigung zu entschuldigen.

„Warst du bei der Stasi?"

„Yannik, ich bin Beamter. Wir sind alle von oben bis unten diesbezüglich durchleuchtet worden. Negativ. Ist das überzeugend? Also, wer hat dir diesen Bären aufgebunden?"

„Veronika."

„Wer ist Veronika?"

„Die Tochter des Hotelbesitzers."

„Hast du was mit der?"

„Was hat das damit zu tun? Sie kennt dich nicht von früher. Aber ihr Vater kennt dich."

„Quatsch. Ich schwöre dir, ich kann mich an den Mann nicht erinnern."

„Du hast ihn nie gesehen?"

„Wie soll ich das mit Sicherheit sagen. Weißt du, mit wie vielen Leuten ich zu tun hatte?"

Dietrich dachte an das gestrige Gespräch mit Gregor und ihm war unbehaglich zumute.

Die Kabine rumpelte in die Station, die Klammern wurden aufgedrückt, der Lift vom Seil gehoben, von einem Zahnkranz langsam vorwärts geschoben. Yannik stand an der Tür bevor sie sich öffnete, war der erste draußen, stapfte mit den Skiern davon. Dietrich wurde abgedrängt. Als er ins Freie trat, hatte Yannik die Ski schon an den Füßen.

„Yannik." Der Junge bewegte sich nicht, er fuhr nicht los, er drehte sich nicht um, er verharrte.

„Ich würde das Gespräch gern zu Ende führen."

„Wieso? Wir waren am Ende."

„Gib mir eine halbe Stunde. Wir setzen uns dorthin, trinken etwas, und du erzählst mir, was du über die Sache denkst und ich erzähle dir, was ich denke."

„Dass ihr Erwachsenen immer was trinken müsst."

„O.k., ohne trinken."

„Dann reicht eine Viertelstunde."

„Meinetwegen."

Yannik kramte seine Uhr unter dem Ärmel seines Overalls hervor, verstaute sie wieder.

„Die Zeit läuft." Er stieß sich ab, ließ sich etwas abseits in den Schnee plumpsen.

Dietrich stapfte ihm hinterher, legte sich daneben.

„Noch vierzehn Minuten.", sagte Yannik, der die Uhr inzwischen in der Hand hielt, interessiert den Lauf des Sekundenzeigers auf dem Zifferblatt verfolgte.

„Das ist witzig", sagte er, „man kann, wenn man lange genug darauf starrt, sehen, wie sich der Minutenzeiger bewegt."

„Wenn du lange genug starrst, siehst du vielleicht sogar den kleinen Zeiger rücken, irgendwann muss er es ja tun."

„Das glaube ich nicht. Der bewegt sich so langsam, das kann man nicht erkennen."

„Der wird auch ruckartige kleine Bewegungen machen."

„Hast du das schon gesehen?"

„Nein. Wie lange noch?"

„Dreizehn Minuten und … zehn Sekunden, neun, acht …"

„Was hat Veronika außerdem erzählt, über die Erinnerung ihres Vaters an mich?"

„Nichts."

„Woher will er mich kennen."

„Irgendwann von früher, von DDR-Zeiten, wie du immer sagst. Mehr weiß ich nicht. Ich habe dir gesagt, wir sind zu Ende mit dem Gespräch." Dietrich schlug mit dem Stock Löcher in den Schnee. Er hielt die Hand auf die Hüfte gepresst, wanderte bei jedem Schlag wenig weiter, markierte so einen Halbkreis um sich.

„Aber er meint zu wissen, ich sei bei der Stasi gewesen."

„Veronika sagte es. Bist du oder bist du nicht?" Yannik schlug mit seinem Stock auf Dietrichs, unterbrach so dessen Spiel und zwang ihn, den Blick zu heben.

Dietrich zog seinen Stock mit einem Ruck weg, schlug selber heftig auf Yanniks.

„Bin ich oder bin ich nicht. Was soll an der Antwort auf diese Frage hängen? Mein Schicksal?"

„Du bist also."

„Ich war weder beim MfS angestellt, noch habe ich als IM eine Verpflichtungserklärung unterschrieben."

„Wo warst du nicht angestellt? Als was hast du nichts unterschrieben? Moment. I EM habe ich schon gehört. Das ist ein Spitzel. Das andere ist die Stasi?"

„Ministerium für Staatssicherheit. Aber nochmal, Yannik. Beurteile einen Menschen niemals nur nach so einem aufgedrückten Schema. Hast du unterschrieben, weg mit dir, wenn nicht, bist du ok. Nicht jeder, der als IM mal unterschrieben hat, ist ein Schwein gewesen, und von denen, die nicht unterschrieben haben, ist nicht jeder gleich ein guter Mensch."

„Warum verteidigst du die so?"

Yannik streckte die Hand gegen die Sonne, tat seine Augen in einen Schatten.

„Ich verteidige sie nicht. Es ärgert mich, wenn Leute, die keine Ahnung haben, nur auf ein Gerücht hin, weil sie etwas hörten, andere in die Tonne treten."

„Du musst zugeben, es ist etwas merkwürdig. Warum sollte Veronikas Vater dich zahlenden Hotelgast als Stasispitzel beschimpfen, wenn er nicht einen Anhaltspunkt hätte."

„Vielleicht hat deine Veronika sich das alles nur ausgedacht, um sich wichtig zu machen."

Yannik schüttelte den Kopf, klopfte sich im Aufstehen den Skianzug ab, ordnete Schal, Mütze, Handschuhe. Dietrich lag und sah ihm nach. Nach drei Metern bremste Yannik mit einem Schneepflug, fragte:

„Habt ihr euch gestritten? Mutti wirkt eigenartig, ich seh euch nicht zusammen." Dietrich winkte ab.

„Nichts Ernstes. Mach dir keine Sorgen. Spätestens heute Abend sitzen wir zusammen am Abendbrottisch. Wenn du da bist." Der Junge nickte, stieß sich wieder ab. Dietrich sprang auf die Beine, skatete ein paar Meter.

„Wollen wir zusammen ein bisschen fahren?"

Yannik neigte zustimmend den Kopf, zuckte gleichzeitig die Schultern. Dietrich ließ seinen Sohn vornweg fahren. Er sah ihm zu, fand, dass Yannik den Belastungswechsel eigenartig ausführte, gar nicht über die Kanten fuhr und mit viel Kraftaufwand bremste. Er sagte nichts. Hinter der Station führte die Piste einen schmalen Weg steil nach unten. Als weiter unten der Weg endete, die Piste einen scharfen Knick nach links machte und breiter, aber noch steiler ins Tal führte, standen sie vor einer Nebelwand. Es war, als führen sie in einer Suppe. Um sie herum war alles grau, nichts zu erkennen, keine Unebenheit des Bodens, keine Kurve. Nur die an ihnen vorbei zischenden Profis und die tastenden Anfänger waren ein Zeichen, dass sie nicht allein auf der Piste waren. Ab und an sah man ein rundes rotes Schild mit einer weißen 9 darauf. Sie blieben dicht beieinander. Yannik vergewisserte sich oft, dass sein Vater noch hinter ihm fuhr.

Sie nahmen auf halber Höhe den Sessellift. Der führte auf über dreitausend Meter. Sie schwebten durch eine Schneise, die in den Wald gehauen war. Die Bäume, die fast mit der Hand zu greifen waren, sahen sie nur als Schemen. Sie schwiegen, die Köpfe zur Seite gedreht, oder den Blick auf die Skispitzen geheftet, als hätten sie Angst, der Nebel verschlänge ihre Stimmen und sie zögen die Geister des Waldes auf sich. Vor und hinter ihnen war der Lift leer, der nächste Sessel zu erahnen, ein weiterer zu spüren, wenn die Aufhängung über die Rollen der Masten rumpelte und sich die Erschütterung über das Seil bis in ihre Körper fortpflanzte. Ob der Mensch, der unten die Aufsicht über den Einstieg führte, sie gesehen hatte? Bei solchem Wetter wurde ein Sessellift häufig stillgelegt. Dietrich tastete nach seinem Handy.

Aus einer Wolkenblase wurden sie sehr plötzlich ans Licht gerissen, schirmten mit den Händen die Augen, überwältigt vom Anblick der weißen Berghänge und der grauen Grate. Dietrich blickte zurück, meinte noch den Nebelzipfel zu sehen, den sie hinter sich her gezogen hatten, als die Wolke sie ausspie. Der Wald lag verborgen, keine Baumspitze war zu sehen. Eine Senke lag vor ihnen, stieg sanft und gleißend weiß an, bis sie schroff und senkrecht in einem Felsen auslief.

Dietrich war nach Singen, nach Schunkeln, nach Umarmen.

Er fürchtete die abweisende Reaktion. Yannik schaute ihn bei Gefühlsausbrüchen immer an, als sei er nicht ganz dicht. Trotzdem lehnte er sich zurück, streckte die Arme, grinste zufrieden. Er sagte nichts, widerstand der Versuchung Yannik zu umarmen, als der seinen Kopf an Dietrichs Schulter legte:

„Schön hier."

„Hm." Dietrich grunzte nur. Eher ein Schlucken in der Kehle, ein Schlag gegen die Speiseröhre.

„Vielleicht ist Mutti auch da oben. Kann ja sein, wo es nur hier schön ist." Klar, das konnte sein. Ob es gut war, sich hier wieder zu begegnen?

Oben waren eine Menge Menschen. Dietrich und Yannik glitten bis an den Rand des kleinen Plateaus, schauten über das Gipfelmeer.

16. Kapitel,
in dem man erfährt, wie es mit Veronika und Elmo, Gregor und Odette, Hubert und Ricarda weitergeht

Veronika ging zurück in ihr Zimmer, als Yannik treppab seine Mutter traf. Sie spürte Widerwillen vor dem Moment, da sie einander unweigerlich vorgestellt würden. Allein das Bild des freundlich interessierten Blicks seiner Mutter peinigte sie, maßgenommen und mit Blicken ausgezogen. Bei Männern oder Jungs wusste sie, woran sie war und wie sie mit ihnen umgehen musste.

Vielleicht meldete sich Yannik nochmal, bevor er auf den Gletscher fuhr. Eigenartig, dass er glaubte, seinen Skipass abfahren zu müssen, da er nun für teures Geld gekauft war. Das Geld war futsch, ob er bei ihr blieb oder sich oben durch den Nebel tastete.

Sie horchte in den Flur. Es war alles still. Veronika band eine Schürze um, die schwarze und hatte auf einmal Lust, in der Küche zu helfen. Vor dem Treppenhaus kam Elmo ihr entgegen. Er sah aus wie frisch dem Bett entstiegen, T–Shirt und Hose einfach übergezogen, ungekämmt, nach Nachtschlaf stinkend.

„Na, musst du arbeiten?"

„Ich muss nicht, ich will. Wie siehst du denn aus? In dem Aufzug schmeißen die dich unten raus, bist ja eine Zumutung für die anderen Gäste."

„Da ist doch eh keiner mehr da." Er winkte ab.

„Auf euer scheiß Frühstück kann ich außerdem verzichten. Glaub's mir. Sag mal, hast du nicht ein Zimmer, wo ich ungestört abruhen kann, fernsehen oder pennen?"

„Du hast ein Zimmer. Stört dich die Putzfrau?"

„Meine Alten nerven. Die sitzen da rum, meine Mutter flennt. Ich glaub, wenn ich auftauche, krieg ich Prügel."

„Ach Gott, du Ärmster. Gibt's was auf den Popo?"

„Schwachsinn. Ich habe keine Lust auf eine Moralpredigt. Das ist alles."

„Was habt ihr denn für Probleme?"

„Erzähl ich dir, aber nicht auf dem Flur. Also, was ist mit einem Zimmer?"

„Sind alle belegt. Außerdem habe ich keine Schlüsselgewalt."

„Gewalt hast du über mich, meine Schöne, drum leih mir ein Lager, auf das ich mein gestresstes Haupt betten kann nebst einer Fernbedienung für einen kleinen schwarzen Kasten, dem ich bunte Bilder zur Betäubung meiner Sinne entlocke."

„Spinner. Ich lass dich in mein Zimmer. Aber ich will keine blöden Kommentare hören."

„Blöd sind meine Kommentare niemals, höchstens rede ich manchmal, von deiner Schönheit verwirrt, dummes Zeug, aber verzeih dies einem Verfallenen, der nicht Herr seiner Sinne ist."

Veronika schlug ihm leicht mit der flachen Hand auf die Stirn. Im Gehen zog sie einen Schlüssel aus der Tasche. Als sie aufschloss, kniete Elmo neben ihr.

„Schlag mich wieder und wieder. Ich verdiene es. Ich bin ein böser Junge, habe Vater und Mutter verstoßen, sie im Elend allein gelassen, im Elend, das nur aus mir besteht."

Veronika hatte die Tür offen, senkte den Kopf als Elmo eintrat.

„Ich werde dich anbinden, damit du deine Sünden in Demut bereust. Und wenn du es nicht ordentlich machst, kriegst du die Fernbedienung an den Schädel gepfeffert."

„Oh ja." Elmo sah sich um.

„Hier hast du heute Nacht mit Yannik gelegen. War es schön?"

„Quatsch nicht über Zeug, das dich nichts angeht. Sonst schmeiß ich dich sofort wieder raus."

Veronika stemmte die Hände in die Hüften und stellte den Kopf schräg. Es sah aus, als wäre der Gestus irgendwo abgeguckt. Elmo äffte die Haltung nach. Sie ließ die Hände sinken, wandte sich zum Gehen.

„Bring nichts durcheinander und klau nichts, du. Kommt alles auf die Rechnung. Wenn du gehst, ziehst du nur die Tür hinter dir zu."

„Du wolltest mich binden, meine Schöne, und dann treibt mich die Hoffnung, du gäbest mir deine schönen Äpfel zum Kosten."

„Du bist ein gigantisches, braunes, ungeputztes, dreckiges A-Loch."

„Hundert Euro."

„Spinnst du? Ich bin keine Nutte."

„Veronika, was kann ein zweites Mal schaden. Zweihundert Euro. Ich schenke sie dir." Er zog aus seinen Jeans zwei Scheine, legte sie ihr zu Füßen.

„Mein komplettes Urlaubstaschengeld. Meinen Alten muss ich erzählen, ich hätte es verloren oder es wäre mir geklaut worden. Dies Opfer bring ich dir. Bring mir auch ein kleines." Elmo robbte gesenkten Hauptes zurück.

Als letzte witzige Bemerkung brachte er hervor, dass für zwei Scheine außer den Äpfelchen auch noch das Pfläumchen drin sein müsste. Sie lachte kurz auf. Elmo sah sie fragend, verärgert an. Sie streichelt ihm über den Kopf.

Als er ging, sagte sie, sie müsse nun an den Tresen. Er fand, zweihundert Euro seien ein ausreichender Tagesverdienst. Sie fragte, ob sie den etwa bei ihrem Vater angeben solle.

Ihre Augen wanderten auf der Suche nach Verändertem, Auffälligem. Sie knüllte die Scheine, stopfte sie in ihre Hose. Der stille Service der Mutter, wöchentlich ihre Bude zu putzen, störte Veronika mit einem Mal.

„Ja und? Du machst es nicht für Geld. Nymphomanin hätte er sagen sollen, aber er wollte dir weh tun, keine Komplimente verteilen."

„Warum bist du bei mir geblieben?"

Er schob mit den Füßen Badeschuhe, Socken, gebrauchte und frische Shirts und Shorts, ein paar Comic-Hefte, Batman of the future, hin und her. Unter dem Schreibtisch entdeckte er Hochglanztitten, aber es war nur eins von diesen weichen Heften, alle trocken und gut gewaschen und rasiert. Einbalsamiert. Pickel retuschiert. Heftig fuhr sein Fuß in den Haufen vor ihm. Ich habe dich geliebt. Sagte er es, wollte er es sagen? Gregors Lippen bildeten einen schmalen Strich, die Muskulatur ober– und unterhalb wölbte sich nach außen, die Zunge fixierte er mit den Eckzähnen. Geliebt. Geliebt. Geliebt. Geliebt geliebtgel iebtgel iebtgel, iebt, gel! Seine Oma stammte aus dem Schlesischen, die sprach so ähnlich. Immer schen ieben, gel. Spät und frieh. Liebe ieben. Liebe lieben.

„Warum hast du dir das all die Jahre angetan?"

„Was weiß ich." Gregor wollte gehen, die Tür zuknallen. Er blieb. Odette blickte ihm fest ins Gesicht, er starrte von der Fensterbank zurück.

„Du kannst mich nicht lieben, keiner kann das."

„Liebst du mich denn? Ich könnte genauso fragen, warum du bei mir geblieben bist."

Odette schüttelte das Kissen auf, brachte es in Form, presste es vor den Bauch. Sie nickte schräg, der Blick irrte über das Bett, als suchte sie nach einer Mütze, um sie ihm aufzusetzen, bevor er in die Kälte ging und sich einen Schnupfen holte.

„Du … bist mein Halt. Ohne dich wäre ich tot."

Gregor hörte die gehauchten Worte, die sie nur für sich flüsterte, hoffend und fürchtend, er könne sie verstehen.

„Ich steig bei Pjotr in der Firma ein."

„Als Teilhaber?" Odettes Augen weiteten sich.

„Ich habe keine Lust mehr, mich für die paar Kröten krumm zu legen, von denen mir die Hälfte für allen möglichen Scheiß abgezogen wird."

„Du hast immer gesagt, das kannst du dir nicht leisten."

„Die Bedingungen haben sich geändert."

„Von dem, was der macht, ist nicht die Hälfte legal."

„Odette, du behauptest das immer. Genau genommen hast du keine Ahnung, was das für Geschäfte sind."

„Nein."

Stille.

„Du wirst viel unterwegs sein."

Seine ungefähre Bewegung sah sie nicht.

„Viel unterwegs bin ich jetzt auch."

„Jeden Abend zu Hause."

„Zu Hause."

Stille.

„Morgen will ich Langlauf machen."

Odette wippte sich gerade und in den Schneidersitz. Gregor nickte.

„Es ist fast halb zehn, du musst los."

„Ja."

Bei Pjotr in der Firma einsteigen, auf Achse sein, ein ungebundenes Leben führen, in der Welt auftrumpfen wie die Russen. Er würde nur noch russisch reden. Die Arabs mochten einen dann zwar nicht, machten aber, was man verlangte. Vor allem trauten sie sich nicht zu bescheißen. Einen Russen bescheißt man nicht.

Als Russe kannst du den Brutalo raushängen lassen oder den Sentimentalen. Du kannst die Juden gut finden oder dass Adolf sie in die Kammern geschickt hat. Du kannst die Weiber knechten oder eine liebevolle Beziehung pflegen. Du bist Russe. Du wirst akzeptiert wie du bist, wie du dich gibst. Von einem Russen erwartet keiner den Gutmenschen, den politisch korrekten Allesversteher. Er würde sich Boris nennen. Boris Leonidowitsch. Eto ujasno. Nur das Geld brauchte er noch.

Daher fiel Langlauf für ihn flach. Noch hatte er Aloisius nicht wiedergesehen. Der Moment der Entscheidung war nah, das erste Mal im Leben ging es auf eigene Rechnung. Eine solche Chance kam nicht wieder. Ruhig. Nicht nervös werden.

Noch hatten sich die Bedingungen nicht geändert. Er wollte hoffen, dass Alois nicht irgendeinen läppischen Betrag brachte. Wäre immerhin möglich. Bestimmt waren auch kleine Summen beiseite geschafft worden damals.

Nein, nein, hier zappelte ein dicker Fisch an der Angel. Da bliebe was übrig. Ob er Odette was geben sollte, für die Kinder? Besser war, ihr über die Jahre immer mal wieder etwas zukommen zu lassen, in kleineren Tranchen mit ein paar Verhaltensmaßregeln. Mal sehen, was Pjotr dazu sagte.

Sie ließen die Tür zum Zimmer der Kinder unverschlossen. Stumm gingen sie nach oben, Gregor legte sich aufs Bett, Odette zog sich um. Am Hang verabschiedeten sie sich einfach, indem er stehen blieb und sie noch einmal winkte, Gregor nickte nur.

Der Kurs hatte begonnen. Odette wurde als Letzte an das Zugseil gerufen. Sie fasste den Haltegriff, lehnte sich nach hinten, mit leichtem Rucken setzten sich die Skier in Bewegung. Vorsichtig drehte sie den Kopf, Gregor winkte, sie lächelte, aber das sah er nicht. Ihre Skibrille und der Schal vor dem Gesicht vermummten sie. Als sie oben stand, verschwand er gegen den Strom nach unten laufend in der Menge.

„Na dann, zum Wohl. So eigenartig der Anlass sein mag, es freut mich sehr, ihre Bekanntschaft gemacht zu haben." Sie prosteten sich zu, dann nahmen sie das aufgespießte Birnenstückchen aus dem Glas. Der Saal hatte sich geleert. Vor dem Fenster trieben graue Schneeschleier vorüber, man hörte das Pfeifen des Windes. Ricarda war froh. Hier an der Talstation war sie sicher und musste nicht mehr durch eine beißende, stechende, kalte, nasse Suppe schießen. Sie lehnte in der Ecke, die Füße auf der Bank, wohlig vollführte sie mit ihren befreiten Zehen gymnastische Übungen. Hubert sah immer wieder hin, fast frivol empfand er seinen Blick.

Er selber gestattete sich soviel Freiheit nicht. Seine Skistiefel lagen, die Füße hatte er locker darein gesteckt. Er wollte schnell hineinschlüpfen können, wenn sie ausgetrunken hatten, um Nachschub zu holen. Maximal vier Williams Birnen (sie waren bei der zweiten), danach Kaffee, so sah sein kurzfristiger Plan aus. Ricarda aß zunächst nur das Stück Birne, stellte das volle Glas auf den Tisch. Er nippte an seinem, auf keinen Fall wollte er schneller trinken als sie.

„Warum sind sie so … fatalistisch.“

„Wirke ich so?“

„Offen gestanden ja. Als ich vorhin den Namen Juliane erwähnte, unten in ihrem Hotel, kam es mir vor …“

„Ja.“

„Wollen sie es erklären?“

„Ich glaube nicht, dass ich das sollte. Allein die Vorstellung, …“ Ricarda brach ab, stürzte den Schnaps in einem Zug hinunter, stellte das Glas langsam zurück.

„Wollen sie nicht von sich etwas erzählen? Was arbeitet man so in Würzburg? Im Süden hat man doch eine Arbeit, oder man ist schwerreich?“

„Oder beides.“ Hubert kippte nun auch seinen Obstler, blieb danach sitzen, verschob den nächsten.

„Ich bin Physiker, habe einen Lehrstuhl inne.“

„Sie sind ein Professor.“

„Genau.“

„Und was ist so ihr Spezialgebiet?“ Hubert hob abwehrend die Hände.

„Ich muss sie warnen, Frau Elmer. Ich bin ein Enthusiast, was mein Fachgebiet betrifft.“

„Sagen sie es einfach und kurz wie eine Schlagzeile in der Bild–Zeitung mit so großen Buchstaben."

Ricarda nahm das leere Glas, Daumen darunter, Zeigefinger darauf, hielt es Hubert vor die Nase.

„Mit so kleinen Buchstaben?"

Ricarda stellte sein Glas auf ihres.

„Mit so großen!"

„Die Strahlung der Erde bestimmt auch dein Leben!"

„Tut sie das denn?"

Huberts Körper neigte sich wie sein Kopf, als wolle alles an ihm sagen: ich bin zumindest davon überzeugt. Diese Neigung, aus der Wissenschaft ein Event zu machen, mit seinen Vermutungen Laien zu beeindrucken, füllte seine Hörsäle und machte ihn bei den Kollegen unbeliebt. Aus Vermutungen wurden Gewissheiten, aus Ahnungen Gesetze. Für Laien musste man sein Fachgebiet griffig formulieren. Nur wer im Gespräch bleibt, bekommt Geld für Forschung.

Angefangen hatte das, als vor Jahren eine Sendung über Erdstrahlung gedreht worden war. Der Redakteur hatte ihn, nachdem sein dritter Entwurf als zu kompliziert verworfen worden war, beiseite genommen, und ihm gesagt: Professor, was glauben sie, wer vormittags um zehn oder um neun diese Sendung sehen wird? Ich will es ihnen sagen: die Hausfrau am Bügelbrett, der zappende Arbeitslose, Rentner beim Frühstück. Das intellektuelle Niveau und die Aufnahmefähigkeit dieser Leute bewegt sich auf dem Niveau von Fünftklässlern, höchstens. Die sind mit sich beschäftigt, die reden gerade miteinander oder aneinander vorbei, die streiten sich zum tausendsten Mal, wer die untere, wer die obere Hälfte des Brötchens kriegt, haben vielleicht das dritte Bier getrunken, wer weiß. Diese Leute müssen sie fesseln, die müssen sie dahin kriegen, dass der saufende Arbeitslose ruft: Emma, dreh mal lauter, dass die Hausfrau das Bügeleisen beiseite stellt, sich auf das Brett gestützt nach vorne beugt, um sie besser zu verstehen, dass die Rentner ihre Brötchenhälften bestreichen, ohne überhaupt zu wissen, ob sie die untere oder die obere Hälfte haben, dass sie, wenn der Beitrag vorbei ist, sich gegenseitig versichern, Mensch, das wäre ja'n Ding. Ich saufe hier nur, weil ich auf den falschen Erdstrahlen sitze.

Diese Sätze des Menschen vom Fernsehen hatten sein Leben verändert, in ein davor und ein danach getrennt. Davor, das war wenig beachtete Forschungsarbeit, Versuchsreihen, Messungen, Vergleich von Extremwerten mit Ereignissen, die gleichzeitig und gleichortig stattgefunden hatten.

Danach, das war, tja, was war das? Die Arbeit an dem Text hatte Spaß gemacht, mit den Hausfrauen, Rentnern und Arbeitslosen hatte er seine Probleme, aber er stellte sich Kinder vor, eine Schulklasse, bevor in der Fünften Physik losging, und es hatte ihm selber geholfen, sein Fachgebiet zu verstehen. Er war glücklich gewesen, als erkläre ihm einer, wofür er das alles eigentlich tat.

Seitdem lebte er von seinen Messreihen und Experimenten von davor. Seitdem machten andere die Experimente. Seitdem war er ein Entertainer. Ein Wissenschaftler war er nicht mehr. Aber Strahlung boomte. Elektrosmog, Handystrahlung waren allgegenwärtig. Mit der Erdstrahlung rannte er offene Türen ein. Häuslebauer wollten ihr Grundstück vermessen lassen, ob es von der Strahlung her günstig liege.

Ricarda betrachtete Hubert, wie er versunken dasaß.

„Haben politische Systeme auch mit der Erdstrahlung zu tun?", fragte sie, „ich meine, autoritär auf großen Landmassen, freier von viel Wasser umgeben. Vielleicht ist der Kommunismus deshalb in Russland und in China so brutal gewesen."

„Eine gewagte Hypothese. Es ist immer wieder faszinierend, dass die kühnsten Hypothesen von Anfängern formuliert werden, die neu mit einem Fachgebiet konfrontiert wurden. Kompliment, meine Dame, sie sind ein frischer Geist."

Hubert stellte seine Stiefel gerade, stand auf, die Füße rutschten hinein.

„Bin gleich zurück."

Ricardas Gesicht, eben gerötet vom angeregten Gespräch, erblasste schnell. Da saßen sie, tranken Schnaps, schwatzten Unsinn. Wenn das so weiterging, war sie in einer Stunde wieder besoffen. Und Dietrich. Es war lächerlich, dass die Betrogenen hier Verbrüderung feierten. Fehlte bloß noch, dass sie ein Verhältnis anfingen. Es ging jetzt schnell an der Kasse. Hubert kam zurück, die dritte Runde in der Hand. Ricarda sah zur Seite, nicht ihm entgegen.

„Die letzte Runde", verfügte und veränderte Hubert seine Planung, „danach trinken wir noch einen Kaffee. Vielleicht fällt uns ja dabei etwas ein." Ricarda nickte.

„Eines verstehe ich nicht", sagte er. „Sie waren schwanger, gut, Dietrich ein, wie sagten sie, nachwachsender …?"

„Nachwuchskader."

„Nachwuchskader. Gut. Aber so verrückt war es doch auch im Osten nicht, dass man eine nehmen musste, weil sie schwanger war, nicht mehr in den Achtzigern."

Ricarda drehte den Kopf noch weiter weg, Hubert sah kaum noch ihre Nase, nur wie sie ihre Zähne am Daumennagel schabte.

„Ich will ihre Gefühle nicht verletzen, aber ich will es verstehen. Hat sie ihn wegen des Kindes verlassen, oder wie?"

Man sieht sich im Leben immer zweimal. Auch so ein Spruch.

Ricarda schaute Hubert jetzt an. Ihre Augen fixierten einen Punkt weit hinter ihm.

Wann hatte Juliane von der Schwangerschaft erfahren? Hatte sie es je erfahren? Warum war sie so plötzlich verschwunden?

Von dieser Parteigruppenversammlung konnte sie nichts wissen. Und Dietrich wusste hoffentlich nicht, wie es zu dieser Versammlung gekommen war. Und sie wusste nicht, ob sie die Kraft aufbrächte, noch einmal um ihn zu kämpfen. Sie konnte ihm nicht mal Vorwürfe machen. Wie verhielt man sich als betrogene Ehefrau? Rausgeschmissen hatte sie ihn schon, soweit, so klassisch.

Aber das war wegen Odette gewesen, vor zwei Tagen, Dienstag, oder? Odette. Wer war Odette?

17. Kapitel,

in dem Anita an den Strippen zieht

Dabei konnte Ricarda nichts dafür. Entschieden hatte das weitere Vorgehen Anita, ihre Bettnachbarin im Internat, und die war noch nicht mal in der Partei gewesen. Anita war eigentlich eine, bei der Ricarda sich fragte, wie die zum Studium zugelassen werden konnte. Klar war ihr aufgefallen, wie es einen Unterschied gab zwischen denen, die Außenhandel studierten und denen, die für Binnenhandel eingeschrieben waren. Trotzdem konnte man den Binnenhandel doch nicht Leuten überlassen, die so gar kein politisches Bewusstsein hatten, jedenfalls kein marxistisch–leninistisches. Neben ihren Männergeschichten interessierte die sich für Mode, kannte eine Masse Verkäuferinnen in Berlin. Ihre beste Freundin arbeitete in der Jugendmode in der Leipziger Straße, die zweitbeste in einem Schuhladen in der Prenzlauer Allee.

Anita war Urberlinerin. Im Internat wohnte sie, weil sie nicht bei ihrem Wohlstandstrinkervater und ihrer kuschenden Mutter hatte bleiben wollen. Sie schaffte es, die Wohnheimleitung von der Notwendigkeit zu überzeugen, ein Bett für die klassenkämpferische Anita freizumachen, damit die (als Proletarierkind) von ihren beengten Verhältnissen freikam. Spät keimte in Ricarda der Verdacht, es könnte da mit noch anderer Münze gezahlt worden sein. Aber dies war eine von den Überzeugungen, die zu Gewissheiten nur deshalb werden, weil sie als neuer Gedanke eine besondere urteilsbildende Kraft besitzen.

Drei Wochen nach Leipzig war Ricarda sicher, dass der erste Teil ihres Planes gelungen war. Eine Woche gab sie der Natur für eine natürliche Verspätung, aber dann war sie ohne Zweifel, und es brach in ihrem Inneren eine Welt zusammen. Sie hatte weggeschoben, dass ihr Plan einen zweiten Teil brauchte.

In ihrem Kopf wälzte sich der immer gleiche Gedanke von einer Seite auf die andere. Wie ein Endlosband lief die Szene vor ihr ab. Mal geschah es in seinem Büro, mal auf dem Weg in die Mensa, mal in einer Gaststätte oder auf einem ihrer ausgedehnten Spaziergänge, die Dietrich für unerlässlich hielt, um den Kopf freizubekommen und mal was anderes zu sehen als Bücher, Vorlagen oder Konzeptionen.

Immer endete die Szene in Tränen. Jedesmal schaute er sie nach einer Weile mit großen Augen an und sagte: Ich kann Juliane nicht verlassen, ich liebe sie. Je nach Verzweiflungslage forderte er dann, sie solle es wegmachen lassen, oder er versprach großherzig, immer für das Kind da sein zu wollen und sich zu sorgen, ein guter Vater und Freund zu sein und zu bleiben.

Sollte sie nicht einen Arzt konsultieren, fragte sich Ricarda. Ach nein, zu viel zu tun. Ich bin so im Stress, ich bemerke das Ausbleiben der Regel gar nicht. Gott, es gibt wahrhaft wichtigeres, als alle vier Wochen darauf zu warten, dass man zu bluten beginnt. Sie hatte ihre Sauregurkenphasen, den Sauerkrauthieper. Sie bezwang sich im Gemüseladen, hatte ein ausgedientes Buswartehäuschen gefunden, wo sie ein Pfund Sauerkraut oder ein Glas Gewürzgurken in Nullkommanichts verspeiste. Solche Fressanfälle gibt es. Kein Grund zur Beunruhigung. Anita fragte zwischendrin:

„Sag mal, irgendwas stimmt nicht mit dir, du wirkst so deprimiert. Bist du schwanger?"

„Quatsch. Ich bin höchstens überarbeitet."

Die zwei Sätze wusste Ricarda noch, sie entsprachen ihrer Erinnerung. Sie glaubte nicht, dass Anita wirklich etwas ahnte, gar wusste. Die Frage nach einer Schwangerschaft war dahergeredet. Der Dialog hätte genauso gut umgekehrt laufen können: Bist du überarbeitet? Quatsch, ich bin höchstens schwanger.

Damals zwang Ricarda eine Ruhe in sich, die sie, ertappt wie sie sich fühlte, kaum aufzubringen imstande war. Sie lernte viel, las Zeitung, quälte sich über die ersten hundert Seiten ‚Das Kapital'. Dietrich sah sie seltener. Sie gingen sich aus dem Weg und betont sachlich miteinander um.

Eine Jahreszeit später ging Ricarda zum Arzt. Mit ihrer Regel stimme etwas nicht. Was denn das sei. Genau genommen könne sie gar nicht sagen, wann die letzte gewesen ist. Ihr wäre das vorige Woche aufgefallen. Beim Aufräumen ihres Schrankes seien ihr die Binden in die Hände gefallen, und da habe sie sich gefragt. Irgendwie habe sie das Gefühl, als sei es verdammt lange her, dass sie die zum letzten Mal gebraucht habe. Ja, mit ihrem Monatskalender sei sie etwas schlampig gewesen, seit bestimmt mehr als einem Jahr führe sie den nicht mehr, war langweilig, jeden Monat dasselbe.

Sie überlegte, wie sie reagieren sollte, als der Arzt ihr den Befund eröffnete, schaute nach links, nach rechts, setzte zweimal an, verwarf ihre Sätze als überzogen. Das überzeugte den Arzt. Ob sie sonst keine Anzeichen bemerkt habe, Übelkeit, Heißhunger. Ricarda verzog das Gesicht.

Muss nicht sein, so was, sagte der Arzt. Was Ricarda damals gelernt hatte war, selber von einer Schummelei, einer Lüge überzeugt zu sein, um andere zu überzeugen, im Zweifel den Mund halten. Sie wollen das Kind behalten? Es war eine Frage. Ricarda sagte, erst mal müsse sie die Nachricht verdauen. Heute wäre sie nicht in der Lage darüber zu reden.

Viel zu denken gäbe es nicht, sagte der Arzt dann.

Mindestens vierter Monat sei das, für eine Unterbrechung zu spät. Am Abend starrte sie solange vor sich hin, bis Anita der Kragen platzte. Die war ohnehin geladen, weil ein Typ nicht gekommen war, mit dem sie zu einer Party nach Karow fahren wollte. Ricarda fehlte jede Vorstellung, wo das lag.

„Mädchen, wie lange beglotzt du den Fußboden jetzt schon, eine gute halbe Stunde. Nimm dein dickes Karlchen wie jeden Abend, der lässt dich nicht im Stich. Ein Mann in Buchform ist sowieso das beste. Wenn er nervt, klappst du ihn zu, brauchst du ihn, liegt er da, hat auf nix gewartet als auf dich."

Ricarda heulte nicht aus Berechnung. Die Tränen flossen, Anita saß im nu an ihrer Seite, den Arm auf Ricardas Schulter.

„Bist wohl doch schwanger", scherzte sie, riss die Augen auf, als Ricarda nickte, schniefend den Unterarm über das Gesicht zog.

„Wir haben nur einmal. …"

„Und du hast gedacht, das reicht nicht? Hast geglaubt, er müsse dreimal pumpen, oder was. Welcher Monat?"

„Vierter."

„Heiliger Vater." Aber Anita fragte nicht, warum so spät, wieso nicht vorher gemerkt.

Sie hielt Ricarda eine Weile, streichelte ihren Rücken, wohl auch den Kopf, fragte. Ob der Vater (Dietrich? Ricarda nickte nur.) denn Bescheid wisse? Nun, dies sei das nächste. Seine Reaktion müsse man abwarten. Fast stieß sie Ricarda von sich nach einer Weile. Im gelbgrellen Zimmerlicht sah Anita drein, dass Ricarda erkannte, die freute sich. Sie saßen damals noch eine Weile, es ging, und da redete nur eine, um die Männer, die nur ein Vergnügen suchten; da sei einer wie der andere, das Wort Tiere war gefallen, glaubte Ricarda.

„Ganz so war es nicht."

Im Gleichklang der Bewegungen beugten Ricarda und Hubert sich nach vorne, als hätten sie Geheimes zu besprechen. Die Blicke trafen das Auge oder die Nasenwurzel des Gegenüber (Hubert ins Auge, Ricarda auf die Nase), flohen vor der schmerzenden Vertraulichkeit auf die Serviette (Hubert) und den Kaffeelöffel (Ricarda).

„Sie hat ihn nicht verlassen. Er hat mich genommen."

„Wegen des Kindes?"

Der Löffel bog sich ein wenig unter ihrem festen Griff.

Zwei Gespräche gaben ihrem Leben seine Wendung, den Mann ihrer Träume an ihre Seite für immer. Zwei Gespräche und eine Anita, die ihrerseits mit mehreren sprach, die dann eine Mission in sich reifen fühlten.

Ricarda glaubte, in dieser Sache am besten Bescheid zu wissen, sie war überzeugt davon. Dabei würde sie am liebsten alles vergessen. Sie hegte die Nacht in Leipzig als Erinnerung, die als die Romantik in ihrer Liebe gelten sollte. Sie wusste aber auch den Tag nach der Tröstung durch Anita. Da sah sie Dietrich mittags auf dem Hochschulgelände. Grau und trübe war der Himmel, nur um weniges heller als die Gebäude, die das Gelände einschlossen, lau die Luft. Sie ging auf ihn zu. Er lief in einer Gruppe, die sich von ihm verabschiedete, als Ricarda nur noch wenig entfernt war.

„Wir sollten reden", sagte sie.

„Ja", sagte er. Sie drehte sich in seine Laufrichtung. Da ging es zum Ausgang, dann nach rechts in ein stilles Wohngebiet. Er begann zu reden, weil sie schwieg. Sie solle ihn nicht falsch verstehen, es sei eine schöne Nacht gewesen, aber er habe ihre Seelenlage wohl doch etwas ausgenutzt. Nun fiele es ihnen schwer miteinander umzugehen. Er wüsste auch nicht so recht, wie das gehen solle, den Ausgangszustand wieder herzustellen. Zwar sollte das unter Genossen möglich sein, aber vielleicht sei er da etwas spießig. Er schätze ihre Arbeit sehr, und sie fehle ihm auch. Nun, da sie sich nicht mehr kümmere, merke er erst, was er an ihr habe. Er schaute die ganze Zeit geradeaus, den Blick schräg nach vorne zum Boden gerichtet. Ricarda betrachtete ihn oft von der Seite, das kantige Profil mit den weich gewellten Haaren, die vollen, etwas vorstehenden Lippen, der rotblonde, kurz gestutzte Schnauzer. Er schaute sehr ernst, aber die Augen blitzten doch hin und wieder. Da war er von einem Gedanken und dessen Logik eingenommen. Er kam dahin, dass sie es wohl versuchen könnten. Erstens habe ihr die Arbeit auch Spaß gemacht, und zweitens kenne sie sich mit den Anforderungen aus.

„Ich bin schwanger." Das brachte ihn zum Verstummen.

Nun sprach sie, leise, geradeaus blickend, von ihm ab und an beobachtet, eine kleine, resolute Person, breites Gesicht, so bekleidet wenig auffällig, obwohl: im Bett war sie griffig gewesen, kein Vergleich mit Juliane, sicher. Deren Busen war im Verhältnis etwas groß, Ricardas kleiner geraten. Und ewig ernsthaft, diese Frau. Sie habe es wohl etwas spät bemerkt, keinen Gedanken darauf verschwendet. Nun sei jedoch nichts mehr zu ändern. Sie habe überlegt, es ihm zu verheimlichen, aber das sei wohl kaum möglich, da in wenigen Monaten das Kind zur Welt komme. Sie stehe zu dem, was sie in Leipzig gesagt habe, wolle ihm jedoch mit seinen Plänen nicht im Wege stehen. Liebe könne man nicht erzwingen. Den letzten Satz hängte sie an, noch leiser als die anderen, verzichtenden Tones. Sie waren zurück am Hochschultor.

„Du bist sicher", er drückte die Handfläche gegen einen Betonpfosten, „dass ich … der Vater bin?"

Sie nickte, er nickte ein wenig.

Er sagte ihr noch, dass er das nächste Wochenende hier bleiben würde, da könnten sie reden. Er müsse das auch erst mal verdauen. So schieden sie, Ricarda glaubte, es wäre ein Dienstag gewesen.

Am Abend, das Gelände lag verwaist, nur aus dem Studentenkeller drangen Geräusche, Musikfetzen, wenn die Tür sich öffnete, und im Hauptgebäude im vierten Stock brannte noch Licht. Es roch nach Bohnerwachs. Die Dämmerung draußen erhellte die dunklen Flure nur wenig. Wer Ricarda sehen mochte, erkannte höchstens einen Schatten. Identifizieren konnte er sie vielleicht am Gang. Sie kannte sich aus, wusste, wohin sie wollte. Aber sie stieg langsam, schleppend die Stufen hinauf, brauchte fünf Minuten für vier Treppen.

Dann stand sie vor der halb geöffneten Tür im Dunkel. Im Kegel einer Schreibtischlampe saß Hildegard, die Hochschulparteisekretärin, las in einem Konvolut aus schreibmaschinenbeschriebenen A4-Blättern, die zusammen geklammert waren, strich oder unterstrich Sätze, schrieb Bemerkungen an den Rand. Manchmal legte sie eine Haarsträhne übers Ohr, den Kopf hielt sie die ganze Zeit schief. Ricarda klopfte zaghaft mit dem Zeigefingerknöchel.

„Störe ich?"

„Ricarda, natürlich störst du, komm rein. Setz dich, ich bin gleich fertig." Hildegard blätterte noch zwei Seiten um, ein Stapel von vielleicht zehn wartete gelesen, angestrichen und mit Bemerkungen versehen zu werden. Es war unerfindlich, warum sie gerade dort unterbrach, wo sie unterbrach.

Ricarda gefiel der Füllfederhalter, den Hildegard benutzte. Er lag schwer in der Hand und kratzte ein wenig auf dem Papier.

„Schieß los."

„Ich habe ein Problem."

„Das dachte ich mir. Die meisten kommen zu mir, wenn sie ein Problem haben. Es erschüttert mich nur wenig."

„Was machst du da?"

„Eine Konzeption deines Dietrich für die Messe der Meister von Morgen nächstes Frühjahr, ich glaube im Lichte des wissenschaftlich–technischen Fortschritts."

„Du hast viel darin herumgemalt."

„Ich bitte dich, herumgemalt! Ich streiche, hebe hervor, verbessere, schlage vor und erziehe so einen Jugendfunktionär, alle Seiten eines so komplexen Ereignisses zu bedenken."

„Ja. Deswegen bin ich hier. Wegen eines komplexen Ereignisses, in das dieser Jugendfunktionär verwickelt ist." Ricarda lächelte jetzt.

Hildegard krauste ihre Stirn, die Nasenwurzel.

„Sag bloß, du hast es geschafft?" Die Worte kamen spontan, Hildegard ärgerte sich augenblicklich. Diese direkte Art brachte sie immerzu in Teufels Küche. An Ricardas Gesicht und Hals sah sie rote Flecken.

„Entschuldige", sagte Hildegard, griff über den Tisch nach Ricardas Hand, „ich hänge mich nicht gern in so private Dinge."

Ricarda neigte den Kopf langsam, damit ihr verletzter Stolz sich zeige. Dann sagte sie:

„Ich muss mich entschuldigen. Was sollst du mit meinen

Problemchen. Ich wollte es dir sagen, aber sicher hätte Dietrich es dir ohnehin erzählt."

Sie stand auf, Hildegard schob den Sessel zurück.

„Irgendwie dachte ich, du müsstest es wissen, weil Dietrich immerhin …, nun stehe ich vor dir, du musst denken, ich verlangte von dir, …"

„Setz dich wieder." Hildegard zog sie sanft zurück auf den Stuhl.

„Es ist in Ordnung, dass ich es jetzt weiß. Du bist dir in allem sicher?"

„Wie in allem?"

„Dass du schwanger bist und dass Dietrich der Vater ist. … gut, gut, ich frage nur." Nach einer Pause:

„Du liebst ihn."

Ricarda nickte nah an den Tränen.

„Und er hat eine andere?"

Ricarda schaute auf, forschte in Hildegards Gesichtszügen. Wusste sie das nicht?

„Ein Jüngling liebte ein Mädchen. Geht auch umgekehrt. Kennst du nicht? Heine: Es ist eine alte Geschichte, doch ist sie immer neu, und wem sie just passieret, dem bricht das Herz entzwei."

„Du weißt nichts von Juliane?"

Hildegard schaute Ricarda ins Gesicht, verwundert über den Ton ihrer Rede. Als bräche eine Welt zusammen.

„Er hat sie mir nicht vorgestellt. Wie lange kennt er sie schon?"

„Drei oder vier Jahre."

Ricarda erzählte, was sie wusste, von der Jugendliebe, den Wochenendheimfahrten.

„Schau an", sagte Hildegard, „da ist er in festen Händen. Kennst du sie?"

„Nicht persönlich."

„Heiratspläne?"

„Sie sind einander versprochen."

„Gott, wie das klingt. Versprochen. Aber ein Kind ist da nicht unterwegs."

„Nein."

„Hm."

Hildegard schüttelte den Kopf, als könne sie es nicht glauben, als wolle sie „Schwerenöter" zu ihrem Dietrich sagen, ihrem Schmuckstück, ihrem besten Pferd im Stall. Dem winkte eine große Karriere. Hildegard nickte. Ein Mann mit Durchsetzungskraft, dabei immer freundlich und von einnehmendem Wesen, entschlussfreudig, redegewandt, einsatzbereit, der Sache wirklich zugetan, eine Seltenheit so was, und nicht zuletzt: glasklare Kaderakte: keine Westverwandschaft, in der ganzen Familie nicht, der Vater ehemaliger Landarbeiter, heute LPG-Vorsitzender. Diese Leute verdankten der DDR etwas. Aber klar. Es gab in diesen Fragebögen keine Rubrik: feste Freundin? Deswegen war Kaderarbeit ja so spannend: weil in den Bögen nicht alles stand.

„Ricarda", sagte Hildegard, „in Liebesdinge mische ich mich ungern ein. Es ist heute nicht mehr wie in den Fünfzigern, da wäre ein uneheliches Kind ein Grund für ein Parteiverfahren gewesen. Aber die Zeiten haben sich geändert. Du musst da selber mit zurecht kommen."

Ricarda nickte, als wäre ihr das natürlich klar. Nichts anderes habe sie erwartet, sie wollte nur Bescheid sagen.

„Eine Freundin seit drei Jahren." Hildegard sagte es wie einen Nachklang auf das Gespräch, lächelte versonnen, schüttelte den Kopf.

„Wie heißt sie nochmal?"

„Juliane Malden."

„Malden. Ein eigenwilliger Name. Die ist nicht hier an der Hochschule?"

„Nein, aber sie studiert auch, Kunstgeschichte, glaube ich."

Sie verabschiedeten sich. Ricarda erinnerte sich an ein triumphierendes Gefühl. Sie lief die Treppen hinunter, raus aus der

Tür, atmete tief die Abendluft, immer noch lau und stellte sich vor, wie Hildegard grübelte, wo etwas über Juliane in Erfahrung zu bringen wäre.

Hildegard grübelte nicht. Sie schalt sich wenig wachsam, wieder mal zu vertrauensselig. Dietrich hatte ihr davon erzählt, aber das war an so einem russischen Saufabend mit Wodka und Speck gewesen. Das hätte sie misstrauisch machen sollen.

Sie beobachtete das Zurückschnurren der Wählscheibe, sie liebte dieses schwarze altmodische Telefon.

„Hallo Klaus. Sagt dir der Name Juliane Malden was?"

Sie hörte Klaus eine Weile zu, dann sagte sie:

„Mist."

Klaus aber hatte gesagt:

„Was hast du denn mit den Maldens zu schaffen. Gerade von deinem Musterladen haben wir sie nun wirklich ferngehalten."

„Ja, wegen des Kindes."

Hubert nickte, als hätte er genau diesen Satz von Ricarda erwartet.

„Immerhin hat es zwanzig Jahre gehalten."

Ricarda sah aus dem Fenster, immer noch dichtes Schneetreiben. Unvorstellbar fand sie, dass ihre Gruppe jetzt da draußen herumfuhr.

„Ihre Skigruppe hat es nicht so eilig da rauszukommen." sagte Hubert, zeigte lächelnd in den hinteren Teil des Raumes. Ricarda sah sich um, winkte dorthin, wo sie saßen und auch Williamsbirne tranken. Einige winkten zurück. Sie sollten kommen und sich zu ihnen setzen, aber das sah Ricarda schon nicht mehr. Hubert nahm ihre Hände. Er hatte große trockene Hände, schwarz behaart. Ihre verschwanden darin. Er drückte fest, aber nicht schmerzhaft.

„Ricarda, Sie dürfen jetzt nicht aufgeben. Sie haben damals gewonnen, Sie werden wieder gewinnen."

„Geht es darum, ums Gewinnen?"

Hubert zuckte die Schultern.

„Worum sonst?"

Sie hatten sich am Wochenende nicht gesprochen. Es war nichts vereinbart, kein Treffpunkt, keine Zeit. Die Einzige, mit der Ricarda darüber nach ihrem Gespräch mit Hildegard redete, war Anita. Das war ihr allerdings bald über. Es lief immer nach dem selben Schema:

„Na, hat er sich gemeldet?"

Ricarda schüttelte den Kopf. Anita nickte dann, was wohl bedeuten sollte, dass sie nichts anderes erwartet habe. Sie schimpfte auf die Männer und sagte immer:

„Aber diesmal nicht."

Das letzte Mal fragte sie Montag vor der Parteiversammlung, ob Dietrich sich gemeldet habe.

„Du erfährst es als Erste, Anita", sagte Ricarda.

Anita nickte und sah aus, als wäre sie nun zufrieden.

Oft hatte sich Ricarda seitdem gefragt, warum Anita sich so engagiert hatte. Als sie Dietrich sagte, dass sie Anita als Initiatorin der Diskussion im Verdacht habe, war er still gewesen und hatte nichts mehr gesagt, höchstens *so so*. Das Thema kam zwischen ihnen auch nie wieder auf. Es blieb diese Versammlung als Stifterin ihrer Ehe.

Die Veranstaltung war eigentlich vorbei. Es begann das übliche Stühlescharren, Papier wurde in Taschen gestopft und Kugelschreiber in Jacken.

Ricarda konnte sich nicht erinnern, worum es eigentlich gegangen war. Damals war Polen oft Thema gewesen. Aber in der Vor-Gorbatschow-Ära wurden diese Dinge eher im kleinen Kreis als auf offiziellen Mitgliederversammlungen erörtert, glaubte Ricarda sich zu erinnern. Es musste eine Parteigruppenversammlung gewesen sein, denn viele waren nicht anwesend.

Sie saßen in einem normal großen Seminarraum. An den Wänden hingen Karten mit verschiedenen schematischen Darstellungen über den hierarchischen und strukturellen Aufbau des Außenhandels. Ricarda erinnerte sich an Kästchen, auf denen etwas über Planungs- und Vertragserfassungsabteilungen, Preisabteilungen und Kontore stand.

Ricarda konnte sich deshalb an so viele Details erinnern (sogar der Struktur von Flecken auf dem Linoleumfußboden entsann sie sich!), weil sie, als das Donnerwetter über Dietrich hereinbrach, nur noch die Wände und den Fußboden studierte.

Dietrich gehörte nicht zu ihrer Parteigruppe. Er war eingeladen worden, sprach am Anfang der Versammlung darüber, dass er sich freue, dass er hoffe, dies werde nun des öfteren geschehen. Sicher verging ihm dieser Wunsch, als eine Genossin, groß, schlank, mit kantigem Kinn und langen, glatten Haaren, deren Namen Ricarda vergessen hatte, aufstand und sagte, man habe den Dietrich nicht umsonst eingeladen. Er sei der Studentenparteisekretär der Hochschule, müsse daher in jeder Hinsicht ein Vorbild sein, und ihr sei zu Ohren gekommen, nun (Dietrichs Blick suchte sofort Ricarda, die erstaunt die Schultern hob) kurz und gut: eine Genossin sei schwanger, und zwar von ihm, und er wolle sich nicht dazu bekennen. Sie stützte sich mit den Knöcheln auf dem Tisch ab, blickte von unten prüfend in die Runde, den Kopf zwischen die Schultern geschoben, so dass ihre langen Haare in der Kuhle sich zu einem Nest wölbten. Sie sagte:

„Ein solches Verhalten ist eines Genossen unwürdig, noch dazu, wenn es sich um einen Funktionär handelt."

Vorsichtig setzte sie sich und schaute Dietrich an. Der atmete tief, suchte Ricardas Blick, aber der ruhte auf der Rednerin. Dann wanderte er, als sei sie aus einer Hypnose erwacht, unstet hin und her, krallte sich schließlich an eine der Wandtafeln und hüpfte von da zur nächsten.

Dietrich stand auf, hielt mit beiden Händen einen Kugelschreiber fest. Er sehe das genauso. Ein Genosse in seiner Position müsse auch in moralischer Hinsicht Vorbild sein. Es gehe nicht darum, dass er sich drücken wolle, natürlich stehe er zu seiner Verantwortung.

„Ich habe es erst letzte Woche erfahren. Außerdem liegt das … Ereignis eine Weile zurück."

„Warum hast du nicht am Wochenende das Gespräch gesucht mit der Genossin, so wie ihr es vereinbart hattet. Du weichst aus, Dietrich."

Das war die Nachbarin der schlanken Kantigen.

„Nein, das tue ich nicht." Er schüttelte energisch den Kopf. „Ich weiche nicht aus."

„Warum bist du am Wochenende nicht auf sie zugegangen wie versprochen? Weil du glaubst, sie würde dich in Ruhe lassen und dir nicht im Wege stehen, wie sie es versprochen hat. Du glaubst, du könntest dich da raus mogeln."

Das war wieder die Erste. Sie sprach es ruhig aus wie eine Feststellung. Keine weiteren Fragen, Euer Ehren. Sie führten einen Beschluss herbei, der besagte, Dietrich müsse diese Frage moralisch sauber und ohne Schaden für die Partei lösen. Sie gaben ihm dafür eine Woche Zeit.

Die Jungen waren in der Überzahl, aber sie stimmten alle für den Antrag. Moralisch sauber und ohne Schaden für die Partei: wer sollte dagegen schon sein? Das konnte außerdem viel bedeuten. Anerkenntnis der Vaterschaft und Alimente zahlen beispielsweise. Sie verdrückten sich schnell, auch die Lange mit den kantigen Gesichtszügen und ihre Nachbarin. Ricarda und Dietrich saßen, er an der Stirnseite der zu einem Rechteck aufgestellten Tische, sie in einer der gegenüberliegenden Ecken.

„Es tut mir leid, aber ich konnte nichts sagen."

Sie schaute jetzt offen zu ihm herüber. Diese Konfrontation hielt sie aus. Seine Finger spielten miteinander und er beobachtete sie dabei. Ricarda hielt ihre im Schoß verborgen. Schließlich hob er den Blick. Dietrich lächelte, er lachte, seine Bauchdecke, die Schultern bebten, der Kopf legte sich auf die Hände, er hob ihn wieder. Er sah Ricarda auch lächeln. Unter Tränen. Da wurde er wieder ernst. Er stand auf, lief an den Stühlen nach hinten und reichte ihr die Hand.

„Es tut mir leid", sagte er. „meine Bude ist heute sturmfrei. Ich lade dich ein, Wein habe ich da, Wasser natürlich auch."

„Dietrich."

„Ich kann die zwei Weiber auch nicht leiden. Aber sie haben recht. Ich habe es das Wochenende vor mir her geschoben. Ich habe an nichts anderes gedacht."

Er zog sie hoch, hinter sich her. Ricarda folgte ihm voller Furcht, er wolle mit ihr nur das Finanzielle regeln, Besuchszeiten klären, oder großmütig auf alle Rechte an dem Kind verzichten (außer auf das zu zahlen selbstverständlich). Aber Dietrich war wunderbar. Er fragte nach ihrem Befinden, was der Arzt sage, ob alles in Ordnung sei. Ob sie das Kind schon spüre, dass sie kürzer treten müsse, ob sie schon einen Plan habe, wie es mit dem Studium weitergehen solle. Schließlich wollte er seine Hand auf ihren Bauch legen. Die Hand war warm, ein Strom floss durch ihren Körper. Sie schloss die Augen. Da sagte er etwas, das nicht alles zerstörte, aber es nahm die Romantik ein wenig heraus. Wahrscheinlich vertrugen Männer nicht zu viel davon. Er sagte:

„Keine Ahnung, wie ich das Juliane beibringen soll."

Mehr als zwanzig Jahre sollten vergehen, bis er überhaupt in die Verlegenheit kam.

Teil 3
Die Verteilung

18. Kapitel,

ein Hauch von Gottvertrauen, Konzentration der Handlung im Foyer

Sie strich über das Laken, zeichnete mit zärtlichem Finger die Falten nach, die sein Körper hinterlassen hatte, suchte seine Wärme zu spüren. Eine Stunde war es her, dass er aufgestanden und gegangen war. Sie rückte nach vorn, spürte die erfrischende Kälte des Stoffes, legte sich bäuchlings dahin, wo er gelegen hatte. Da war keine Wärme mehr.

Vor dem Spiegel kämmte sie die Haare straff nach hinten und band sie zu einem Zopf. Sie stand nackt, roch die Nacht und die Liebe, duschte und bedauerte es.

Heute verlor sie ihn erneut an die Frau, an die sie ihn vor Jahren verloren hatte. Die Haut zog sich unter dem kalten Wasser zusammen. Im Spiegel erblickte sie eine Schönheit, streng und herb. Stolz. Wie eine Rose. Das Lied von der Sängerin, der sie so ähnlich sah, fiel ihr ein: *Die Schlampen sind müde, sie waren viel zu lange wach.*

Sie rieb mit dem von hundert Wäschen raspelhart gewordenen Handtuch über die Beine, den Bauch, die Arme.

Es war nicht eilig, aber ihren Entschluss glaubte sie felsenfest. Vielleicht schlug sie ihm zunächst eine vorübergehende Trennung vor. Hubert verstand das. Im Zweifel erklärte sie es ihm mit seinen vermaledeiten Erdstrahlen. Bloß seine Mutter würde wüten. Ach, was interessierte sie diese alte Schachtel. Irgendwann krepierte die auch. Spätestens wenn ich Rentnerin bin. Dann habe ich Hubert, der mich alle Nasen lang an sie erinnern wird. Oder der ist dann auch schon tot. Männer sterben ja früher. Letztens hatte sie gelesen, dass Agatha Christie in ihren Krimis tatsächlich die Zutaten für alle möglichen Gifte beschrieb. Allerdings ohne Mengenangaben, damit keiner die Dosis rauskriegt, die einen Menschen umbringt, aber nicht nachgewiesen werden kann. Es soll ohnehin eine hohe Dunkelziffer an

Morden geben, die unaufgeklärt bleiben, weil der Notarzt einen Herzinfarkt als Todesursache aufschreibt.

Juliane schaute aus dem Fenster. Zum Spazierengehen war das kein Tag, das Dorf im Nebel versunken.

Ob ihr schon ein Pflichtteil am Erbe zustand? Vier Jahre war sie jetzt verheiratet.

Kennengelernt hatte sie Hubert auf einem Physiker-Kongress. Er hielt einen feurigen Vortrag, und die sonst so gesittete Gilde verwandelte sich in eine klatschende, johlende, pfeifende Horde. Nach jedem zweiten Satz gab es Zwischenrufe, die wieder andere aufstachelten. Sie war beeindruckt gewesen.

Abends sah sie ihn am kalten Buffet. Er beschwerte sich lauthals. Das Salatdressing entsprach nicht seinen Vorstellungen. Sie hatte ihm ein anderes gebracht und ihn gefragt, wie er das fände, so angefeindet zu sein. Er war angetrunken, sagte *Kind* zu ihr. Zwei Stunden später lag sie bei ihm im Hotel in der Kiste. Es gab deftige Hausmannskost.

Sein Heiratsantrag hatte Stil: eines morgens schob er ihr einen Ehevertragsentwurf neben die Kaffeetasse.

Sie war fast vierzig, hatte immer nur gejobbt, unregelmäßig schon zu DDR–Zeiten. Und hier legte ihr ein sympathischer Mitfünfziger ihre Rentenversicherung auf den Tisch. Sie unterschrieb.

„Da nützt dir nichts die *mlA*", sang sie aus voller Kehle auf die Melodie der Internationale, das tat gut, aber weil ihr kein Reim einfiel, verstummte sie wieder. Hieß das überhaupt mlA? Was stand früher öfter in den Heiratsanzeigen? Da stand nicht mlA. Da stand *mlW, marxistisch–leninistische Weltanschauung*. Wie konnte ein Mensch so etwas in eine Kontaktanzeige schreiben, auch wenn es einsichtig war, dass sich einer mit einer *mlW* nicht mit einem Pfarrer zusammentun wollte, es sei denn, er hatte etwas missionarisches. Beide dann wohl und sie lachte, weil ihr diese Filmszene einfiel, wo beim Rasieren der Pfarrer und der Kommunist in einen Sangeswettstreit getreten waren.

Ein feste Burg ist unser Gott, sang der Eine und Wacht auf, Verdammte dieser Erde, der Andere.

Heute annoncierte man ev. oder kath., damit man sich nicht vergriff. Ihre Schwiegermutter, aber das hatte Juliane nur von einer Saunafreundin gehört, war nicht so glücklich, dass ihr Hubert mit einer Protestantischen verheiratet war. Dabei war sie im Grunde eine Ungläubige. Getauft war sie, aber schon die Einsegnung hatte sie verweigert und statt dessen zum Entsetzen der gesamten Familie (wahrscheinlich deswegen) auf der Jugendweihe bestanden. Erst das Finanzamt erinnerte sie an ihre Konfession, und der Pfarrer in Würzburg, als sie dahin zog. Nun ging sie ab und an in die Kirche. Juliane zog sich an, wickelte den Schal fest um den Hals, zog die Kapuze über den Kopf und stapfte durch das Schneetreiben Richtung Dorfmitte. Da würde eine Kirche stehen. Egal, ob mit Beichtstuhl oder ohne. Ob bei der göttlichen Erleuchtung die Jungfrau mit dem Kinde anwesend sein würde oder nicht, sollte der Erleuchtung doch egal sein.

Yannik sah Elmo auf dem Bett liegen. Der grinste, die Füße übereinandergeschlagen, die Fernbedienung zur Decke gerichtet. Yannik fiel ein Märchen ein, dass sein Vater aus dieser Grimmschen Sammlung vor etlichen Jahren vorgelesen hatte. Irgendwas war da mit Riesen und Betten, auf die mit großen Knüppeln eingeschlagen wurde. Das tapfere Schneiderlein? Er sah das Bild von damals wie von einem Blitzlicht aus der Dunkelheit geholt. Am liebsten wäre er umgekehrt, rausgegangen. Er ärgerte sich, weil er nicht gleich Veronika gesucht hatte. Jetzt umkehren ging nicht. Er warf sich mit voller Wucht aufs Bett.

„Was ist das denn für ein Scheiß?"

Elmo reichte ihm die Fernbedienung wie ein Kran zwischen zwei Fingern baumelnd:

„Hier, such dir was Schöneres. Ich werde mal nach unserer Freundin sehen."

Da stand er schon, die Badelatschen an den Füßen, schlich mit halb krummem Rücken zur Tür. Yannik heftete den Blick auf den Fernseher. Nach einigen Kanalwechseln zappte er zurück auf die vier. Elmo stand im Durchgang zum Flur, verzog den Mund. Yannik schaute ihn mit hochgezogenen Augenbrauen an:

„Wolltest du nicht gehen?"

„Schaust du jetzt Kinderkanal oder was."

„Teletubbies."

Yannik schaltete auf stumm. Einem ältlichen, gemütlichen Kutscher, der gerade durch den Wald kutschierte, fiel ein kleines Nest auf den Kopf, das der Königssohn aus Schabernack heruntergeschossen hatte, um den dösenden Kutscher zu erschrecken. Unwirsch nahm er das in die Hand, schaute sich um und zog aus dem Nest einen Zweig mit drei Haselnüssen daran. Yannik dachte den Text:

Mädchen, dich hätt' ich fast vergessen.

Dann steckte er die Haselnüsse ein, warf das Nest zur Seite, knallte mit den Zügeln, rief ‚Hüh'.

Elmo kam einen Schritt zurück.

Yannik schaltete auf Kanal acht, da lief gerade eine Talkshow. Fette gegen Dürre.

„Wolltest du nicht gehen."

„Heh, wir könnten auch zusammen fernsehen."

„Das ist ein Kinderfilm, ohne Altersbeschränkung, die ficken nicht, die schlagen sich nicht den Schädel ein. Nichts für dich."

„Seh ich auch gern."

Elmo saß wieder auf dem Bett.

„Das Ficken stell ich mir vor. Wieso rennen die Ritter den Jungfrauen hinterher? Was machen sie mit denen, wenn sie sie gekriegt haben, was glaubst du wohl?"

„Ach, du kannst dir bei Dornröschen einen runterholen?" Yannik feixte. Elmo schlug ihm derb auf den Arm.

„Das ist nur eine Frage der Phantasie. Aber stell dir das mal vor. Dornröschen als Porno. Hardcore. Obwohl, Dornröschen, da dauert es wirklich bis zum Ende. Wer soll sich das anschauen. Aber Schneewittchen und die sieben Zwerge! Das geile Schneewittchen und die böse Königin in Leder und mit Peitsche."

„Und für einen Ziegenficker wie dich verfilmen wir ‚Der Wolf und die sieben Geißlein'. Mann, sieh zu, dass du abhaust. Du bist echt nicht zu ertragen."

„Sei nicht so prüde. Ok, du amüsierst dich mit einem Märchen, und ich, ich amüsier mich wie im Märchen."

Elmo tänzelte zur Tür, fuhr sich mit der Hand über die Hose und pfiff ‚Veronika, der Lenz ist da'.

Yannik verdrehte die Augen.

„Hoffentlich rammt sie dir ihre Knie so in den Sack, dass du beide Hände vorhalten musst."

„Ooch, mein Guter, du verstehst nichts von Frauen. Heute früh war sie noch ganz zärtlich zu ihm, hat ihn geküsst, dran genuckelt. Bye, bye."

Die böse Stiefmutter wickelte ihre dickliche, feiste Tochter in die neuen Stoffe, die der Kutscher mitgebracht hatte. Für den Ball, auf dem der unwillige Königssohn auf Geheiß des Vaters seine Braut erwählen sollte, musste dieses Untier gut verpackt werden.

Yannik starrte an die Decke und schaltete den Ton wieder ein. Aschenbrödel warf die erste Nuss. Ein Jagdkostüm. Den Prinzen als Jäger foppen, die Trophäe gewinnen. Yannik machte aus, breitete die Arme, sah sich als Prinzen. Wem dieses Unterhöschen, das sie verlor, passt, wird meine Frau. Da kamen die dicken Matronen, er hielt ihnen das Höschen hin, beim Einsteigen lagen ihre Brüste schwer auf seinem Nacken. Schwer. Sein Nacken drückte hart gegen das Brustbein der Matrone. Die Brüste hingen ihm wie Riesenohren links und rechts vor dem Gesicht. Sie schienen größer zu werden, anzuschwellen. Schon erkannte er nichts mehr außer Haut, die sich aufblähte wie Ballons. Gleich würden sie ihm das Gesicht bedecken, die

Nasenflügel zusammendrücken und er, Yannik Elmer, gerade siebzehn Jahre alt, würde ersticken. Er müsste den Kopf nach unten wegziehen. Das Höschen hatte er fallen lassen, drückte mit den Händen von unten gegen die Brüste, aber sie legten sich schon wie eine Schlinge um seinen Hals, wie eine Halskrause, es gab kein Entrinnen. Verzweifelt versuchte er, die Brüste auseinander zu zerren. Schließlich schlug er um sich. Die Hand traf hart und oben, wahrscheinlich das Gesicht der Matrone.

„Au!" Das war keine Frauenstimme. Nun ließ auch der Druck nach. Langsam, als hätte jemand das Ventil locker gedreht, so dass die Luft entweichen konnte. Yannik griff erneut nach den Brüsten, befreite sich leicht, hielt ein Kopfkissen in der Hand.

„Du blöder Hund."

Das war Elmos Stimme. Er hielt die Hände vor sein Gesicht. „Haust du immer gleich so zu?"

Er blutete, kniete neben ihm auf dem Bett. Yannik winkelte die Arme vor der Brust, falls Elmo zurückschlagen wollte.

„Tut mir leid. Ich hab' geträumt, ich ersticke."

Er rieb sich die Augen. Elmo kicherte.

„Du hast geträumt, du erstickst?"

Er hielt den Unterarm gerade, knickte die Hand ab, legte den Kopf schief und sagte mit nasaler Modulation:

„Das nächste mal verspreche ich dir einen schöneren Traum."

„Blödmann."

„Sag mal, hast du eine Ahnung, was hier läuft?"

Elmo schenkte seiner Nase keine weitere Beachtung. Die verschmierte Hand wischte er an seinem Hosenbein ab, auf dem schwarzen Stoff schimmerte ein feuchter, gleichfalls schwarzer Fleck. Yannik beobachtete die Stelle. Hoffentlich drehte sich Elmo nicht weg. Er überlegte, ob das Blut gerinnen oder vom Stoff vorher aufgesaugt würde.

„Heh, hörst du mir zu?"

„Nein."

„Du sollst mir sagen, was hier läuft!"

„Hat Veronika dich abblitzen lassen?"

„Quatsch. Mich lässt keine Frau abblitzen, die ich wirklich will. Ich meine, wieso kommt Veronikas Vater hier mit einem dicken Koffer durch die Hintertür? Und warum schleicht mein Vater gleich hinterher?"

Yannik stützte sich auf die Ellbogen.

„Dein Vater?"

„Meiner."

„Keine Ahnung."

„Wieso wunderst du dich darüber, dass es mein Vater ist? Bei deinem wäre es wohl normal, oder was."

Yannik zog die Stirn in Falten.

„Und wo sind sie jetzt?"

„Wahrscheinlich im Büro oder in der Wohnung. Genau genommen weiß ich gar nicht, ob sie überhaupt zusammen sind. Meiner hielt sich so im Schatten, an der Hauswand lang. Der wollte nicht bemerkt werden."

„Irgendwas stimmt hier nicht."

Yanniks Gedanken überschlugen sich.

„Heh, Mann, was ist hier los? Wieso regt dich das so auf? Du siehst aus, als platze dir gleich der Schädel."

Elmo hockte immer noch auf dem Bett und betrachtete Yannik. Aber Yannik hätte nicht sagen können, was seinen Kreislauf so überdrehte. Er musste etwas unternehmen. Er sagte, glaubte selber nicht, dass er so sprach:

„Du gehst runter, versuchst rauszukriegen, ob sie im Büro sitzen. Ich hole meinen Vater."

„Wozu willst du deinen Vater holen? Was soll der damit zu tun haben. Sag mir sofort, was du weißt, oder ich mache keinen Schritt."

„Ich weiß auch nichts. Vero hat behauptet, ihr Vater kenne meinen von früher. Meiner bestreitet das aber, mindestens kann er sich nicht erinnern."

„Ist das jetzt so eine Ostscheiße?" Elmo schrie es fast.

„Bestimmt." Yannik zuckte die Schultern.

„Ich hasse es", sagte Elmo leise, „aber Veronikas Vater stammt doch nicht aus der DDR? Oder ist der mal abgehauen?"

„Weiß ich nicht. Aber auf alle Fälle ist die Sache zwischen Veros Altem und meinem eine alte Ostscheiße, und ich denke, dass dein Vater sich da einfach reinhängt."

„Was will er sich da reinhängen? Er hängt doch so schon voller Ostscheiße. Dauernd betont er, dass er es überwunden hat. Aber wenn er sich mit Leuten unterhält, erzählt er immer dieselben ollen Kamellen."

„Ein Kumpel von mir hat einen Opa. Den brauchst du bloß anzupieksen, dann geht es nur noch um Schützengräben und so. Der muss im Krieg Leute mit dem Bajonett abgestochen haben. Das treibt den immer noch um. Oder die erfrorenen Knochen."

„Was willst du jetzt damit sagen? Dass der Osten so eine Art Krieg war für die?"

„Was weiß ich. Bist du nun dabei? Wenn wir hier noch lange sabbeln, ist die Sache über die Bühne."

„Welche Sache denn?"

„Na die mit dem Koffer."

„Ich weiß nicht. Wir sind doch hier nicht bei James Bond. Der Mensch ist Geschäftsmann. Die schleppen immer so Aktenkoffer mit sich rum."

„Und warum schleicht dann dein Erzeuger hinterher? Hat er selber keine Aktentasche?"

Yannik war aufgestanden, band seine Schuhe zu, griff nach der Jacke.

„Wo willst du hin?"

„Ich würde mir auch was überziehen. Könnte doch sein, wir müssen jemanden verfolgen."

„Du spinnst", sagte Elmo. Yannik stand schon an der Tür.

„Wir sehen uns unten."

Sprach's und war verschwunden. Elmo hängte seine Jacke

zweimal vom Haken, ehe er sich entschloss, sie hängen zu lassen. Bei dem Wetter, er vergewisserte sich am Fenster, gab es keine Verfolgung. Quatsch das. Er stapfte die Treppe hinunter ins düster beleuchtete Foyer.

An der Rezeption stand eine Dame mit Tasche, noch im Mantel, und stöberte in den Auslagen oder studierte die Preisliste. Sie schaute kurz auf, als sie Elmo bemerkte, grüßte jedoch nicht. Das Büro lag hinter der Rezeption. Die Tür war verschlossen.

War sie nicht sonst immer offen? Nein, da irrte er sich wahrscheinlich. War ja jetzt ziemlich spät. So ein Büro konnte man nachts nicht offen lassen. Elmo sprang an der Rezeption nach oben. Die Dame schaute ihn über den Rand einer Brille an. Er lächelte entschuldigend, murmelte was von einem Schlüssel, den er suchte.

Unten an der Tür hatte er durch einen klitzekleinen Spalt Licht gesehen. Elmo schlenderte durch den Raum und plumpste in einen Sessel, seine Arme hingen links und rechts über die Lehne, die Beine breit. Die Dame schüttelte den Kopf. Elmo sah es wohl, aber da sie sich wieder abwandte, reagierte er nicht. Was wollte die hier? Glaubte sie, wenn sie abends halb zehn vor der Rezeption Wurzeln schlug, dass sich da noch was rührte. Vielleicht hatte sie auch den Lichtspalt gesehen und hoffte, dass noch jemand rauskam. Aber warum klopfte sie dann nicht? Hatte sie schon und es war gar niemand im Büro?

Die Hoteltür wurde aufgeschlossen. Die lag nicht in seinem Blickwinkel. Elmo schob den Kopf um die Lehne, registrierte dabei, wie die Dame an der Rezeption im Schatten einer Pflanze verschwand. Es war Yanniks Mutter, das sah er gleich. Die war nicht mehr ganz nüchtern. Und den alten Knacker, der sie da vor sich her bugsierte, hatte sie sich wohl als Rache dafür, dass ihr Mann abgehauen war, zugelegt.

„Hallo Elmo", sagte sie und erklärte ihrem Begleiter: „Das ist der Sohn von den Bekannten, mit denen wir hier sind."

„Guten Tag", sagte der Herr.

„Tach", sagte Elmo, versteift in seiner lockeren, halb liegenden Haltung. Aufstehen kam nicht in Frage. Der Typ achtete ihn nicht, sah er ganz deutlich. Dieses gut situierte Getue, ganz Gentleman, wie aus einem Fünfziger–Jahre–Film. Sie wandten sich von ihm ab, obwohl Elmo spürte, dass der folgende Dialog für ihn gesprochen war. Es war ihm eine stille Genugtuung, den alten Säcken einen romantischen Abend zu versauen. Entschuldigen Sie meine Dame, dürfte ich sie bitten, die Beine zu spreizen. Danke. Wenn sie so freundlich wären, mit der Hand ein wenig nachzuhelfen.

Elmo prustete in Ricardas und Huberts Verabschiedung, was ihm einen abschätzigen Blick einbrachte. Hubert wandte ihm das Gesicht zu, in das ihr so dargebotene Ohr flüsterte Ricarda:

„Da kann er nichts für, das sind die Erdstrahlen."

Laut sagte sie:

„Danke für's Bringen, Herr Adelmann."

Dietrich blieb auf halber Treppe stehen, als er den Namen hörte. Er schaute Yannik an, legte einen Finger auf die Lippen. Der nickte. Beide lugten durch die Geländerstäbe nach unten. Links saß Elmo und beobachtete durch seine Finger, die er nun vor dem Gesicht hatte, die Szenerie.

Yannik glaubte, dass er sie gesehen hatte, aber er ließ es sich nicht anmerken. In der Mitte standen wie auf einer Bühne seine Mutter mit einem älteren Herren, und rechts vor einer Zimmerpalme stand eine Frau und ihre Blicke trafen sich. Yannik erschrak, stieß seinem Vater den Ellenbogen in die Seite. Er brauchte nicht zu zeigen. Dietrich folgte dem Blick seines Sohnes und ließ erstaunt die Hände fallen.

Hildegard lächelte amüsiert. Die Lage erinnerte sie an einen Fernsehschwank, die früher öfter gelaufen waren. Bis auf das Finale, wo sich alle kriegten, waren die ganz lustig gewesen.

Hubert brachte Ricarda jetzt zur Treppe, Yannik und Dietrich blieb nichts übrig als aufzustehen und herunterzulaufen.

„Hallo", sagte Dietrich.

„Hallo", sagte Ricarda mit gesenktem Kopf.

„Guten Tag." Dietrich reichte Hubert die Hand. Der gab sie ihm.

„Wir haben uns gesehen auf der Piste beim Mittagessen. Ich bin der Gatte ihrer … nun, … Bekannten, Juliane."

„Ah", sagte Dietrich nur. Yannik flüsterte ihm ins Ohr: „Papa, der Koffer."

Und da verstand Dietrich, dass Hildegard an der Pflanze keine Fata Morgana war. Die war nicht umsonst hier. Hildegard gab dem Ganzen einen Sinn.

„Entschuldigen Sie."

Er nickte seiner Frau und dem Herrn Adelmann zu, ging nach rechts in die dämmerige Ecke. Es war schlecht möglich, Hildegard unbemerkt zu begrüßen. Neugierig trippelte der ganze Pulk hinterher. Selbst Elmo kam aus seinem Sessel.

19. Kapitel,

in welchem Gregor seine Pistole zieht und Juliane sich ein Auto borgt

Gregor saß, die Beine übereinandergeschlagen, mit sauber geputzten Schuhen auf dem Besucherstuhl. Lässig. Die Pistole steckte so im Hosenbund, dass Aloisius sie sehen konnte. Anfangs jedenfalls, im Moment schien sie verschwunden zu sein. Hatte er sie in die Jacke getan?

Gregor spielte den selbstsicher Amüsierten. Sein Lächeln wirkte seltsam gefroren. Er wartete, dass Alois sprach.

Des Wirtes Hände hielten den Lederkoffer fest. Wenigstens den könnte er mir lassen, dachte er unsinnigerweise.

„Es ist alles drin, die gesamte Summe, einschließlich der aufgelaufenen Zinsen. Klar, dass ich die Mäuse nicht all die Jahre unterm Bett aufbewahrt habe."

Er lachte, hustete, sprach weiter.

„Aber das werden sie verstehen, ich hatte Auslagen, ich habe mich gekümmert, es war nicht ungefährlich, ehm…"

„Du willst einen Anteil", stellte Gregor fest.

„Nun ja." Aloisius wischte mit einem sauber gefalteten Taschentuch seine Stirn, wiederholte leiser:

„Nun ja."

Gregor widerstand der Versuchung, den Koffer anzustarren. Er lächelte freundlich seinem Gegenüber ins Gesicht, der starrte den braunen Lederkoffer an, als habe er die Zahlenkombination vergessen.

„Nun, das ist recht und billig", sagte Gregor, der auf alle Fälle friedlich hier raus wollte. Die Autoschlüssel trug er bei sich.

„Warum nimmst du dir nicht die Zinsen?"

Gregor legte den Kopf schief bei seinem Vorschlag. Warum bist du da nicht selber drauf gekommen, du Versager?

„Oh", sagte Aloisius und Gregor verstand.

„Kleiner Scherz", sagte er darum. „Wie viel sind es denn?"

Alois zog die zusammengehefteten Bögen aus der Jackentasche, legte sie vor sich, glättete sie und reichte sie Gregor über den Tisch. Der beugte sich langsam nach vorne, bemerkte das Zittern des Papiers an den Enden. Lehnte sich zurück. Er schaute Alois fest in die Augen, der dem Blick standhielt. Gregor wusste, dass kein Zucken ihn verraten durfte. Er senkte den Blick. Er war nur damit beschäftigt, gleichmäßig zu atmen. Die Zinsen, die da zusammengefasst auf dem Deckblatt standen, waren das Mehrfache dessen, was er sich erträumt hatte. Er hob den Blick schnell, jetzt war nicht die Zeit, sich an den Zahlen zu berauschen.

„Diese Summe ist in dem Koffer?"

„In Tausenderscheinen. Tut mir leid, ich wollte mit dem Wunsch nach kleinen Scheinen keinen Verdacht erregen."

„Kein Problem, denke ich. Das sind natürlich eine Menge Zinsen. Ich denke …"

Gregor wollte Alois auf die Hälfte runterhandeln, der Glaubwürdigkeit wegen. Gebrauchen konnte er diese ungeheure Menge Geld sowieso nicht. Er kannte nur einen Gedanken: so schnell als möglich weg hier.

Er musste sein Auto irgendwo stehen lassen, ein anderes kaufen, gebraucht selbstverständlich. Das würde vor morgen früh nicht möglich sein. Das hieß, unterwegs in Innsbruck oder in Wien in einen Zug steigen, irgendwohin fahren, untertauchen, nachdenken. Das Handeln mit Aloisius sollte nur dahin führen, dass sein Aufbruch nicht gehetzt aussah. Außerdem überlegte er, ob er den Wirt, bis er aus dem Tal raus war und für's Weiterfahren mehrere Möglichkeiten bestanden, mitnehmen sollte, nur zur Sicherheit.

Es klopfte an der Tür. Alois stand auf, Gregor beugte sich nach vorne, Auge in Auge, hob den Koffer auf seinen Schoß. Alois sah noch, wie Gregor seine Rechte unter die Jacke schob. Der Wirt drehte den Schlüssel, öffnete die Tür einen Spalt und wurde rigoros beiseite geschoben.

„Da kommen wir wohl gerade richtig."

Hildegard sah Gregors Pistole auf sich gerichtet.

„Pff", machte sie.

Aloisius wollte die Tür schließen, aber Hildegard griff resolut durch den Türspalt und zog Dietrich herein. Ihm folgten Ricarda und Hubert. Gregors Makarov steckte wieder im Halfter. Hildegard sagte:

„Ricarda, entschuldige bitte, auch sie mein Herr. Bitte lassen sie uns allein, wir haben Geschäftliches zu besprechen."

Sie fand den Tonfall und die Wortwahl lächerlich. Aber Hubert deutete eine Verbeugung an.

„Entschuldigen sie bitte."

Er trat einen Schritt zurück, hob beide Arme auf halbe Höhe, der eine wies Ricarda den Weg zur Tür hinaus, der andere versperrte ihr den Zugang zum Zimmer, wie ein Protokollchef beim Staatsempfang. Die Geste erinnerte Ricarda an heute

Morgen, als er sie im Foyer auf das Sofa komplimentiert hatte. War seitdem wirklich kaum dieser eine Tag vergangen?

Hildegard nickte befriedigt, schloss vorsichtig die Tür, lehnte sich mit dem Rücken dagegen.

Gregors Hand lag immer noch auf dem Griff seiner Waffe. Das schwere kalte Metall beruhigte ihn. Hier nun würde sich alles aufklären. Seine Gedanken überschlugen sich. Er zwang sein Gehirn zur Ruhe, verbot sich jedes Denken. Sein Kinn hob sich langsam, als erwache er aus einer Trance. Ein Lächeln wanderte auf sein Gesicht.

Aloisius wurde blass. Dies Lächeln beunruhigte ihn. Der Mann wirkte wie einer, der seine innere Ruhe gefunden, Frieden mit der Welt gemacht hat, den Dingen, die da kommen, gelassen entgegensieht, da sie an seinem unerforschlichen Ratschluss nichts mehr ändern können. Angst kroch ihm in die Glieder. Immer wieder zwang er sich zu den Gedanken: er kann uns nicht erschießen, draußen stehen Leute, alle trifft er nicht, weit kommt er nicht, von hier kann man nicht fliehen, wenn man gerade ein Massaker angerichtet hat und nicht damit zu rechnen ist, dass es für mehrere Stunden unbemerkt bleibt.

Die Blässe seiner Haut, seine irrlichternden Augen bemerkte nur Dietrich. Der zog die Stirn kraus. Vielleicht litt der Mann an Wahnvorstellungen. Zum wiederholten Male versuchte er, sich dieses Gesichtes zu erinnern. Es gelang ihm nicht.

Das lag daran, dass er vor dreizehn Jahren Alois gar nicht angesehen hatte. Dietrich erinnerte einen dunklen Treppenaufgang, ein altes Wiener Mietshaus, eine zweiflügige Tür, die aufgeschoben wurde, die Stimme einer Hausangestellten, die ihn meldete. Kaum dass er die Vollmacht eines Blickes gewürdigt hatte. Zu tief hatte er gespürt, dass er hier nicht hergehörte. Was hatte er für einen Aufwand betrieben! Ricarda mit schlechtem Gewissen mit den Kindern auf einen Einkaufsbummel geschickt, Kopfschmerzen vorgetäuscht, weil Hildegard gesagt

hatte, es müsse keiner, auch nicht Ricarda, von dem Kurier-
dienst erfahren. War es so gewesen? Mindestens schwer war der
Koffer gewesen. Und wieder fiel ihm jetzt dieser Tag in Fetzen
ein, von denen er nicht wusste, ob sie alle dahin gehörten, ob sie
zusammenpassten: das Treppenhaus zur zweiflügligen Tür, der
Stahlkoffer zur Stimme des Dienstmädchens, der Einkaufsbummel zu den Kopfschmerzen.

Hildegard und Gregor maßen sich mit den Augen. Sie lächelte leicht wie eine Erwiderung des Einverständnisses.

Gregor dachte, er könnte die beiden Schnarchnasen umle-
gen; die Frau würde ihm helfen, die Leichen fortzuschaffen. Die
beiden schienen ihm eine Gefahr zu sein.

Hildegard besann sich. Der ganze Moment, vom Schließen
der Tür bis ihre Stimme leise den Raum ausfüllte, dauerte keine
halbe Minute. Tief schaute sie Gregor in die Augen, vergewisserte sich mit zwei Seitenblicken der Anwesenheit der beiden
anderen, dann sagte sie:

„In diesem Zimmer fügt sich etwas zusammen, das dreizehn
Jahre getrennt war und ruhte: ein Treugeber und ein Treuhän-
der, ein Bote und …", wieder richtete sie ihren Blick auf Gregor, fragend diesmal.

Gregor schürzte die Lippen:

„Ein Schatzsucher?", schlug er vor.

„Ein Schatzsucher."

Hildegard nickte als finde sie den Vergleich passend.

„Wie es scheint, haben sie einen gefunden."

„Und es ist wie im Buch. Kaum hat man ihn, stehen die
Leute drum herum und wollen ihren Anteil."

„Wie bei Monte Christo läuft das eben nicht. Besonders
wenn man weder weiß, wo der Schatz liegt, wie groß er ist und
wie man an ihn herankommen kann. Das schafft Mitwisser; das
weckt manchen, der ihn schon verloren glaubte."

„Mein Anruf?", fragte Aloisius.

„Ein Anruf, dein Anruf, das ist nicht wichtig. Setzen wir

uns", sagte Hildegard zu Dietrich, der ihr zögernd an den Tisch folgte.

In dem Büro war es still. Vom Foyer her war nichts zu hören. Es lag verwaist.

Hubert hatte Ricarda trotz der frech amüsierten Blicke Elmos nach oben begleitet. Ricarda wollte das Yanniks wegen nicht, aber sie war zu sehr damit beschäftigt zu überlegen, was um aller Welt diese vier Menschen für gemeinsame Geschäfte haben könnten, als dass sie Huberts Begleitung bewusst zur Kenntnis genommen hätte.

Auch sie dachte an jene Fahrt nach Österreich, als Dietrich einen Tag vor der Abreise plötzlich vorschlug, Wien zu besichtigen; Dietrich, der Städtereisen immer gehasst hatte. Und dieser verschlossene Koffer!

Dietrich hatte behauptet, dass die Schlüssel in dem anderen Koffer seien, und dass er die jetzt nicht heraussuche, als sie gefragt hatte. Sind bloß ein paar Klamotten drin. Eifersüchtig hatte er sie von dem Kofferraum ferngehalten, immer den Autoschlüssel am Mann und: *lass doch Schatz, kann ich dir doch holen, deine Sonnenbrille.*

Auf einem Parkplatz war sie ganz plötzlich an die Heckklappe getreten. Sie wollte den verrutschten Picknickkorb geraderücken. Schnell griff sie unter den Koffer, der für einen Kleiderkoffer viel zu schwer war. Dann seine Leidensmiene im Hotel: er habe Migräne, müsse sich ausruhen, die Fahrt war anstrengend.

Hättest mich fahren lassen können, aber mit dem neuen Auto (auch wenn es nur ein Gebrauchter war) war das schwierig, vorsichtig ausgedrückt. Als sie vom Einkaufen zurückkam, stand der Koffer im Zimmer. Vorher hieß es, er brauche ihn nicht für die zwei Tage. Federleicht. Hast ihn ja doch hoch geholt. Ja, mein Schlafanzug lag darin. Wann war das gewesen. Es musste nach der Währungsunion passiert sein, vorher war an eine Hotelübernachtung in Wien nicht zu denken gewesen.

Hubert hielt die Hand auf, er spürte schon, dass sie in Gedanken war. Ricarda legte die Hände auf die Hosentaschen. Dietrich musste den Schlüssel haben.

„Ich gehe ihn holen", bot Hubert sich an.

„Das ist keine gute Idee. Warten sie hier."

Ricarda ging. Auf der Treppe kamen ihr die Kinder entgegen. Yannik würdigte seine Mutter keines Blickes, ging stur vorbei. Elmo wollte sagen, dass es da unten keinen Kondomautomaten gäbe, grinste aber nur.

Ricarda war puterrot, als sie im Foyer ankam. Sie stand eine Weile vor der Rezeption, bis sie sich ein Herz fasste und klopfte. Sie hasste sich für ihre Angst. War sie nicht eine erwachsene Frau?

Draußen tobte ein Schneesturm. Dicke weiße Flocken trieben waagerecht. Oben wirbelten sie, wurden hoch gerissen, türmten sich über Graten zu Wehen auf. Es war stockdunkel. Kein Licht weit und breit, nur kalter Schnee und Wind. Ab und zu sah Odette zurück, aber sie konnte nichts mehr erkennen. Noch waren die Füße trocken. Vor einer Stunde hatte sie geschrien, den Schnee verhöhnt, den Wind verlacht, der Kälte gespottet. Jetzt hielt sie die Lippen geschlossen. Sie war erschöpft, aber nicht mutlos.

Sie schaute lange nicht mehr nach oben. Da sah sie nichts als was sie vorne, hinten, links und rechts auch sah. Sie wusste nicht, ob sie ihre Uhr noch hatte. Sie schätzte, dass es kurz vor Mitternacht war.

Odette hob den Stock, stieß ihn vor sich in den Schnee, in dem er tief versank. Tapfer setzte sie ihren Fuß hinterdrein. Als ihr Handy klingelte, das neben den Müsliriegeln bei jedem Schritt vor und zurück schwang, glaubte sie an eine gute Zukunft. Sie lächelte, Tränen liefen ihr über's Gesicht und gefroren zu Eis.

„Meine Mutter war doch nicht dabei, oder?"

Elmo unterbrach die Verbindung, als sich die Mailbox meldete.

„Wo? Da unten? Nein.“

„In ihrem Zimmer ist sie nicht.“

Elmo stieß den Fuß wütend gegen das Bett.

„Sie ist eine Nutte.“

„Heh, sie ist deine Mutter.“

„Na und!“, brüllte Elmo. „Was tut eine Mutter, hä? Sie kümmert sich um ihre Kinder! Was tut meine? Sie vögelt jeden, der nicht schnell genug den Blick abwendet.“

„Du bist kein Kind mehr“, stellte Yannik fest.

„Nein, aber ich war eins. Bei jedem Mädchen stelle ich mir vor, wie ihre Fotze aussieht. Ich kann keiner ins Gesicht sehen, ohne Fotze zu denken. Und ich stelle mir nicht vor, wie ich sie mit meinem Schwanz ficke, bei Gott nicht!“

„Was hat deine Mutter damit zu tun?“, fragte Yannik, nachdem sie eine Weile stumm nebeneinander gelegen hatten. Elmo verzog angewidert das Gesicht. Er stand auf, griff im Vorbeigehen nach Jacke und Schuhen und knallte die Tür hinter sich zu.

Er zog sich erst unten im Foyer an. Yanniks Herz schlug heftig, in der Magengegend krampfte es. Alle hatten sie irgendwelche Geheimnisse, und er verstand ihre Andeutungen nicht. Sie würden ihn einbeziehen, aber seine Fragen sperrten ihn aus. Er wusste nicht warum, verstand es nicht. Dann stand Veronika in der Tür. Er hatte sie nicht kommen hören.

„Ich habe deinen blöden Freund abhauen sehen.“

„Der ist nicht blöd, und mein Freund ist er auch nicht.“

„Was bist du charmant. Ich kann ja wieder gehen.“

„Entschuldige, bleib.“

Yannik schwang den Oberkörper auf, kreuzte die Beine, umschlang seine Knie mit den Armen. Veronika schlenderte am Bett entlang, strich mit den Fingern über den Tisch, hielt den Kopf schief. *Fotze.*

„Willst du mal Kinder haben, eigentlich“, fragte er.

„Ja", sagte sie, verschlang die Arme unter der Brust.

„Und du?"

„Ich weiß nicht. Man muss ja dann Vorbild sein. Ich meine, man kann dann nicht selber ein Kindskopf bleiben."

„Nein."

„Außerdem ist es gut, wenn man treu ist. Kinder leiden ja so unter Trennungen."

„Mmh."

„Wenn zum Beispiel in einer Familie der Vater fremdgeht, dann kriegen das nach einer Weile alle mit. Es wird getratscht, vielleicht erfahren es die Kinder von Schulkameraden, und dann haben sie einen Knacks weg. Kinder haben eine Ehre, verstehst du?"

„Ich glaube, es ist schlimmer, wenn die Mutter fremdgeht. Die Mutter ist der stärkere Bezugspunkt. Von einem Vater erwartet man nichts anderes, aber als Mutter bist du voll unten durch."

„Meinst du?", fragte Yannik.

Veronika schaute misstrauisch auf den breit grinsenden Jungen. Der warf sich nach hinten, rief „Ach ja!" und klatschte mit den flachen Händen auf die Bettdecke.

Elmo wusste nicht wohin er lief. Er ging die Straße entlang, in der Mitte. Er würde nicht weichen. Aber es kam kein Auto, nicht ein einziges.

Ricarda wartete nicht, bis „Herein" gerufen wurde. Sie drückte die Klinke. Die Tür war verschlossen. Sie klopfte noch Mal. Sie rief:

„Dietrich!"

Vorsichtig, als müsse sie darauf achten, nicht das ganze Haus zu wecken. Sie hörte Stühle rücken. Etwas wurde geschoben, dann öffnete sich die Tür einen Spalt. Dietrich verdeckte, verteidigte ihn geradezu mit seinem Körper.

„Was gibt's?"

„Was treibt ihr denn hier?"

„Erzähl ich dir später."

Ricardas Augen suchten den Mann zu durchdringen, aber da war keine Ritze. Als er in die Hosentasche nach dem Schlüssel griff, verbog er sich ein wenig, da sah sie eine Hand auf dem Tisch liegen, eine Frauenhand, schon recht betagt, ohne Ringe an den Fingern, aber die Nägel dezent lackiert.

„Wie kommst du an diesen Mann?", fragte er, noch während er sich mühte, den klobigen Schlüsselanhänger aus den Jeans zu polken.

„Julianes Mann?", fragte sie und:

„Du solltest dich beeilen. Wir warten im Zimmer. Er ist sehr charmant und ich weiß nicht, wie lange ich noch widerstehen kann."

Dietrich sah seiner Frau hinterher, bis sie auf der Treppe verschwunden war. Charmant. Wo war eigentlich Juliane?

Juliane. In der Kirche hatte es keine Erleuchtung gegeben. Konnte es gar nicht, soviel war klar. Es war kalt und ungemütlich gewesen. Die Wände waren weiß und kahl, der Altar so gestaltet, als wolle Mutter Kirche für Jahrtausende üppiger Schwelgerei mit besonderer Kargheit büßen. Enttäuscht verließ sie den Ort und wanderte ins Dorf zurück.

Trost spendete Huberts Kreditkarte. Sie kaufte einen zweiteiligen Skianzug, ganz in Weiß und dazu passende Schuhe. Sie zog ihn gleich an, schaute nach dem teuersten Hotel, verzehrte ein Viergängemenü. Vom Wein müde, fuhr sie nach Hause, schlief drei Stunden, erwachte gegen fünf, erschrocken, weil Hubert jeden Moment kommen musste. Rasch sammelte sie ihre Sachen, verschwand im Bad. Sie wollte ihm angekleidet und frisiert entgegentreten; die Haare streng nach hinten gekämmt und zu einem Knoten gebunden, in Schuhen, auf keinen Fall in Badelatschen oder Pantoffeln. Schon bald wurde sie ungeduldig. Erst saß sie noch gerade, die Beine übereinandergeschlagen, blätterte in den Hotelprospekten und lauschte auf jedes Geräusch. Jetzt, es war zehn Uhr vorbei, lag sie auf dem Bett, die Schuhe auch. Nachrichten, Gesichter, ein Zugunglück. Juliane nagte auf ihrer Unterlippe. Sie überlegte, ob sie einschlafen könnte, einfach so, vor laufendem Fernseher. War es jetzt zwei Tage her, dass sie ihn zum letzten Mal gesehen hatte? Es erschien ihr wie eine Ewigkeit. Es würde sein, als käme ein wildfremder Mann in ihr Hotelzimmer. Ein Fall für die Polizei, den Staatsanwalt. Ein Irrtum. Es klopfte, sie schrak hoch. Hubert war ihr erster Gedanke, aber der würde nicht klopfen.

„Moment", rief sie, strich die Decke glatt, schaltete den Apparat aus und stellte sich sehr gerade. Ein Blick in den Spiegel auf dem Weg zur Tür, zweimal mit den Händen über die Wangen gewischt.

Es war Peer.

Der schaute sie nicht an, linste über ihre Schulter ins Zimmer.

„Ist Hubert nicht da?"

„Nein."

„Darf ich reinkommen?"

Was war das für ein Urlaub. Peer war einer von den kurzgeschorenen Grauhaarigen, die sich einbildeten, auch im Alter noch knusprig auszusehen. Juliane trat zur Seite, senkte dabei den Kopf.

„Danke."

Peer schob sich an ihr vorbei, seine Schulter streifte ihre Haare. Sie schüttelte sich.

„Was gibt's?", fragte Juliane, als er es sich im Sessel bequem gemacht hatte.

„Ich wollte mit Hubert schwätze. Die letzten Abende war er immer alloin."

Peer sah sie an, als verlange er eine Erklärung.

„Hubert ist nicht da."

Juliane ärgerte sich, dass sie ihn nicht an der Tür abgefertigt hatte.

„Wann kommt er denn?"

„Er müsste jeden Augenblick hier sein."

Sie verzog den Mund, als ihr auffiel, dass dies einer Einladung gleichkam. Und richtig:

„Dann darf ich doch sicher warten. Meine Frau ist schon zu Bett gegangen. Ich habe ihr ja gesagt, wir nehmen ein Appartement. Es war ihr zu teuer, dabei ging es um lumpige dreihundert Euro diese Woche. Und ich habe jetzt den Schaden. Obwohl, entschuldigen Sie. Haha."

Er stand auf, ging an den Kühlschrank.

„Trinken Sie ein Glas Sekt mit mir. Hubert wird nichts dagegen haben. Vielleicht lernen wir uns etwas besser kennen. So reden ja immer mehr die Männer. Von Ihnen weiß ich kaum etwas. Erzählen Sie mir von sich."

Peer schraubte beide Piccolo auf, nahm die frischen Wassergläser, hielt sie schräg beim Eingießen. Juliane lächelte gezwungen, seine Hand berührte ihre, als sie das Glas nahm. Sie zuckte zurück. Das Glas neigte sich bedrohlich, gleichzeitig griffen sie zu, so hielt er ihre Hand, sie das Glas.

„Entschuldigen Sie meine Ungeschicklichkeit. Sie haben sehr schöne Hände. Überhaupt muss ich sagen, ich beneide Hubert ein wenig. Trinken wir auf Huberts schöne Frau."

Er zwang seine Augen in ihre, als sie anstießen. Juliane wusste nicht, was sie sagen sollte. Mit Gleichaltrigen hatte sie solche Probleme nicht. Aber bei Männern, die ihr Vater sein konnten und die den Gentleman spielten, fühlte sie sich so unbehaglich wie hilflos.

Sie glaubte nie, dass die auch nur pimpern wollten. Einem Mann wie Peer gegenüber kam die wohlerzogene Tochter in ihr hoch. So schwieg sie, weil ihr nicht einfiel, wie man *Verpiss dich, du Wichser* höflich formulieren sollte. Der Sekt war angenehm kühl und sie trank drei große Schlucke.

Als sie absetzte, entfuhr ihr ein unkontrollierter Rülpser. Sie wurde puterrot, glaubte, ihr Kopf würde vor Hitze explodieren und hielt sich tatsächlich verschämt die Hand vor den Mund. Peer lachte leise, stellte sein Glas ab, trat zu ihr hin, legte den Arm um ihre Hüfte. Seine Finger, groß und kräftig, drückten fest zu.

„Setzen wir uns", sagte er und plumps, fand sie sich neben ihm auf der Bettkante wieder.

„Hubert müsste jeden Moment kommen."

Sie versuchte, ihren Bauch aus seinem Griff zu winden. Mit der rechten Hand balancierte sie das Sektglas. Peers Griff lockerte sich ein wenig, ganz los ließ er nicht. Dadurch rutschte seine Hand etwas tiefer, sie spürte die Wärme am Po.

„Er kommt sicher nicht mehr. Die letzten Abende war er allein, vielleicht hat er sich eine Freundin gesucht. Verstehen Sie mich nicht falsch, im Grunde bin ich auch für eine offene Beziehung. Wir leben nur einmal. Was sollten wir uns Grenzen auferlegen, die widernatürlich sind. Ich glaube, Sie verstehen das, oder?"

Jetzt zwinkerte der Kerl verschwörerisch. Wahrscheinlich hatte Hubert ihm sein Leid geklagt. Juliane nahm das Glas in die andere Hand, schob seine schwarz und grau behaarte Pranke von ihrer Hüfte und stand auf. Dabei drehte sie noch im Erheben ihr Hinterteil von ihm weg.

„Nein", sagte sie, „ich verstehe ganz und gar nicht."

Peer setzte ein spöttisches Lächeln auf.

„Kommen Sie, Juliane. Sie hatten doch auch eine schöne Woche. Huberts Gerede von einer Magenverstimmung kam mir gleich suspekt vor. Was gäbe es für einen Grund, nächtelang wegzubleiben, wenn nicht, na Sie wissen schon."

Juliane schloss die Augen, sie fühlte eine unendliche Müdigkeit wie bei einer Wiederholung im Fernsehen nachts um zwei. Man weiß, man sollte zu Bett gehen, aber irgendeine schöne Szene kam bestimmt noch und die wollte man nicht verpassen.

Dieses Gesicht, wie es sich bemühte, die wachsende Geilheit mit Spott zu verdecken und mit kühler Ironie dem animalischen Trieb ein wissendes Mäntelchen umzuhängen. Wahrscheinlich versuchte der noch bei der Ejakulation einen coolen Spruch. *Gnädige Frau, ich komme.* Aber deshalb mit ihm pennen, um das rauszufinden? Ihre Schulter verzog sich.

„Ich weiß auch nicht, wo Hubert bleibt. Es ist besser, wenn Sie gehen."

„Glauben Sie?"

Peers Kopf schoss nach vorne.

„Ich habe gewusst: auch Sie könnten nicht widerstehen. Es ist zu stark in uns."

Juliane gluckste. *Die Macht,* schrie es in ihr, *die Macht, sie ist stark in uns.* Aber hatte er nicht recht? War Dietrich anders? Wollte er mehr von ihr als ein Urlaubsvergnügen und ein bisschen Erinnerung an die alten Zeiten? Heute war Donnerstag. Heute musste sie das herausfinden. Sie schaute zur Uhr auf dem hinteren Nachttisch. Halb elf, eine viertel Stunde Weg mit dem Auto, wenn die Straßen geräumt waren, wenn ein Auto zur Verfügung stand.

„Sie könnten mir einen Gefallen tun."

„Jeden."

„Ich muss noch Mal los und bräuchte einen Wagen. Ob Sie mir Ihren leihen könnten?"

„Wo wollen Sie denn hin? Um diese Zeit!"

„Es dauert nicht lange. Ich habe vergessen, etwas zurückzugeben. Morgen könnte es zu spät sein."

„Darf man erfahren, was das ist?"

Juliane überlegte. Wollte sie nicht etwas holen? Was brachte es ihr, die Entsagungsvolle zu spielen? Wenn er sie abwies, zu Frau und Kindern zurückkroch, wusste sie wenigstens woran sie war.

Sie lehnte sich über Peer, ihre Gesichter berührten sich fast. „Haben Sie ihn dabei?"

Er zog den Schlüssel aus der Tasche. Plan B trat in Kraft.

240

„Ich fahre Sie", sagte er. „Sie kennen den Wagen nicht, der hat ganz schön Power."

Juliane überwand sich, küsste ihn hingebungsvoll auf die Wange, zog ihm dabei den Schlüssel aus der Hand. Dann gab sie ihm einen leichten Stoß.

„Sie warten am besten auf Hubert, er müsste ja jeden Augenblick kommen."

Sie griff nach Schuhen, Mantel und Schal. Peer reagierte zu spät. Erst als er hörte, wie sie den Schlüssel von außen ins Schloss steckte, sprang er auf.

Peer war ansonsten ein beherrschter Mann, der seine Gefühle im Griff hatte. Er schlug nicht einmal gegen die Tür. Er gestattete sich den Ausruf:

„Blöde Ostschlampe!", aber auch das nicht laut genug, dass Juliane es hätte hören können. Als Juliane an der Rezeption vorbeiging, hörte sie das Telefon klingeln. Sie beschleunigte ihren Schritt, was nicht nötig gewesen wäre. Es brannte nur noch eine Notbeleuchtung. Mit einem halben Auge behielt sie das Foyer im Blick. Sie hatte Glück und musste nicht weit laufen, bis ein Wagen aufblinkte und ein Zwitschern von sich gab. Er war vor nicht allzu langer Zeit bewegt worden. Die paar Schneekrümel schafften die Scheibenwischer. Das Hotel lag im Dunkel, als der Daimler seine Lichtkegel der Straße zuwandte.

20. Kapitel,
in welchem jeder sich neu sortiert

Hubert erlebte die drei Minuten auf dem dunklen Flur sehr bewusst. Er war aufgeregt. Er horchte auf jedes Geräusch, atmete langsam, damit kein heftiges Geschnaufe irgendwen auf ihn aufmerksam machte. Dabei fühlte er sich wie nach einem Dreitausendmeterlauf, öffnete weit den Mund und sog die Luft ein. Ein Vorüberkommender hätte unweigerlich den Notarzt gerufen. Am Ende des Ganges wurde eine Tür aufgerissen, ein Lichtkegel, der erlosch, dafür flammte die Flurbeleuchtung auf. Huberts Herz raste, er spürte das Pochen seiner Aorta gegen die Bauchdecke. Er stand wie ein Denkmal.

„Ist ihnen nicht gut?", fragte die Frau.

„Oh, es ist nichts", sagte Hubert, „meine … Partnerin holt nur den Schlüssel. Deshalb stehe ich hier." Er machte noch „eh", was ein freundliches Lachen andeuten sollte. Mit einem misstrauischen Blick nickend verschwand die Frau.

Ihr Mann hielt die Schwingtür auf, durch die Ricarda mit einem höflichen Dankesblick geschritten kam. Sie hielt den Schlüssel hoch, Hubert grinste gestresst. Er deutete eine Verbeugung an, als er an ihr vorbeischritt und sie „Nicht so genau hingucken, es ist nicht aufgeräumt." sagte. Seine Frau hatte ein Verhältnis mit dem Mann dieser Frau. Was sprach also dagegen?

„Sie hat nur den Schlüssel vergessen", sagte Dietrich entschuldigend.

„Wir sollten das hier schnell hinter uns bringen."

Gregor sprach leise.

„Wer außer uns vieren weiß noch von dem Geld? Sie?"

Hildegard zuckte die Schultern.

„Es ist ein Mysterium, kaum erklärbar. Ich habe Vermutungen. Immerhin hat die letzten zehn Jahre Keiner danach gefragt. Außerdem trage ich das Risiko. Euch kennt ja niemand."

„Mich schon", sagte Aloisius.

Gregor fragte wegen der Vermutungen nach. Aber Hildegard blieb vage. Damals, das hatte sie aber erst viel später erfahren, war in der Bezirksleitung ein Genosse plötzlich verstorben. Sie hatte nie gewusst, was der da eigentlich machte, ein unscheinbarer Typ. Der hat immer dem Chef die Knete besorgt, erzählte einer bei einem Pelmeni–Abend. Egal wofür und wie viel, Horst beschaffte die Kohle. Sie seufzte und sprach von einer gerissenen Informationskette.

Juliane drosselte das ohnehin nicht hohe Tempo. Einer Laune folgend bog sie ab, stellte sich zwischen die parkenden Autos. Da stand Dietrichs Wagen. Es lagen bestimmt ein paar Zentimeter Schnee darauf, aber es gab keinen Zweifel. War er also zu ihr zurückgekehrt! Männer sind Nesthocker. Der Eine rennt zu seiner Frau zurück, der Andere wahrscheinlich zu seiner Mutter. War sie eine schlechte Nestbauerin und wollte deshalb keiner bei ihr bleiben? Ihre Hand griff schon wieder leicht verdreht nach dem Zündschlüssel, aber sie zog ihn doch heraus. Egal wie, es würde ein Ende sein. Huberts Wagen stand gleich neben Dietrichs. Da lag noch weniger Schnee drauf. Aber Juliane ging daran vorbei ohne ihn zu bemerken. Sie hatte jenen Vorfall auf der Autobahn, wegen dem Hubert diese Woche einen Leihwagen fuhr, so gut wie vergessen.

Dietrich schaffte die Tüte ins Auto. Schnee rieselte in den Kofferraum. Unter der Bodenabdeckung neben dem Wagenheber fand er Platz. Er kontrollierte alle Türen, bevor er wieder ins Hotel ging, den Holzklotz weg kickte, mit dem er die Tür offengehalten hatte. Jetzt würde er Ricarda zur Rede stellen, ihr dabei den Zweitschlüssel entwenden, den sie in einem Fach ihrer Handtasche aufbewahrte, Juliane suchen und erstmal wegfahren. Nachdenken. Eine Lösung suchen.

Die Tür war verschlossen. Dietrich horchte und klopfte, aber alles blieb still. Wo waren die zu nachtschlafener Zeit? Dietrich lief zur Rezeption, kein Schlüssel am Brett. Im Büro brannte Licht. Saßen die da noch? Ein Auto fuhr auf den Parkplatz. Dietrich ging nach oben, er wollte hier jetzt nicht gesehen werden.

Hildegard kniff die Augen zusammen. Sie blendete auf, blendete ab, die Sicht blieb gleich beschissen. Nur dass bei Aufblendlicht noch mehr Flockenwirbel zu sehen war, als führe sie durch einen Heuschreckenschwarm. Sie sah fast so oft in den Rückspiegel wie sie nach vorne blickte. Sie rückte immer wieder daran herum, aber er blieb stockfinster. Nur in den Ortschaften, oder wenn sie sonst unter einer Laterne hindurchfuhr, sah sie, dass der Schnee keineswegs wie wild auf sie stürzte, sondern gemächlich zu Boden sank. Langsam beruhigte sie sich. Keiner verfolgte sie. Warum auch? Es war für jeden genug. Der Einzige, der die Summe vorher gekannt hatte, war Aloisius, und der war froh, dass er mit dem Schrecken davongekommen war. Dieser Gregor musste ihn ordentlich verunsichert haben. Hildegard spürte Müdigkeit in sich hochkriechen. Der Flockenwirbel im Lichtkegel (Abblendlicht war wirklich beruhigender) machte ihr zu schaffen. Sie erinnerte sich von der Herfahrt an einige nicht ungefährliche Passagen. Sie nahm den Fuß vom Gas, fuhr nur knapp über Schritttempo. Was war dieser Gregor für ein Mensch? Er hatte mit einer Pistole gedroht, als er sich mit Aloisius noch alleine wähnte. Ob er geschossen hätte? Sie versuchte, Einzelheiten ihrer bizarren Versammlung ins Gedächtnis zu holen. Was glaubten die Anderen, was da abgelaufen war, und wer von ihnen würde es erfahren?

Aloisius wird keiner Menschenseele etwas erzählen. Obwohl, Hildegard, woher willst du das wissen? Nein, Alois nicht. Dieser Gregor wahrscheinlich auch nicht. Dessen Frau und sein Kind hatte sie nicht gesehen. Oder doch, da war dieser Junge gewesen, aber hatte der nicht zu Dietrich gehört. Scheiß Geld. Hildegard fuhr wieder schneller. Der Schnee trieb jetzt von der Seite. Sie konnte einen kleinen Talkessel fast vollständig überblicken. Sie hätte so gerne mehr erfahren über das Leben dieser Leute. Hildegard mochte das Leben anderer Menschen. Im Grunde genommen, glaubte sie, war sie darum Parteisekretärin geworden. Es war genau das, was ihr heute fehlte: ein bisschen was hören, darüber reden, etwas empfehlen, manchmal anordnen. Vorne kam eine Kurve. Sie bremste vorsichtig, trat dann kräftig in die Eisen. Das Auto brach aus, rutschte langsam quer zur Fahrtrichtung, drehte sich, sie spürte einen Stoß, sah die Kofferraumklappe aufspringen, schaute nach rechts. Da war es stockfinster. Noch ein Stoß und der Wagen stand still. Zu hören war nur noch das Tuckern des Motors.

Sie drehte den Zündschlüssel. Das Geräusch erstarb. Sie besann sich und stieg aus. Sie suchte nach einer Taschenlampe, schlug den Kofferraum wieder zu. Kurz lief sie ums Auto, eine Delle rechts, nichts Schlimmes. Dann ging sie ein paar Schritte in die Dunkelheit. Da saß der Junge.

Sie trat vorsichtig näher, wollte ihn fragen, was er hier mache und ob ihm etwas passiert sei. Sie wurde zur Seite gestoßen, fiel hin. Sie spürte einen stechenden Schmerz in der Hand. Der Schnee war hart. Sie hörte jemanden rennen, die Türen ihres Autos klappen, das Brummen des Motors, die Lichter, dann wurde das Geräusch leiser, verstummte schnell, vom Fauchen des Windes verschluckt. Hildegard richtete sich auf, ohne die rechte Hand zu Hilfe zu nehmen. Sie glaubte nicht, dass sie gebrochen war, aber es schmerzte höllisch. Sie klopfte ihre Taschen ab. Wonach? Das Handy war im Auto, in der Handtasche; abgeschaltet, wenn sie sich richtig erinnerte.

Hildegard tastete nach der Taschenlampe, sah sie schließlich im Schnee leuchten, wenigstens etwas. In welche Richtung sollte sie gehen? Hildegard hatte keine Vorstellung, wie weit sie vom nächsten Dorf entfernt war. Sie stiefelte bergauf. Es lief sich angenehmer so. Und sie haderte mit der neuen Welt. Hätten die Beiden nicht einfach winken können? Sie hätte sie bestimmt mitgenommen. Heute vielleicht nicht, wo so viel Geld im Auto war, aber sonst bestimmt. Und dann überlegte sie, ob es tatsächlich Zufall sein konnte und glaubte es schließlich nicht. Wer stellte sich bei diesem Wetter an die Straße, um ein Auto zu rauben, wenn er nicht wusste, dass da eine Menge Geld mitfuhr. Aloisius. Hildegard stampfte fester auf. Den pochenden Schmerz im Handgelenk beachtete sie nicht.

„Es ist unklug", sagte Aloisius, hob die Flasche und schenkte nach. Gregor nickte schwer. Sie hoben die Gläser und tranken.

„Weißt du, ich bin froh, dass es so ausgegangen ist. Nun bin ich nicht mehr allein mit der Scheiße."

„Du bist bescheuert, blöde, bekloppt, nicht richtig im Kopf, plemplem, das bist du", erklärte Gregor langsam. „Ich an deiner Stelle hätte doch nicht zehn Jahre gewartet bis einer kommt und das Geld wieder haben will."

Alois schüttelte den Kopf und den Zeigefinger.

„Das verstehst du nicht. Die hätten mich gefunden."

„Wer?" Gregor verzog die Mundwinkel.

„Du weißt genau, wen ich meine."

„Die Stasi–Seilschaften sind nichts als ein Märchen."

„Aber dass du das rausgekriegt hast." Alois kicherte. „Hut ab. Wo hast du das gelernt?"

„Quatsch. Ein Wunder, dass es nicht jeder Hotelgast bemerkt hat. Du bist ein Amateur und uncool, mein Freund."

Alois' Augen verdüsterten sich. Er hielt sich an der Flasche fest.

„Mein Vater hat die großen Geschäfte gemacht. Mich hat er nur an die kleinen gelassen. Deshalb bin ich heute Hotelbesitzer und Verwalter und Hausmeister und Koch und Barkeeper und Buchhalter und so. Als Herr Elmer mir damals den Koffer gegeben hat und ich da reinschaute, dachte ich mir, jetzt drehst du auch mal ein großes Rad. Wie ein Gotteswink war, dass mein Vater starb. Aber zu mehr als einer Festgeldanlage hat es nicht gereicht. Nicht mal zu Aktien hatte ich den Mut, dabei könnten wir nicht nur reich, sondern superreich sein. Wahrscheinlich ist die Bank superreich geworden."

„Du bist eine Flasche, eine Beamtenseele", stellte Gregor fest. Alois nickte ergeben.

„Und du?", fragte er nach einer Weile. „Was bist du für einer. Woher nimmst du das Recht, mich eine Flasche und Beamtenseele zu schimpfen?"

„Meine Zeit kommt noch." Gregor goss sein Glas voll und trank.

„Ach was", spottete Aloisius, „meine auch."

„Deine Zeit wird nie kommen, weil du keine Vorstellung hast. Die einzige außer mir ist diese Hildegard. Die weiß, was sie will. Du und Dietrich, ihr stellt eine Gefahr dar."

„Ich habe dreizehn Jahre diesen Schatz gehütet wie meinen Augapfel. Was stelle ich für eine Gefahr dar?"

„Weil du erst ab heute glaubst, dein Anteil gehört dir."

„Und, tut er das nicht?"

Gregor nickte versonnen und sagte:

„Wie gewonnen, so zerronnen."

„Tu du ruhig neunmalklug. Du hast mich geblufft die Woche. Zieh daraus nicht die falschen Schlüsse."

„Hoffen wir das beste. Wer hochgeht, zieht die anderen möglicherweise mit."

„Ja."

Sie schwiegen eine Weile. Aloisius drehte sein Glas, Gregor strich immer wieder über dieselbe Stelle auf dem Tisch, als wäre da ein hartnäckiger Fussel.

„Ich habe da ein paar Kontakte …", setzte Gregor an. Alois hob abwehrend beide Hände.

„Ich will keine Kontakte. Das ist nicht meine Welt, da werde ich übervorteilt. Mein Vater war in der großen Geschäftswelt zu Hause."

Nach einer Zeit:

„Mach dir um mich keine Sorgen."

„Du kannst das Geld nicht hier behalten", sagte Gregor. „Schon morgen kann alles auffliegen."

„Das setzt voraus, dass jemand nach dem Geld sucht", sagte Aloisius. „Nur weil man zu viel Geld ausgibt und auf zu großem Fuß lebt, da dauert es etwas länger. Da kannst du immer noch behaupten, du hättest im Lotto gewonnen. Wer will dir das Gegenteil beweisen? Vorsichtig werden wir doch alle sein, oder?"

Er goss die Gläser voll, jeder hing seinen Gedanken nach. Alois hätte gern mehr über Gregor gewusst. Wahrscheinlich stimmte die Adresse nicht, die er bei der Anmeldung angegeben hatte. Er nahm sich vor nachzusehen. Und die Autonummer sollte er sich notieren. Nachfragen war zwecklos, dachte Alois. Das hier war nicht die Art des Kennenlernens gewesen, von dem man die runden Jahrestage zusammen feiert.

Es klingelte, kurz und vorsichtig.

„Kannst nachsehen", sagte Gregor und lächelte. „Ich pass auf deinen Anteil auf."

Er sah ihn an, schloss begütigend die Augen. Alois ging. Gregor hörte den Schlüssel, dann die aufgeregt flüsternde Stimme einer Frau. Er neigte sich schon nach vorn, um durch den Türspalt, den Alois gelassen hatte, etwas zu erkennen, da flog die Tür zurück. Alois schob Hildegard vor sich her.

„Wie spät wird das sein?"

Juliane schaute auf die Uhr, drückte eine Taste, das Display leuchtete grün in der Dunkelheit des Treppenhauses, wo sie seit mehr als einer Stunde auf einer Stufe unter dem Dachgeschoss saßen.

„Fast halb drei", sagte sie. Er küsste sie aufs Haar.

„Komm", sagte er und zog sie die Treppe hinunter.

„Peers Auto."

Juliane hielt sich erschrocken die Hand vor den Mund.

„Peer."

„Wer ist Peer? Pst."

Dietrich lehnte sich über das Geländer.

„Da klingelt jemand. Leise."

Unten waren Schritte zu hören.

„Mama, das ist Käse, was wir hier machen."

„Ich weiß, aber mach dir keine Sorgen. Wir treiben das nicht weit. Wir fahren nach Innsbruck, stellen das Auto da ab, und kommen mit dem Bus wieder ins Hotel, und ich schlafe mich dann den ganzen Tag aus."

Sie drückte ihrem Sohn freudig die Hand.

„Und wenn sie uns vorher schnappen?"

„Heute schnappt mich keiner."

Der Junge sah seine Mutter beunruhigt an. Die Haare hingen ihr nass und wirr um den Kopf. Ihr Gesicht schien fleckig, er konnte das unter dem huschenden Licht der Laternen nur schwer erkennen. Sie bemerkte seine Blicke.

„Es ist der irre Abschluss einer irren Nacht, danach ist alles wie vorher", versprach sie. „Mich hat sie gar nicht gesehen, dich höchstens als Schemen, also, Kopf hoch, mein Liebster."

Der Junge schwieg. Er rang mit sich. Die Mutter, die er vor Stunden noch verflucht hatte, war ihm nahegekommen. Sollte er ihr sagen, dass sie auffallen würden, so wie sie aussah, wenn sie in Innsbruck das Auto verließen und in einen Bus stiegen. Dass er die Frau erkannt hatte und zu befürchten stand, dass auch sie sich erinnern würde, wo sie einander begegnet waren? Er fürchtete einen Zornesausbruch. Er kannte sie kaum wieder, war fasziniert, begeistert, liebte sie. Er wollte sie umarmen. Ihr nahe sein, ihre Worte, dass nach dieser Verrücktheit alles wie vorher sein wird, vergessen. Elmo sah nach hinten. Zwischen Fahrersitz und Rückbank sah er eine Plastetüte. Er zog sie nach vorne.

Das Fußballspiel war spannend, aber die beiden italienischen Mannschaften interessierten Peer im Grunde nicht, dazu war er zu unkonzentriert. Wichtig war nur, dass er ohne Aufhebens gegen Mitternacht in sein Zimmer kam. Er stand wieder auf, trat auf den Balkon. Er traute sich die Klettertour zu. Aber das brachte nichts. Die Balkontür war sicher verschlossen, selbst wenn nicht, seine Frau hatte einen so leichten Schlaf. Außerdem neigte sie, was Einbrecher betraf, zu panischen Reaktionen. Die brachte es fertig und stieß ihn hinab. Nervös lief er im Zimmer hin und her. Da, wieder Schritte, nein, das waren zwei Personen. Er hörte Stimmen, hatte sich aber schon enttäuscht abgewandt, als er bemerkte, wie sie vor dieser Tür stehen blieben.

„Peer, was machst du denn hier?"

Hubert reichte ihm die Hand. Peer faltete seine:

„Deine Frau brauchte ein Auto."

Er beobachtete Ricarda bei seinen Worten, aber die schien zu wissen, dass Hubert verheiratet war. Sie zeigte keine erkennbare Reaktion. Wie eine Nutte sah die gar nicht aus. Hatte Hubert Schlag bei frustrierten Hausfrauen?

„Ich habe ihr meins gegeben."

Er konzentrierte sich wieder auf Hubert.

„Als sie ging, schloss sie ab, versehentlich, will ich hoffen. Seitdem sitze ich hier und warte."

„Versehentlich."

Hubert legte Peer die Hand auf die Schulter, schob ihn unsanft zur Tür.

„Morgen früh hast du dein Auto wieder. Es stand übrigens ..., natürlich!" Er griff sich mit der Hand, die Peer gerade Richtung Tür expedierte, an den Kopf, Peer kam zurück.

„Haben sie nicht auch ...? Unsinn!"

Peer legte seinen Kopf schief, betrachtete Hubert, ob der wohl noch zu verständlichen Worten finden würde. Aber Hubert winkte mit gesenkten Augen ab.

„Ich habe es irgendwo gesehen, heil. Sie wird sicher bald wieder hier sein. Geh jetzt schlafen. Morgen zum Frühstück sehen wir uns. Ciao."

Er schloss hinter Peer ab. Ricarda stand mitten im Zimmer. Hier konnte sie nicht bleiben. Musste sie diesen wildfremden Menschen einweihen? Sie trug die Tüte, als wäre darin ihre Wechselwäsche, sie hatte nicht einmal eine Zahnbürste dabei.

Hildegard sagte: „Wir sind alle Verräter und mögen uns nicht mehr in die Augen schauen, deshalb gibt es auch keinen Zusammenhalt mehr."

Aloisius winkte müde ab.

21. Kapitel,

in welchem die Handlung das Tal verlässt und sich un-
übersichtlich verteilt

„Geh dich duschen."

Yannik brummte, wälzte sich aus dem Bett, schlurfte am Schreibtisch vorbei.

„Und heb die Füße." Ein Blick aus den Augenwinkeln.

„Sonst noch was?"

„Zähne putzen nicht vergessen."

Er verzog den Mund, schüttelte den Kopf und schloss sich im Bad ein.

Veronika schlug vorsichtig die Decke zurück, sah an sich hinab. In voller Montur lag sie da. Sie schlich aus dem Zimmer. Duschen wollte sie zu Hause. Mama und Papa müssten schon unten in der Frühstücksküche stehen.

„Du siehst am vernünftigsten aus. Du gehst in das Hotel, nimmst ein Zimmer und dann denken wir nach."

Odette warf den Leuten, die sie abfällig musterten, wie sie da auf der Parkbank saßen, wütende Blicke nach. Elmo grinste.

„Du musst sie anbetteln. Entschuldigen sie, gnädiger Herr, hättens vielleicht ein paar Cent."

„Ja, und dann sag ich: recht vielen Dank, tuns das Geld hier zu dem anderen in die Tüte."

Elmo lachte laut auf, Odette schaute immer noch wütend.

„Weißt du, wie ich mich fühle, so wie ich aussehe? Die wollen Vorkasse, wenn sie mich sehen. Die rufen sowieso die Polizei."

Ihre Schultern sackten tiefer. Elmo legte den Arm darum.

„Wir gehen gleich zur Polizei."

Elmo suchte in Gedanken seine Taschen nach einem Kamm ab, fand keinen.

„Wir können nicht das Zimmer verlassen mit dieser Tüte, ohne erst recht nicht."

„Wir rufen Papa an."

Odette seufzte. Seit wenigstens acht Stunden dachte sie nichts anderes. Seit Elmo die Tasche nach vorne gezerrt und „Krass" gesagt hatte, sehnte sie diesen Vorschlag herbei. Seitdem waren sie kreuz und quer durch Innsbruck gefahren. Sie kämpfte Panikattacken nieder. Sie glaubte, dass so ein einsames Auto in dieser nachttoten Stadt auffallen müsste. Sie fanden den Flughafen, sie fanden den Bahnhof. Aber kaltes Licht und Menschenleere waren alles, was sie erwartete.

Odette wollte das Auto nicht am Bahnhof abstellen und dann gleich dort nächtigen. Das Auto würde gefunden werden und irgendwer erinnerte sich bestimmt an sie und brachte beides in einen Zusammenhang. Elmo sagte, diese Frau würde nach anderen Mitteln suchen sie aufzuspüren. Wer eine Einkaufstüte mit so viel Geld zwischen Vorder- und Rücksitz transportierte, der rief nicht die Polizei. Und immerzu der Gedanke: nimm dein Telefon, ruf Grischa an, der weiß immer einen Weg. Sie rief nicht an. Sie nahm das Handy nicht einmal unentschlossen in die Hand. Als sie es jetzt tat, war es ausgeschaltet. Sie drückte die Powertaste, das Gerät piepte drei mal kurz und heftig, ‚Akku niedrig' erschien als Meldung, dann ging es wieder aus. Sie schauten sich an. Elmo sagte:

„Mein Akku ist seit Stunden fertig. Der hält nie mehr als einen halben Tag."

„Kennst du Papas Handy–Nummer auswendig?" Elmo schüttelte den Kopf.

Odette griff in die Tüte, ihre Hände arbeiteten darin, sie fingerte einen Schein aus einem Paket, rollte ihn zusammen und drückte ihn Elmo in die Hand.

„Da, versuch dein Glück."

Das Sturmtief war weitergezogen. Das Zimmer war erfüllt vom Sonnenlicht, obwohl die Fenster nach Südwesten gingen. Der Neuschnee gleißte und erfüllte die Welt und die Berge und das Tal und das Zimmerchen. Wieder stand das Frühstück auf dem Tisch und beiden kam es vor, als wäre es Monate her, dass sie gemeinsam so gesessen hatten. Es war vor drei Tagen gewesen.

Sie redeten nicht viel. Juliane lachte, als sie spürte, mit welchem Druck sie die Butter auf das Brötchen strich. Dietrich sah sie an und sie hielt das Messer hoch. Ja, es war zerbrochen, aber heute würde sie aufpassen.

„Ich will dir etwas zeigen", sagte er. „Iss erst. Es liegt im Auto."

„Was denkst du, wird aus all dem werden?", fragte Juliane und biss von dem Brötchen ab, ohne Marmelade oder eine Scheibe Wurst dazu.

„Ich meine, deine Frau scheint Gefallen an meinem Mann gefunden zu haben, wir sitzen hier, machen wir nachher einen Ehegattenaustausch, an der Glienicker Brücke?"

Dietrich lächelte.

„Tauschen wir die Frauen oder ihr die Männer?" Sie schaute ihn aufmerksam an. Er sagte:

„Es lag an der Glienicker Brücke, ich stellte mir das Bild vor. Da unten", er reckte sich, „an der kleinen Brücke."

Juliane wandte den Blick nicht von ihm. Da atmete er tief. Was sollte er sagen. Tauschen wir wieder. War ja sehr nett, dein Spielzeug, dein Auto, aber ich bin an meines gewöhnt. Dietrich dachte an die Tüte. Sollte er sie Juliane überhaupt zeigen. Dummheit, eigentlich. Ihre Meinung zu beiseite geschafftem Stasigeld konnte er sich an seinen Fingern abzählen.

„Bist du eigentlich damals bei den Stasizentrale-Stürmern dabei gewesen?"

Juliane hielt inne, erstarrte in der Bewegung, der Mund war halb offen.

„Vergiss es. Ich musste nur über unsere Lebenswege nachdenken, wie nah beieinander sie hätten sein können, und wie weit voneinander sie doch waren, und da habe ich überlegt, was du neunundachtzig so getrieben haben wirst."

„Ja, in so Bürger-Komittees bin ich gewesen, aber das war pille palle. Die waren hauptsächlich damit beschäftigt, sich selber als das größte Opfer darzustellen und irgendwen, den sie noch nie leiden konnten, als Stasischwein zu entlarven. Witziger war es bei der ZERV."

„Bei der ZERV?"

„Na, bei dieser Zentralen Erfassungsstelle für Regierungs- und Vereinigungskriminalität."

„Ich weiß, was ZERV heißt. Da hast du gearbeitet?"

„Zweieinhalb Jahre nur. Als Sekretärin. Aber das war spannend. Ich durfte auch so geheime Sachen schreiben und war verpflichtet. Der Job war von vornherein befristet. Wegen der Verjährung. Ich hatte auch keine Lust mehr. Kurz nachdem ich da weg war, habe ich Hubert kennen gelernt. Dem habe ich das gar nicht erst erzählt. Als er mir seinen Antrag gemacht hat, sagte er gleich im zweiten Satz, dass ich nun selbstverständlich nicht mehr arbeiten müsse, er könne eine Familie gut ernähren."

„Haben die viel Geld auf die Seite geschafft?"

„Ich weiß nicht. Diese Wessis verraten einem nie alles. Aber der hat nicht zu knapp. Seitdem er mit seinen Erdstrahlen die Leute verrückt macht, verdient er auch nebenbei nicht schlecht mit Büchern und Vorträgen und so."

„Ich meinte eigentlich die Seilschaften."

Juliane lachte.

„Hättest auch gern was abgekriegt. Nein, mein Lieber, dafür bist du zu nett und zu idealistisch gewesen. Die da beiseite geschafft haben, das waren die, die schon zu DDR-Zeiten gewusst haben, was Geld bedeutet. Eins habe ich in der Zeit gelernt. Die DDR hat nur so lange überlebt, weil eine Menge pfiffiger Kerlchen Kohle beschafft haben. Und da ist eine Menge verschwunden, von dem wir keine Ahnung haben. Wenn du so diese Berichte dann tippst, denkst du oft, mein Gott, ein bisschen mehr Elan beim Suchen könnte nicht schaden. Wie diese

Evi Hamann, die von dem Loriot mit ihren Kriminalfällen, die sie als Sekretärin alle löst. Davon träumte ich ab und zu."

Dietrich ruckelte sich auf seinem Stuhl zurecht.

„Du würdest so einen anzeigen, wenn du wüsstes, der hat fünf Millionen aus der Parteikasse geklaut."

„Du etwa nicht? Das war unser Geld, sauer verdient. Und das steckt sich so einer jetzt in die Tasche und lässt sich's wohl sein?"

„Aber es würde doch wieder bloß der Staat kassieren."

„Nun mecker du mal nicht über den Staat. Du lebst ja ganz gut von ihm. Lassen wir das Thema. Sonst kriegen wir noch das Streiten. Wolltest du mir nicht was zeigen?"

„Mh, ist nicht wichtig."

Dietrich nahm sich ein Brötchen.

„Wie du meinst."

Sie faltete einen Flieger aus ihrer Serviette. Auf ihn fliegen lassen? Nein. Sie trödelte den Flieger wieder auf, bastelte eine Gedeckserviette, wie sie es als Kellnerin oft hundertmal am Tag tun musste, damals, als sie gekellnert hatte, weil von heute auf morgen ihr Studium beendet war. Dietrich betrachtete aus gesenkten Lidern ihr Gesicht. Es war vertieft, ihre Hände arbeiteten, die Mundwinkel auch: dieser Gedanke zauberte ein Lächeln, ein anderer lies es verschwinden. Heute waren ihre Haare ungeordnet, eine wilde Mähne. War nicht diese Frisur die einzig zu ihr passende? Darein vergraben die Hände, den Kopf nach hinten ziehen und den Mund küssen, den Hals. Sie drehte sich weg.

„Sag mir, was wird."

„Ich weiß es nicht. Warum kann nicht der Moment dauern?"

„Er hat gedauert, schon drei Nächte. Es wäre kein Moment mehr, Dietrich."

„Gut, dann gehen wir zum Auto, ich möchte dir nun doch etwas zeigen."

Sie lag seit Stunden wach, starrte an die Decke, wartete, dass der Mann neben ihr erwachte. Es war wunderbares

Wetter, schon um sieben wollte sie hinaus und laufen. Aber wenn er einfach wegging und sie allein ließ. Durfte sie ihm trauen? Sie schaute hinüber. Er lag wie eine Götterstatue, wie Adonis, wie eine Leiche, wie er sich früh um drei hingelegt hatte, auf dem Rücken, die Hände vor der Brust gefaltet, die Lippen geschlossen. Seine Atmung war weder zu sehen noch zu hören. Mehr als zehn Jahre war es her, dass ein Mann neben ihr im Bett gelegen hatte. In den hätte sie sich verliebt, damals als es ihr noch erlaubt schien, von einem schönen Mann zu träumen. Sie betastete ihr Gesicht, wenige Falten, aber die Haut war schlaff und weich. Wann war das passiert? Gab es Fälle, da ein junger Mann eine ältere Frau liebte, mit ihr schlief? Würde es sie nicht anekeln, dass er, der Sportliche und Schöne, sich zu einer alten Frau hingezogen fühlte? Was wären das für nekrophile Neigungen.

Sie presste die Augenlider fest zusammen. Es musste etwas unternommen werden. War es denn so sicher, dass seine Frau und sein Sohn die Räuber waren? Sie versuchte, den Augenblick zu sehen, da das Gesicht des Jungen im Schein der Taschenlampe erkennbar war. Nein, sie irrte sich nicht. Es war derselbe, der Ricarda und ihrem Verehrer frech gekommen war, als sie in der Hotelhalle aufeinander trafen.

Hildegards Blick blieb an Gregors Jacke hängen. Dass sie wenigstens wüsste, wo er wohnt. Sie streckte den Arm aus, ihre Fingerspitzen berührten den kalten Nylon. Sie zuckte zurück. Gregor bewegte sich, seine Hand griff nach ihr, fasste sie hart am Arm. Verängstigt schaute sie zu ihm, er schlief, schmerzhaft umklammerte er Hildegards Ellenbogen.

„Entschuldigen sie", sagte er mit schwerer Zunge. „ich habe wohl geträumt."

Er schluckte, seine Zunge suchte die Lippen zu befeuchten.

„Wollen wir nicht frühstücken?"

„Ich weiß nicht, ob uns dafür die Zeit bleibt."

Sie zog ihren Arm weg von seinem, rieb sich die Stelle. Gregor stütze sich hoch, fuhr mit der Hand über seinen Bürstenschopf, kratzte die Brust, als würde das den Kreislauf anregen. Ganz plötzlich stand er.

„Keine Bange, ihr Geld ist noch da. Meines wurde gestohlen", erinnerte sie ihn.

„Odette."

„Sie war nicht hier, es hat nicht mal geklinkt an der Tür."

„Sind sie sicher?"

„Ich hatte eine schlafarme Nacht."

„Elmo."

„So hieß wohl der Junge, sagten sie."

„Sie bleiben hier", sagte Gregor. „Ich werde abschließen, zur Vorsicht. Sie rühren die Tüte nicht an."

„Wie werde ich."

„Nicht dass das eine Nummer ist, mit der sie einen zweiten Anteil ergattern wollen."

Gregor beugte sich zu ihr vor.

„Das läuft nicht, klar? Ich finde sie."

Hildegard versuchte ein spöttisches Lächeln, einen sarkastischen Tonfall:

„Ihr Sohn hat mich gelinkt, sollte ich nicht eher denken, sie wollten meinen Anteil?"

„Wenn es so wäre." Sein verschlafener Atem streifte ihr Gesicht. Hildegard presste die Hände flach auf die Decke.

Gregor zeigte auf sie, ging zur Tür, sagte:

„Ich bin in einer Minute wieder da."

Sie hörte die Tür, den Schlüssel. Sie stand auf, durchsuchte die Taschen der Jacke, nur eine Skibrille, Handschuhe, keine Papiere. Das Telefon läutete, Hildegard verspürte ein kindliches, tödliches Erschrecken. Sie ließ von der Jacke ab, nahm den Hörer:

„Ja. … Hildegard. … Er ist kurz rausgegangen. Soll ich was ausrichten. … Du kannst es mir sagen, ich richte es sicher aus. … Werd mal nicht patzig. Irgendwo musste ich schlafen.

Und für ein Bett hättest du mir einen Tausender abgenommen. ... Ja, und du hast es nötig."

Ihr Blick fiel auf die Tüte, die neben seiner Seite vom Bett stand. Sie war im oberen Drittel abgeknickt. Zwei Geldbündel schauten heraus und drohten jeden Augenblick abzustürzen. Was brauchte sie, dreihunderttausend für Grit, mit Reserven gerechnet. Das war nur fair.

Als Gregor zurückkam, stand sie an den Telefontisch gelehnt. Wortlos packte er die Koffer. Sie blieb reglos, die Arme vor der Brust verschränkt, beobachtete seine stille Wut. Die Geldtüte stand wie unberührt, zwei Bündel hingen gerade noch eben fest. Hildegard spürte unter ihren Armen in der Brusttasche die Scheine. Wenigstens für Grit. Gregor schüttelte die Tüte, schaute hinein, schob Hildegard zwei der Koffer hin und bedeutete ihr mit einer Kopfbewegung zu folgen. Er trug die Tüte in der rechten Hand, eine Tasche in der linken. Nicht mal Koffer mit Rollen, der Geizhals.

Die Sonne schien, als hätte es den Schneesturm nicht gegeben. Auf dem Parkplatz bildeten sich Pfützen, man stand im Matsch. Der Mann suchte, mühsam seine Erregung verbergend, den Kofferraum ab. In diesen Hohlraum hatte er die Tüte gestopft, jetzt war sie nicht zu finden. Immer wieder zwang er seine Augen zur Ruhe, forschte systematisch jeden Winkel aus, klappte die Sitze hoch, sogar die Kühlerhaube öffnete er mit einem Funken irrationaler Hoffnung. Die Frau bot derweil ihr Gesicht den wärmenden Strahlen dar, sie lächelte.

„Versuch es mal im Handschuhfach", rief sie.

Ob sie an Geräuschen den Ort seiner Suche erkannte? Natürlich, das Handschuhfach! Alles klar, sie war nachts aus irgendeinem Grund am Auto gewesen, hatte die Tüte gefunden und im Handschuhfach versteckt, um ihm einen Streich zu spielen. Er öffnete es vorsichtig, es war voll gestopft mit den Dingen, die sich in einem Handschuhfach im Laufe der Zeit so ansammeln: ein Unfallset mit Fotoapparat, Protokoll, Kreide und Schreibutensilien, mehrere angebrochene Taschentuchpakete, ein Apfelgriebsch, schon völlig vertrocknet, aber keine Tüte, schon gar nicht von der Größe. Im Rückspiegel sah er die offene Kofferraumklappe. Von Angst getrieben ging er nach hinten, nichts zu sehen. Er musterte Juliane, die immer noch mit dem Gesicht zur Sonne stand, auch die Handinnenflächen zeigten dahin, als wolle sie sagen, komm, fall mir in den Schoß. Dass du dich mal nicht verbrennst, dachte Dietrich.

„Fehlt etwas?", fragte sie, ohne ihre Haltung zu verändern.

„Ich wollte dir etwas zeigen. Es ist weg."

Er stützte sich am Auto ab, die andere Hand stieß er in die Hüfte.

„Schade."

Juliane wandte sich ihm nun doch zu.

„Was starrst du mich so an? Ich habe es nicht, was immer es auch sein mag."

„Es steckte hier drin."

Dietrichs Hand verschwand in dem Hohlraum.

„Jetzt ist es weg."

„Wann hast du es zum letzten Mal gesehen?"

„Gestern Abend. Als du ins Hotel kamst."

„Was bedeutet, das Auto hat dort an die zwei Stunden und hier die ganze Nacht unbeaufsichtigt gestanden. Vielleicht hattest du vergessen abzuschließen."

Er schüttelte den Kopf, sie nickte:

„Stimmt. Du bist heute Nacht dreimal um den Wagen rumgerannt. Ich dachte, du versteckst darin die Kronjuwelen. Vielleicht hast du es mit hochgenommen, oder es liegt noch im Hotel bei Ricarda. Hat sie nicht überhaupt …"

„Der Zweitschlüssel! Los, steig ein."

Es dauerte eine Weile. In der Aufregung gab Dietrich zu viel Gas, die Räder gruben sich tief in den aufgeweichten Schnee. Juliane versuchte zu schieben, aber das Auto stand dicht an dem aufgeschobenen Schneewall, der den Parkplatz umgab, sie konnte nicht dagegen stemmen. Dietrich musste den Wagen heraus schleppen lassen.

„Da stehen sie am Auto", rief Hubert.

„Fahr!", sagte Ricarda. Hubert schüttelte den Kopf. Aber er fuhr. Er hatte den Inhalt der Tüte gesehen. Obwohl Ricarda peinlich darauf bedacht gewesen war, ihn zu verbergen. Sie wechselte nur unterwegs ständig die Taktik, mal konnte sie sich vor Besorgnis kaum rühren, mal glaubte sie, lässig sei das beste Rezept. Auf alle Fälle drehte sie sich nur um diese Tüte. Heute Morgen wollte sie die erst mit aufs Klo nehmen, dann fand sie das bescheuert, weil Hubert noch im Bett lag und schlief. Er hatte in ihr an zwei Tagen zwei verschiedene Frauen kennengelernt. Gestern war Ricarda irgendwie schwach, hilfebedürftig, heute brutal und rücksichtslos. Waren das Jekyll und Hyde oder war eins nur Masche?

Gestern hätte er sie gern gegen seine Frau getauscht, heute verspürte Hubert das Bedürfnis, sie wieder loszuwerden. Vorhin waren sie auf den Parkplatz ihres Hotels abgebogen. Sie war mit der Tüte, die sie während der Fahrt zwischen ihren Beinen hielt, in das Haus geschossen, Hubert kam hinterher. Sie stand an der Rezeption und schrieb etwas auf einen Zettel. Sie verbarg das Geschriebene nicht, als Hubert neben sie trat, und er überlegte, ob sie sich vor ihm damit für ihr Verhalten rechtfertigen wollte. Sie faltete den Zettel, ließ sich einen Umschlag geben, klebte ihn sorgfältig zu und schob ihn in das Postfach für ihr Zimmer. Sie hatte geschrieben:

„Ich muss erst mal nachdenken. Kümmer Dich bitte um Yannik. Ricarda."

Warum hatte er sie nicht einfach stehen lassen? Was wollte er von dieser Frau. Diese eigenartige Situation im Hotelzimmer, nachdem er Peer rausgeworfen hatte, die Selbstverständlichkeit, mit der sie mitgekommen war, ihrer beider Unfähigkeit, mit der Situation fertig zu werden, die sich von selbst einstellende Kühle der Absprachen, wer zuerst das Bad benutzte, die Frage, ob sie Julianes Zahnbürste und ein T-Shirt haben könne, der reichliche Meter Abstand im Bett und die ihn quälende Frage, ob sie es nicht erwarten müsse, dass er sich wenigstens für sie interessierte.

„Fahren wir", sagte sie.

„Dein Gepäck?", fragte er.

„Er wird sich kümmern", sagte sie, schon an der Tür.

Sie waren an Dietrich und Juliane lange vorbei, da sprach sie, wie sie heute war, brutal und offen:

„Du weißt, was in dieser Tüte ist?"

Es war eher eine Feststellung denn eine Frage. Hubert brummte.

„Wo versteckt ihr Wessis euer Schwarzgeld?"

Er sah sie an, wie ein Fahrer den Beifahrer ansieht, mit halben Blicken. Es sollten abschätzige Blicke sein, aber eigentlich waren es hilflose Blicke. Hubert suchte in sich nach einem Verhaltensmuster, um Herr der Situation zu bleiben. Aber Ricarda gönnte ihm keine Pause, jetzt nicht.

„Ich will nicht wissen, wo dein Schwarzgeld liegt. Aber du siehst ein, dass diese Tüte irgendwohin muss, wo der Inhalt sicher ist."

„Darf ich erfahren, woher dieses Geld stammt und wie strafbar ich mich mache, wenn ich dir helfe."

„Du bleibst außen vor, wenn du willst, fährst mich dahin, wo ich hin muss, erklärst mir das Nötige, da kann dir keiner was. Du kannst einen Anteil haben, dann hängst du mit drin."

„Und woher kommt das Geld?"

Ricarda hob die Schultern, ließ sie wieder fallen.

„Da musst du Hi … die ältere Dame fragen, die gestern Abend im Hotel war."

„Hat sie eine Bank überfallen?"

Ricarda lachte.

„Kaum", sagte sie.

„Ein Schließfach", sagte Hubert. „Das ist das Sicherste. Zwar bekommst du keine Zinsen und es kostet Geld, aber es gibt auch keine Fragen."

Dann schwiegen sie wieder. Hubert fuhr, sehr vorsichtig, wie Ricarda fand.

Kurz vor Kufstein fragte sie, warum sie nach Deutschland führen, da wollte sie das Geld bestimmt keiner Bank, auch nicht im Schließfach anvertrauen, aber Hubert war nicht davon abzubringen. Erst müsse er seinen Daimler aus der Werkstatt holen, das sei für heute vereinbart. Dann könnten sie in Würzburg übernachten. Ohnehin mache es keinen Sinn, vor Montag etwas zu unternehmen, in den Banken unterhalten die keine Notaufnahmen.

„Die Zimmer sind nicht vor vierzehn Uhr frei."

Der Mann schaute über seinen Brillenrand. Vor ihm stand eine Frau, Mitte Vierzig, schätzte er, dünn, unter den Augen Ringe, die fast schwarz waren, die Haare ungekämmt. Neben ihr ein Junge, gerade volljährig wahrscheinlich. Auch er sah müde aus. Die Frau umschlang eine Einkaufstüte mit ihren Armen, als hielte nur die sie noch aufrecht.

„Oder sie bezahlen die letzte Nacht mit", sagte er. „Dann können sie sogar noch frühstücken, eine halbe Stunde noch."

Die Beiden sahen sich an und nickten ergeben.

Er schob ihnen ein Formular hin, hieß sie die Namen eintragen und unterschreiben, schaute nicht darauf, er glaubte ohnehin nicht, was da geschrieben stand.

„Vierhundert", sagte er. „Bar bitte."

Elmo zog die Scheine aus seiner Hosentasche, zählte das Geld ab. Zwei Schlüsselkarten wurden über den Tresen geschoben, Elmo sah die Bewegung des Armes. Der Portier verstaute das Geld in der Hosentasche.

Elmo ging Richtung Treppe, Odette zog ihn am Ärmel, sagte

etwas. Sie stieg in den Fahrstuhl und Elmo verschwand im Restaurant. Am Buffet nahm er zwei große Teller.

Als er ins Zimmer kam, rauschte das Wasser. Die Badtür stand offen. Er atmete tief.

Als sie dann gemeinsam aßen, sie in ein Handtuch gehüllt, die Beine übereinander geschlagen, er noch angezogen, fragte er:

„Warum machst du das?"

„Was?"

„Du bist meine Mutter."

„Ja und?"

„Du baggerst mich an. Warum tust du das?"

„Heh, du bist ein hübscher junger Mann."

„Ich bin dein Sohn. Wieso lässt du die Tür offen, wenn du duschst? Wieso sitzt du hier mit einem Badetuch, das kaum deine … bedeckt?"

„Meine was, meine Scham?"

Elmo stützte den Kopf auf die Hände, verbarg das Gesicht. Über Odettes Augen flog Verachtung, nur kurz, dann legte sie ihre Hand auf seine Schulter, kniff ihn ins Ohr.

„Komm, iss. Ich zieh mir was an." Sie stand auf, das Badetuch fiel herunter, sie bückte sich danach, Elmo starrte auf ihren Hintern.

„Du bist eine alte Frau, weißt du das? Es wird gut sein, dass du das Geld hast, denn übers Männer rumkriegen wird es nicht mehr lange gehen. Schönen Tag noch."

Die Tür flog zu. Odette stand, das Badetuch an die Brust gepresst. Sie wickelte es sich wieder um, setzte sich und aß weiter.

Hildegard saß neben Gregor im Auto. Zum x-ten Male ließ er sich den nächtlichen Überfall beschreiben, besonders den Moment, da das Gesicht des Jungen in den Lichtkegel der Taschenlampe geraten war und ja, das war genau der, den sie im Foyer beobachtet hatte, als sie ankam am Abend. Sie beschrieb die vollen Lippen, die hellen Augen. Nein, an die Person, die sie umgestoßen hatte, habe sie keine Erinnerung. Die habe nur den Überraschungsmoment ausgenutzt. Dann musste sie ihm die Geschichte mit ihrer Tochter erzählen, auch da wollte er Einzelheiten wissen, fragte vom Hundertsten ins Tausendste. Als sie in Innsbruck waren, fragte er, ob sie ihren Ausweis dabei habe. Sie nickte. Den hatte sie Gott sei Dank in ihre dicke Jacke gesteckt.

Er fuhr zum Flughafen, hielt vor der kleinen Halle. Sie saßen schweigend nebeneinander, dann griff er nach hinten und zog zwei Packen aus der Tüte.

„Tu es zu den beiden, die du schon genommen hast", sagte er. Sie schob es in die Innentaschen. Sie schwieg.

„Von hier musst du alleine durchkommen", sagte er.

Sie nickte, darin lag keine Schwierigkeit. Bis nach Hause würde sie es schaffen. Sie sollte aussteigen, aber ihre Gedanken verwirrten sich, und sie blieb sitzen. Er sah sie von der Seite an. Sie mochte es sich selbst nicht zugeben, aber sie kämpfte mit der Frage, was denn nun aus ihrem Restanteil werden würde. Endlich sagte er:

„Sie ist meine Frau, und er mein Sohn."

Er machte eine Bewegung nach hinten, da sagte sie:

„Ist schon gut, es ist weit mehr, als ich brauche."

Mit einem Ruck stieß sie sich aus dem Auto, die Tür fiel leise ins Schloss. Hildegard ging ohne sich umzudrehen, und nach einer Weile drehte Gregor den Zündschlüssel und rauschte davon. Was wird aus meinem Auto, dachte sie immer wieder. Ich kann ja keine Anzeige aufgeben, aber sie finden mich doch irgendwann, und was soll ich dann sagen? Dass ich es abgestellt und nicht wiedergefunden habe? Sie schüttelte den Kopf. Dann sah sie sich nach einem Wechselschalter um. Sie atmete ein paar mal tief und ihre Hände waren ruhig, als sie den Tausendfrankenschein hingab.

Drei Balken auf der Akkuanzeige. Papamobil rief er auf und als Rufaufbau und drei Pünktchen zu sehen war, hielt er das Telefon ans Ohr.

„Wo seid ihr?"

Kein Guten Tag.

„In Innsbruck." Elmo hatte gewartet mit der Antwort, bis er glaubte, jetzt werde sein Vater ihn anherrschen.

Er lotste ihn zum Hotel, wartete und traute seinen Augen nicht, als sein Vater mit einer Edeka-Tüte das Foyer betrat.

Odette richtete sich auf. Sie hatte schlafen wollen und nicht damit gerechnet, dass der Junge so schnell zurück sein würde, er hatte doch sehr wütend gewirkt. Gregor setzte sich, hielt die Tüte zwischen den Beinen, die andere Tüte stand immer noch neben dem Bett. Elmo blieb an der Tür stehen.

„Wie seid ihr darauf gekommen?", fragte Gregor schließlich. Odette zog die Bettdecke höher. Elmos Blicke wechselten hin und her.

Odette sah ihn wieder da auf der Straße sitzen. Er hatte sie bemerkt, das wusste sie, trotzdem hatte sie sich nicht gerührt. Sie stand im Schatten eines Baumes. Zunächst hatte sie an ein Tier geglaubt, einen Hund. Deshalb war sie stehengeblieben. Sie hatte Angst. Es musste ihre Schritte gehört haben. Dann erkannte sie Elmo und blieb trotzdem stehen wie zur Salzsäule erstarrt. War es eine Täuschung? Für den Moment glaubte sie an eine Mahnung höherer Mächte. Dann kam das Auto. Es fuhr sehr langsam. Der Schneefall war dicht und mochte dem Fahrer die Sicht erschweren. Sie war so beschäftigt mit der Frage, ob die Erscheinung auf der Straße real oder eine Fata Morgana war, dass ihr die Gefahr nicht ins Bewusstsein drang. Der Fahrer musste etwas gespürt haben. Noch bevor der Lichtkegel der Scheinwerfer die Gestalt erfasste, bremste er, geriet ins Schleudern und knallte gegen eine Felskante, wurde herum geworfen, stand endlich. Da erwachte Odette. Langsam ging sie auf das Auto zu. Eine Frau stieg aus. Sie kramte im Kofferraum, der Schein einer Taschenlampe traf Elmos Gesicht. Da stieß sie die Frau heftig in den Schnee und griff nach Elmo. Nun saß Gregor hier mit genau so einer Tüte, die Ausbuchtungen der Geldbündel waren zu sehen.

„Okay", sagte Gregor, da von Odette keine Reaktion kam, und Elmo wie unberechtigt zur Antwort daneben stand.

„Wir fahren zum Flughafen", sagte er, „vielleicht erwischen wir sie noch. Sonst müssten wir ihr das Auto nach Berlin bringen."

Er stand auf wie ein beladener, alter Mann. An der Tür fasste er Elmo um die Schulter.

„Wir sind in ein, zwei Stunden wieder da."

Die Tür fiel ins Schloss. Die Tüte, aus der Hildegard schon vier Bündel bekommen hatte, nahm er mit.

Odettes Schultern zuckten, der Mund verzog sich zu einer Grimasse, der Brustkorb schien nach oben gerissen zu werden, das Wasser rann seitwärts die Wangen runter, sie spürte die Stellen, wo es abtropfte.

Elmo und Gregor kamen erst am Nachmittag zurück. Sie fanden Odette schlafend.

Durch das Fenster sah er sie stehen, Yannik regungslos neben der Motorhaube, Juliane lehnte an der Heckklappe. Manchmal sah sie zu ihm hin. Aber Yannik erwiderte den Blick nicht. Seine Jacke schaukelte, weil er sich in der Längsachse immerzu hin und her drehte, nur wenig, aber Dietrich sah es deutlich.

Als ob er Juliane schon lange kannte, und als wäre es das normalste der Welt, war er gestern Mittag mit ihnen auf den Berg gefahren. Sie waren den ganzen Nachmittag zusammengeblieben, hatten viel gelacht und manchmal hatte Dietrich überlegt, ob Yannik tatsächlich mit Juliane flirtete. Dann waren sie in die Sauna gegangen (Yannik nicht), danach gab es Abendbrot. Wie eine kleine Familie saßen sie da. Aber als er abends vor dessen Tür Yannik gefragt hatte, ob er mit reinkommen solle um es zu erklären, da hatte der nur den Kopf geschüttelt, ganz wenig, und die Tür hinter sich zugemacht.

Heute Morgen verlief das gemeinsame Frühstück wieder, als wäre alles im Lot, aber Dietrich glaubte, je länger das so ginge, desto schlimmer würde das Erwachen sein. Er dachte sogar darüber nach, ob Yannik verrückt werden würde, in sich gekehrt, wie er oft war.

Aber warum eigentlich? Warum konnte das jetzt nicht das Normale sein. Von jetzt auf sofort. Dietrich suchte nach einem wahren und richtigen Gefühl in sich, aber er fand nur Möglichkeiten. Wie sie da standen, sah alles gut aus. Sie gewöhnten sich aneinander. Was ist es, das uns hindert daran zu glauben? Reichte es nicht, wenn er ja sagte, ohne Bedingungen oder Einschränkungen, einfach ja zu diesem neuen Leben? Alles weitere würde sich finden, oder nicht?

„Ich fahre jetzt", sagte er, als Aloisius hinter die Rezeption trat. Der nickte mehrmals.

„Schreib mir eine Quittung", sagte Dietrich und Alois gehorchte.

„Die kannst du deiner Frau zeigen."

Dann ging er hinaus.

zum Autor

Frank Georg Schlosser

Jahrgang 1962, Schriftsteller aus Leidenschaft

Kabarettautor im Studium
Seit 2000
Schule des Schreibens
Drehbuchschule Wolfgang Pfeiffer
Kaskeline Filmakademie

Seit 2005 unzählige **Kurzgeschichten**
2006 Roman **„Drei Jahre bis Leipzig"** (Bod 2022)
2019 Roman **„Verfluchter weißer Mann"** (Bod 2022)

Bei Amazon:
„Kitsch, kitschig hingestellt" Erzählungen Band 1
„Die letzte Tür am Ende des Ganges" Erzählungen Band 2

Auf der Website www.frankgeorgschlosser.de verfügbar:
Drehbuch **„Das Stimmende"** und Libretto **„Eleonore und Fayola"**

Und jeden vierten Montag im Monat im Zimmer 16 in Pankow bei der offenen Lesebühne SoNochNie!

Leitspruch: *Worte schaffen Wirklichkeit. Sie müssen sich nicht immerzu darum scheren, sie getreulich abzubilden.*

„Verfluchter Weißer Mann"
Roman – 2019

**Die Neuerfindung des Genres „Urban Fantasy".
Die deutschen Geister in Aktion.**

Richter Klaus Morgenthaler, ein eher liberaler und milder
Strafrichter, wird von seiner Geliebten verflucht, weil er wie alle
Männer ein Schwein und ein Idiot ist, schrumpft zum Zwerg und
muss *den* Geist finden und versöhnen, der ihr die Energie zum
Verfluchen gab.
Aber der See der Geister wird gehütet von Erik Krampitz, einem
rechten Parteiführer, ehemaligem Staatsanwalt, den schon von
dieser Zeit eine Intimfeindschaft mit Klaus „verbindet". Er will
die Macht im Lande an sich reißen, hat dafür seine eigenen
Arrangements mit der Geisterwelt getroffen und verfolgt jeden bis
aufs Blut, der dem zu nahekommt. Showdown am Geistersee.
(ISBN: 978-3-7557-9204-8)

„Kitsch, kitschig hingestellt"
Erzählungen Band 1
2005 bis 2012

Von der Stellung zweier Pinguine zueinander über ein auf dem Kompost festgewachsenes Ebenbild bis zum Versenken eines Daimlers im Pool – kleine Geschichten, dem Leben und den Träumen abgelauscht.
(als Kindle erhältlich)

„Die letzte Tür am Ende des Ganges"
Erzählungen Band 2
2012 bis 2019

Von einem zertrümmerten Laptop über die Flucht vor mordenden Weihnachtsmännern bis hin zur Messung von Glück – kleine Phantasien über die Liebe, die Sehnsucht und die Abwehr derselben.
(als Kindle erhältlich)